CHRISTOFFER HOLST

# SCHWEDISCHER TODESFROST

EIN
SCHÄREN
KRIMI



Aus dem Schwedischen
von Kerstin Schöps

WILHELM HEYNE VERLAG
MÜNCHEN

Die Originalausgabe *Kalla, Vita Vinternätter* erschien erstmals 2020
bei Lovereads, Bokförlaget Forum, Stockholm.



MIX
Papier aus verantwortungsvollen Quellen
FSC® C014496

Penguin Random House Verlagsgruppe FSC® N001967

Deutsche Erstausgabe 11/2021

Redaktion: Janine Malz
Printed in Germany
Umschlaggestaltung: zero-media.net, München
unter Verwendung von FinePic®, München
Satz: Uhl + Massopust, Aalen
Druck und Bindung: GGP Media GmbH, Pößneck
ISBN: 978-3-453-42553-8

www.heyne.de

# PROLOG

*Idre Fjäll*

*24. Dezember 2000*

Vor dem Fenster ihrer kleinen Skihütte fällt der Schnee lautlos zu Boden.

Es ist Weihnachten, und sie freut sich sehr, dass es schneit. In Stockholm nämlich, wo sie normalerweise lebt, schneit es im Winter praktisch nie. Da sind die Straßen grau von den Abgasen, und man muss immer wieder herabfallenden Eiszapfen ausweichen. In Idre hingegen herrscht Winter-Wonderland. Und sie liebt es. Es erinnert sie an die Winter ihrer Kindheit in den schwedischen Bergen.

Es ist nicht das erste Mal, dass sie Weihnachten im Skigebiet Idre Fjäll verbringt. Ihr Ex-Mann Olle und sie waren in den letzten Jahren oft in den Bergen, um auf Skiern die Slalom-Strecke hinunterzusausen. Aber es ist das erste Weihnachtsfest, das sie in ihrer eigenen Hütte verbringt. Denn ihr gehört die Hütte mit Blick auf die Skipisten. Es ist eine sehr einfache Unterkunft. Alle Möbel sind aus Kiefer, denn sie hatte bisher noch kein Geld übrig, um sich neu einzurichten. Sogar die Bettwäsche ist von dem Vorbesitzer, aber es stört sie überhaupt nicht, in ausrangierten Bettlaken mit Löchern zu schlafen, das Wichtigste ist, dass es ihr gehört. Und dass sie niemandem etwas schuldet.

Sie ist frei.

Da hört sie ein fröhliches Brabbeln hinter sich und dreht sich um. Ihr sechs Monate alter Junge strampelt in seinem Hochstuhl.

»Hallo, mein kleiner Schatz«, sagt sie und streichelt ihm über die Wange. Ihr Sohn lächelt sie zahnlos an und strahlt übers ganze Gesicht.

»Mama muss noch ein paar Vorbereitungen erledigen, damit wir es uns heute Abend gemütlich machen können. Ist dir langweilig?«

Aber das scheint überhaupt nicht der Fall zu sein. Der Kleine hüpft und gluckst und zappelt vor Freude. Mein geliebter kleiner Junge, denkt sie lächelnd. Für dich ist das Leben seit deiner Ankunft leicht und unbekümmert. *Nachts schlafen, tagsüber lachen.* Doch ihre Tage sind weiterhin überschattet von Angst. Angst vor all den schrecklichen Dingen, die ihm zustoßen könnten. Sie hatte fürchterliche Angst, dass sie ihn nachts im Bett unter sich erdrückt, er am plötzlichen Kindstod stirbt oder an etwas erstickt, was ihm im Hals stecken bleibt. Wie oft hatte sie davon geträumt, dass ihm etwas zustößt. Sie war mitten in der Nacht schweißgebadet und keuchend aufgeschreckt. Aber jetzt hatte das endlich nachgelassen, sie wurde langsam ruhiger. Liebevoll streichelt sie ihrem wunderbaren Sohn über den Kopf. *Du bist jetzt schon fast sieben Monate auf der Welt. Vielleicht wird es Zeit, dass deine Mama sich entspannt.*

Oder freut sie sich zu früh?

Wenn er anfängt zu krabbeln und dann zu gehen, kommen ja nur noch mehr Dinge hinzu, über die sie sich Sorgen machen kann. *Autos. Abgründe.* Und wenn er dann in die Schule geht, tauchen wieder ganz andere Probleme auf. *Mobbing. Streit.* Und dann als Teenager. *Saufen. Drogen. Sex.* Oder als Erwachsener. *Reisen in gefährliche Länder, Krankheiten, schwierige Beziehungen* …

Sie verdreht die Augen und schüttelt den Kopf. Warum macht sie sich bloß immer so viele Gedanken? Die Frage, warum man so einen kleinen Fratz überhaupt in die Welt setzt, auf den man rund um die Uhr aufpassen muss, ist schnell gestellt. Aber wenn sie sein zahnloses Lächeln und seine großen, neugierigen Augen sieht, sind diese Bedenken wie weggeblasen.

»Mama liebt dich so sehr«, sagt sie und gibt ihm einen sanften Kuss auf die Stirn. »Und jetzt backe ich uns einen weichen Pfefferkuchen!«

Sie dreht sich um und schaltet das lila Radio ein, das auf dem Fensterbrett steht. Band Aid singt den bekannten Weihnachtssong *Do They Know It's Christmas?*, und sie dreht die Lautstärke auf. Sie liebt diesen Song.

Dann holt sie einen Quirl und Mehl und Zucker aus dem Schrank. Sie backt gerne. Während der sehr aufreibenden und kräftezehrenden Scheidung von Olle im Herbst hat sie praktisch durchgehend gebacken. Und das, obwohl ihr Sohn noch zu klein war für feste Nahrung und noch gestillt wurde. Sie hat gebacken. Und das, obwohl sie gerade in dieser Zeit gar keine sonderlich große Lust auf Kuchen hatte. Es ging ihr um das Backen selbst, nicht unbedingt um das Ergebnis. Damit hatte sie den Streit und das Geschrei verdrängen wollen. Und ihre Angst, was die Zukunft des Jungen betraf. Wenn sie in einer Wolke aus Mehl mit ihren Händen den Teig knetete, konnte sie all das vergessen.

Aber hier in der Hütte hat sie bisher noch gar nichts gebacken.

Ganz oben auf dem Küchenschrank aus Kiefernholz entdeckt sie eine runde Kuchenform und stellt sich auf die Zehenspitzen, um sie herunterzuholen. Aber sie kommt nicht ran. *Verdammte Hacke!* Ihr bricht der Schweiß aus, die Bluse klebt ihr am Rücken und es dauert einen Augenblick, bis sie bemerkt, dass es an dem uralten Ofen liegt, den sie auf zweihundertfünfundzwanzig Grad gestellt hat. Sie öffnet das Fenster einen Spalt. Die kalte Winterluft strömt ins Zimmer und kühlt wunderbar.

»Nur ganz kurz, mein Schatz«, sagt sie ihrem Kleinen, der fröhlich glucksend in seinem Kinderstuhl zappelt. »Mama war auf einmal so unglaublich heiß!«

Sie schnappt sich den Hocker und klettert hinauf. Das eine Bein sitzt etwas lose, aber sie will ja nicht stundenlang darauf herumbalancieren. Sie streckt sich nach der silbernen Kuchenform, während Band Aid die letzten Akkorde spielt und von *O helga natt* abgelöst wird. Dann geht alles ganz schnell. Sie hört ein Knacken unter sich, das eine Hockerbein ist weggebrochen. Ihre Hände suchen nach Halt, greifen ins Leere, und sie fällt kopfüber zu Boden. Ein Schlag auf den Kopf, dann wird alles dunkel.

Als sie die Augen wieder öffnet, weiß sie nicht, wie viel Zeit vergangen ist. Sie weiß nur, dass sie in ihrer kleinen Küche auf dem Fußboden liegt und furchtbare Kopfschmerzen hat. Sie muss mit dem Kopf gegen die Dunstabzugshaube geknallt sein.

Wie lange sie dort auf dem Boden gelegen hat, weiß sie nicht … aber so lange kann es nicht gewesen sein. Tommy Körberg hat seine Version von *O helga natt* noch nicht beendet, es können also maximal ein paar Minuten vergangen sein.

*Himmel, ich hätte tot sein können.*

Aber zum Glück ist nichts weiter passiert.

Sie hat nur wahnsinnige Kopfschmerzen.

Es ist eiskalt in der Küche. Sie stützt sich auf den Ellenbogen und will als Erstes das Fenster schließen. Aber sie steht noch nicht ganz, als die Panik sie mit unerbittlichen, knochigen Fingern packt.

Der Kinderstuhl, in dem ihr Sohn gerade noch gesessen und vor sich hin gebrabbelt hat, ist leer. Und das Fenster ist sperrangelweit offen. Die rote Weihnachtsgardine flattert gleichgültig im kalten Wind. Mit pochendem Herzen springt sie ans Fenster. Das Erste, was sie sieht, sind die frischen Fußspuren, die von der Hütte weg direkt in den Wald hineinführen.

Sie schreit. Sie schreit, bis ihre Lunge brennt.

# 1

*Södermalm, Stockholm*

*Cilla*

*Eine Woche vor Weihnachten*

Diese Wohnung ist wirklich nur für die warmen Sommermonate geeignet. Meine kleine Einzimmerwohnung in der Bastugatan ist im Sommer ein Traum. Da schlafe ich nachts bei offenem Fenster und höre das Leben in den Straßen von Södermalm. Aber jetzt ist alles anders. Das genaue Gegenteil nämlich. Nach Wochen und Monaten mit einem Wasserschaden, den ich zum Glück in der Wohnung meines besten Freundes Zacke gleich um die Ecke überbrücken konnte, habe ich jetzt mein Zuhause wieder bezogen. Es ist herrlich, nicht mehr aus dem Koffer leben zu müssen, aber ehrlich gesagt ist es manchmal einsam. Und vor allem kalt. Wir haben Dezember, und entweder ist mein Vermieter ein Sadist oder der geizigste Mensch auf diesem Planeten. Denn meine Heizkörper sind tiefgefroren, obwohl ich sie alle entlüftet habe. Aus purer Verzweiflung habe ich den Ofen auf zweihundert Grad gestellt und die Klappe offen stehen lassen.

Die heiße Luft strömt zwar in die Wohnung, aber das nützt leider nichts gegen den eiskalten Fußboden und die schlecht isolierten Fenster. Ich trage Wollsocken, Jogginghosen mit langen Unterhosen darunter, und als i-Tüpfelchen habe ich mir einen Schal um den Hals gewickelt. Als ich mich im Spiegel sehe, muss ich leider schallend lachen.

»Ich sehe ja aus wie eine Wintermumie!«

Adam, der ähnlich eingemummelt wie ich mit seinem Laptop auf dem Sofa sitzt, lacht laut auf.

»Aber eine hübsche Mumie.«

»Aha!«

Ich falte meine Hände auf meiner Brust und öffne den Mund wie eine zweitausend Jahre alte Mumie.

»Hör auf, mich zu verführen«, sagt Adam und nimmt einen Schluck aus seinem großen Teebecher.

Ich bin eigentlich überhaupt kein Teetyp. Ich mag Kaffee und Wein. Aber in dieser sibirischen Kälte hätte ich wahrscheinlich auch einen Becher mit brodelndem Petroleum nicht abgelehnt. Alles, was wärmt, ist mehr als willkommen.

»Deine Eisbude hier ist doch verrückt, Cilla. Hast du deinem Vermieter eine Mail geschrieben?«

»Ja, natürlich. Aber seit dem Wasserschaden im Oktober war der nicht mehr zu erreichen. Der liegt wahrscheinlich am Strand in den Tropen und sonnt sich.«

»Es ist doch illegal, seine Mieter so zu behandeln.«

»Darum müsstest du dich doch eigentlich kümmern. Wer von uns beiden ist denn bei der Polizei?«

Er lächelt mich an.

»Wie läuft es in Sachen Kochtopf?«, fragt er statt einer Antwort.

»Ich gehe das umgehend überprüfen!«

Ich sprinte an den Herd und hebe den Deckel von meinem roten Le-Creuset-Topf. Ein Geschenk von Zacke, von wem sonst. Er ist offenbar der Überzeugung, dass es physisch unmöglich ist, ein Essen in einem Topf zu kochen, der weniger als tausend Kronen kostet. Mir steigt eine herzhafte Duftwolke in die Nase. Einfach köstlich. Das Chili steht schon seit heute Nachmittag auf dem Herd und köchelt vor sich hin. Zuerst habe ich Ancho-Chili mit Zwiebeln und Sellerie angebraten, danach wanderte das Stück Rindernacken zusammen mit Brühe und einem dunklen Ale in den Zaubertopf. Das Fleisch ist mittlerweile butterweich und fällt auseinander, und es ist an der Zeit, den Tisch zu decken. Wir essen das Chili in warmen Tortillas mit aufgeschlagener Crème fraîche, cremigem Maisbrei, knackigem Salat und einem Berg von Koriander. Mir läuft das Wasser im Mund zusammen, wenn ich nur dran denke. Die Zeit der Wunder ist noch nicht vorbei – ich, Cilla Storm, habe auf meine alten Tage mit dem Kochen begonnen!

Es gab eine Zeit in meinem Leben – und die ist nicht besonders lange her –, da bestanden meine Kochkünste aus Tütensuppen und, wenn es hoch kam, Penne mit Pesto. Das Pesto aus dem Glas, versteht sich. Wenn das Konto es hergab, kam es durchaus vor, dass ich mir eine Spezialbestellung bei meinem Privatkoch gönnte (ja, ja, schon gut, der heißt Jawad und arbeitet bei Lieferando). Aber es ist eigentlich ganz einfach. Man nehme einen gut aussehenden Polizisten namens Adam Ångström, werfe ihn in mein Leben (und in mein Bett), und plötzlich kann ich mir nichts Schöneres vorstellen, als am Herd zu stehen und ihm feinste Dinge zu kochen.

*Zum Haareraufen.* Man füge noch ein Korsett hinzu und kippe das Frauenwahlrecht, und schon hat man die perfekte Hausfrau.

Aber Zacke hat mir gestanden, dass es ihm ganz genauso geht. Zwar hat Zacke es schon immer geliebt, Essen zu kochen. Aber als er mit Jonathan zusammenkam, hat ihn quasi eine Kochmanie gepackt.

Es ist windig, die kahlen Bäume knarren in der Dunkelheit. Obwohl wir schon Mitte Dezember haben, hat Stockholm bisher noch keine Schneeflocke gesehen. Wenn man in einer Großstadt lebt, muss man es hinnehmen, dass es keine Schneegarantie gibt. Ich mag es trotzdem, im Winter in der Stadt zu leben. Aber viele beklagen sich. *Stockholm ist zu matschig, zu grau – das ist einfach kein richtiger Winter.* Aber ich bin hier aufgewachsen. Ich habe meine Winter nicht damit verbracht, auf Langlaufskiern von Hütte zu Hütte zu fahren und Waffeln zu essen oder in den zugefrorenen jämtländischen Teichen Barsche zu angeln. Ich habe stattdessen die Weihnachtsdeko am Kaufhaus *Nordiska Kompaniet* und die Lichterketten auf den Booten am Strandvägen bewundert. Das war vollkommen ausreichend. Auch heute noch.

Trotzdem haben Adam und ich uns letztes Wochenende für eine kleine Auszeit auf dem Land entschieden. Na ja, was heißt hier auf dem Land. Wir sind in meine heiß geliebte Laube in der Schrebergartenkolonie auf der Insel Bullholmen gefahren. Das ist uns buchstäblich in letzter Minute eingefallen. Ich wollte noch vor Weihnachten in meinem kleinen Refugium nach dem Rechten sehen, also sind wir letzten Samstag kurzerhand mit der Fähre *S/S Silberpfeil* rübergefahren. Adam und ich waren fast die einzigen Passagiere, das war ungewöhnlich und auch lustig. Denn im Sommer ist die Fähre fast immer proppenvoll, und sogar im Herbst, als Rosie und ich für ein Wellnesswochenende nach Bullholmen gefahren sind, war die Fähre gut ausgelastet mit Besuchern, die Bullholmen im Oktobergewand genießen wollten. Aber letztes Wochenende war die Fähre wie gesagt praktisch wie ausgestorben. Und so auch die Insel. Der Supermarkt war zum Glück geöffnet, sonst hätten wir sofort wieder umkehren müssen.

Wir haben einen ausgedehnten Spaziergang gemacht und den knackig kalten Wintertag genossen. Bis auf die andere Seite der Insel sind wir gelaufen, wo die Felsen viel steiler sind und das neue Spa-Hotel steht, das um diese Zeit sogar geöffnet hat. Rosie und ich waren vor ein paar Monaten dort und haben eine ziemlich dramatische Geschichte erlebt. Aber jetzt ist alles wieder ruhig und still. Sogar das Meer hält eine Art Winterschlaf. Abends haben wir uns ganz banale Tacos gemacht – mit Mais aus der Dose und Crème fraîche – und haben dazu Ginger-Bier getrunken und auf meinem iPad ein paar Folgen einer britischen Krimiserie gesehen. Da es nachts aber schon empfindlich kalt wurde, sind wir gleich am nächsten Morgen mit der ersten Fähre zurück aufs Festland gefahren. Um dann den gesamten Vormittag in der Badewanne zu verbringen, gemeinsam. *Es gibt nichts Schlechtes, an dem nicht auch etwas Gutes ist …*

Das Ende vom Lied aber war die Feststellung, dass an meinen beiden Rückzugsorten eisige Kälte herrscht.

Mit Ausnahme von Adam natürlich. Verstohlen werfe ich einen Blick zu ihm aufs Sofa. Obwohl er wie eine Mumie bis obenhin eingemummelt ist, kann ich sein Gesicht in dem voluminösen Rollkragenpullover sehen. Seine aufmerksamen Augen, die vollen, kussfreudigen Lippen und den dunklen Dreitagebart …

Es hätte mich schlimmer treffen können. Das steht fest.

Ich kann nicht einschlafen. Wälze mich im Bett hin und her.

Adam schnauft lieblich neben mir, und obwohl ich es ansonsten liebe, mich dicht an ihn zu kuscheln, schleiche ich kurz nach eins in die Küche. Da wir beide in Wollsocken und Jogginganzug ins Bett gegangen sind, muss ich mir auch nichts Zusätzliches anziehen.

Neben der Spüle stehen noch die Reste unseres Schmortopfs, der tatsächlich so gut geschmeckt hat wie erhofft. Aber abgewaschen wird erst morgen, denn ich will meine Schlafstörung sinnvoll nutzen und arbeiten. Ich mache mir also einen großen Becher Tee, der wunderbar nach Passionsfrucht duftet, und verkrümele mich mit meinem Laptop aufs Sofa.

In anderthalb Wochen ist Weihnachten, aber das darf einen Freiberufler nicht weiter tangieren. Während die Festangestellten ihre Ausgleichs- und Brückentage zusammenzählen, hängt meine Arbeit immer wie ein Damoklesschwert über mir. Nicht dass man mich falsch versteht, mir macht das nichts aus. Ich liebe es, freiberuflich zu arbeiten. Ich liebe es, zu jeder Tages- und Nachtzeit zu schreiben, wie es mir gefällt. Und mein Job ist sogar noch aufregender geworden, seit ich für *Blutspur* schreibe, den mittlerweile bekanntesten Podcast des Landes. In der Kategorie *True Crime* sind wir ohne Frage der größte. Mit fast zweihunderttausend Zuhörern pro Folge jede Woche kann sich *Blutspur* mit den Giganten der Branche messen. Zu verdanken ist dieser Erfolg in erster Linie den beiden charismatischen Frontfrauen, die in der Lage sind, mit Empathie und wohl dosierter Dramaturgie die Geschichten zu erzählen. Hoffentlich aber auch meiner Neugier für andere Menschen, die ich einbringe, wenn ich die Manuskripte für jede Folge schreibe. Denn ich bin die alleinige Autorin der Folgen. Ich recherchiere, sammle Informationen und versuche dann, so zu schreiben, dass die Zuhörer fünfzig Minuten mit Gänsehautgarantie erleben.

Seit Herbst habe ich eine volle Stelle bei *Blutspur*, und die bisher stärkste und beliebteste Sendung war eindeutig die Folge über die Salonlöwin Laila Damm, die vor dreißig Jahren spurlos verschwand. Rosie und ich haben ihren Fall während unseres Aufenthaltes im Spa-Hotel auf Bullholmen gelöst. Diese Folge ist mit Abstand die bisher meistgehörte, was auch daran liegt, dass wir Details herausbekommen haben, die der Polizei bis dato verborgen waren. Nach diesem Erfolg kann ich jeden Monat einen Tausender mehr auf meinem Konto begrüßen, was mir sehr gut gefällt. Die Kehrseite der Medaille ist der Druck, der sich dadurch erhöht hat. Die Laila-Damm-Geschichte hat nämlich dazu geführt, dass die beiden Geschäftsführerinnen auf den Geschmack gekommen sind und sich jetzt zunehmend für schwedische Kriminalfälle interessieren. Natürlich laufen ausländische Fälle nach wie vor gut (und das müssen sie auch, weil sie den Großteil meiner Produktion ausmachen), aber es ist doch ein Unterschied, wenn sich ein ungelöstes Rätsel in heimischen Gefilden abspielt.

Aber es gibt ja nicht unbegrenzte Geheimnisse und Rätsel in unserem schönen Schweden.

Denn die meisten Einheimischen kennen die Von-Sydow-

Morde, bei der der Reichstagsabgeordnete Hjalmar von Sydow vom eigenen Sohn erschlagen wurde, und haben schon einmal von der Maskeraden-Liga gehört – einer Bande, die verkleidet Raubüberfälle durchführte. Außerdem schrecke ich vor Fällen zurück, die zu brutal sind. Es ist sehr leicht, mit Tragödien anderer zu unterhalten, darum sind wir angehalten, behutsam zu sein und keine Grenzen zu überschreiten. Mich persönlich haben die grausamen Fälle, bei denen es um Gewaltverbrechen an jungen Frauen geht, nie interessiert. Leider scheint das aber der Großteil der Welt anders zu sehen. Ich finde Rätsel spannend. Geheimnisse. Mysterien. Ich liebe es, ein Puzzle zusammenzusetzen.

Trotzdem muss ich feststellen, dass ich eine Art Schreibkrampf entwickelt habe. Oder sagen wir lieber: Kopfkrampf.

Ich hole tief Luft und beginne meine übliche Recherche: *Schwede spurlos verschwunden.* Danach versuche ich es mit unterschiedlichen Variationen: *Schwede + Verschwinden. Ungeklärtes Verschwinden.*

Der Wind draußen pfeift, und die Dunkelheit hat die Bastugatan mit einem Happs verschlungen.

Systematisch überfliege ich die Treffer zu meinen verschwundenen schwedischen Mitbürgern. Denn ja, auch Schweden verschwinden ab und an spurlos. Meistens handelt es sich aber um Jugendliche, die ausreißen, oder um Drogenabhängige, deren Aufenthaltsort ungewiss ist. Die wenigsten verschwinden so, wie es Laila Damm getan hat. Zum Glück! Aber schade für meinen Kontostand.

*Pfui, Cilla*, schimpfe ich und verdrehe die Augen.

Ich öffne den Ordner auf dem Desktop mit dem Namen NOTFALL. Ein doppeldeutiger Name. Darin habe ich ein paar Klassiker gebunkert, auf die ich jederzeit zurückgreifen kann. Der Yngsjö-Mord, von der Schwiegermutter des Grauens, oder die Åmsele-Morde, die finnischen Zeltmorde … Aber ich will keine alten Kamellen verkaufen. Ich will etwas Neues erzählen. Etwas, das kaum einer kennt.

Ich habe noch ein bisschen Zeit bis zu meiner nächsten Deadline. Ich habe meinen *Blutspur*-Ladys versprochen, ihnen in den Tagen zwischen den Jahren ein nagelneues Manuskript zu schicken. Glücklicherweise habe ich im Herbst vorgearbeitet, sodass die Wintersaison abgedeckt ist. Trotzdem wäre es großartig, wenn ich die Frühlingssaison mit einer fesselnden Story beginnen würde. *Blutspur* ist nämlich nicht der einzige Podcast im Lande, der auf *True Crime* spezialisiert ist. Inzwischen schießen die wie Pilze aus dem Boden. Wie kleine mörderische Pilze aus dem Podcast-Boden: *Mord und Menschen*, *Bluttat und Bier, 100 Arten zu sterben* – die Konkurrenz wird immer größer und härter. Allerdings wurde einer der Konkurrenten, *100 Arten zu sterben*, vom Sender genommen, als herauskam, dass der Programmleiter eine Folge aus einem Buch geklaut hatte, woraufhin der Autor ihn verklagte. Aber das wird uns mit *Blutspur* niemals passieren.

*Du bist unsere Geheimwaffe*, sagen die *Blutspur*-Ladys immer zu mir. Was aber leider den Druck so gar nicht verringert.

Nachdem der Teebecher ausgetrunken ist, klappe ich den Laptop zu und stelle mich ans Fenster. Ich starre in die Dunkelheit, sehe aber nichts anderes als mein verfrorenes Spiegelbild. Aus dem Schlafzimmer höre ich ein seliges Schnarchen. Ich lächle.

Es wird Zeit, mich wieder an den hübschen Polizisten zu kuscheln.

# 2

## *Cilla*

»Was machst du eigentlich an Weihnachten?«

Rosie und ich gehen spazieren. Obwohl, schlendern passt besser. Wir tragen beide irre dicke Daunenjacken und gigantische Handschuhe. Wir sind in der Gamla Stan, genauer gesagt auf dem Stortorget, wo seit Ende November ein Weihnachtsmarkt aufgebaut ist. Lauter kleine rote Buden, in denen Zimtschnecken und Glögg, Lose und handgeschnitzte Buttermesser verkauft werden.

»Ach, ich weiß nicht«, sagt Rosie. »Ich bin keine Weihnachtsromantikerin.«

»Nicht?«

»Nein. Also, ich mag Glögg und so. Aber der muss ein bisschen aufgemotzt sein. Mit Rum oder Whiskey. Sonst kannst du den vergessen.«

Ich lächle. Rosie Ångström ist eine ganz besondere Frau. Und sie ist eine meiner besten Freundinnen, was noch viel großartiger ist. Siebzig Lenze zählt sie, ist pensionierte Polizistin und stolze Besitzerin einer Laube in der Schrebergartenkolonie auf der Insel Bullholmen. So haben wir uns kennengelernt. Es ist schon verrückt, dass wir uns erst seit knapp einem halben Jahr kennen, denn eigentlich fühlt es sich an, als wären wir schon seit einer Ewigkeit befreundet. Sie ist lustig, warmherzig und nahezu lebensgefährlich neugierig. Sie liebt gutes Essen und Wein. Also, abgesehen von dem Altersunterschied von knapp vierzig Jahren, ist sie die perfekte Freundin. An ihr Alter denke ich sowieso nur in ganz bestimmten Situationen, und zwar, wenn Adam dabei ist. Denn Adam Ångström, der Polizist, mit dem ich seit diesem Herbst zusammen bin, ist Rosies Sohn.

»Und was ist mit dir, Cilla? Wie wirst du dieses Jahr Weihnachten feiern?«

Ich zucke mit den Schultern.

»Ich habe bisher keine Pläne. Wahrscheinlich werde ich arbeiten müssen.«

Rosie gackert vor Lachen und schüttelt den Kopf.

»Arbeit, Arbeit, Arbeit. Eure Generation denkt an nichts anderes. Deshalb bekommen von euch so viele Burn-out. Ihr nehmt euren Job mit nach Hause und scrollt euch die Nächte um die Ohren. Und wenn ihr dann Kinder bekommt, müssen die natürlich mit plastikfreier, veganer Hackfleischsoße und Kombuchastreuseln gefüttert werden. Das ist doch kein Wunder, dass ihr völlig ausgebrannt seid.«

»Aber du kennst mich doch, Rosie. Keine Kinder, kein Kombucha.«

»Das ist auch gut so. Sieh dich bloß vor. Arbeitest du nicht zu viel? Wie viele Stunden schläfst du nachts im Schnitt?«

»Äh … so sieben.«

»Das geht in Ordnung. Ich habe ja leider inzwischen senile Bettflucht. Ich wache schon auf, wenn sich eine Fliege im Flur räuspert.«

Ich kichere. Dann hake ich mich bei ihr ein und ziehe sie zu einem kleinen Stand, wo sie köstlichen, warmen Kakao verkaufen. Ich bestelle zwei und habe kurz darauf zwei dampfende Pappbecher in den Händen. Es duftet stark nach Zucker und Kakao. Irgendwie verstärken die niedrigen Temperaturen den Genuss um ein Vielfaches.

»Was meinst du, wie Adam Weihnachten feiern will?« frage ich vorsichtig. »Oder sagen wir, wie hat er *bisher* Weihnachten gefeiert?«

»Er gehört auch zu denen, die an Weihnachten arbeiten. Und zwar immer. Das hat er auch getan, als er mit Sabina zusammen war. Aber vielleicht kann er mal eine Ausnahme machen und sich freinehmen, auch wenn sein Chef ihn natürlich am liebsten vor Ort haben will. Dann werden wir beide uns allerdings um ihn prügeln müssen – wie zwei hungrige Füchse um das Huhn.«

»Hilfe!«

»Quatsch, ich mache nur Spaß! Du verbringst Weihnachten mit ihm, Cilla. Ihr jungen Leute macht es euch richtig gemütlich. Ich werde in meiner Wohnung sein. Einsam. Mit dem Weihnachtsprogramm in den Öffentlich-Rechtlichen als einziger Gesellschaft. Drück mir die Daumen, dass ich nicht in der Dusche ausrutsche und langsam verblute.«

»Zum Glück bist du keine Märtyrerin, Rosie!«

Sie stupst mich in die Seite, und ich nehme lachend einen Schluck von meiner Schokolade. Ich weiß, dass sie es nicht ernst meint. Ich nehme ihr auch ab, dass Weihnachten für sie wirklich keine große Bedeutung hat. Trotzdem versetzt mir die Vorstellung, Rosie allein in ihrer Wohnung sitzen zu lassen, einen Stich ins Herz.

Denn Weihnachten ist immer kompliziert. Ein Wechselbad der Gefühle. Positive wie negative. Auch Adam und ich haben über das bevorstehende Fest noch nicht gesprochen, obwohl es schon in gut einer Woche ist.

Die letzten Jahre habe ich mit meinem Vater und Sussi gefeiert, dieses Jahr aber werden sie die Feiertage auf den Kanaren verbringen. Sie haben mir sogar angeboten mitzukommen, aber so schön die Vorstellung auch ist, ich hätte einfach keine Ruhe, auf einem Sonnenstuhl am Strand von Las Palmas zu liegen. Der Job hat Vorrang. Aber vielleicht können Adam und ich uns wenigstens an Weihnachten zum Essen verabreden?

Vor meinem inneren Auge läuft ein romantischer Film ab. Der geschmückte Weihnachtsbaum funkelt, im Kamin knistert ein Feuer, und Adam und ich liegen ineinander verschlungen auf dem Sofa unter einer warmen Decke, füttern uns gegenseitig mit Haselnüssen, während im Fernsehen *Liebe braucht keine Ferien* läuft. Die Fantasie ist vollkommen surreal und unsinnig, was damit zusammenhängt, dass ich zum einen keinen Kamin habe und zum anderen gegen Haselnüsse allergisch bin, was in letzter Konsequenz bedeuten würde, dass Adam eine Frau mit verquollenem Gesicht und akuter Atemnot neben sich liegen hätte.

Aber irgendwas werden wir uns schon einfallen lassen.

*

Ein paar Stunden später sitze ich in meiner kleinen Küche auf Södermalm vor einer aufgegessenen Portion Pad Thai und ein paar Kerzen. Adam hat Spätschicht, und nachdem ich mich bei meiner Google-Recherche stundenlang erfolglos in potenzielle Fälle eingelesen habe, habe ich die Befürchtung, bald üble Flashbacks zu erleben.

*Nicht gut, Cilla. Gar nicht gut.*

Draußen sehe ich Hundebesitzer mit ihren Liebsten Gassi gehen. Ich habe mein iPhone mit meinem kleinen grünen Lautsprecher verbunden, der mir Roxy Music vorspielt. *More than this, you know there's nothing* … Vielleicht sollte ich etwas Weihnachtlicheres anmachen? Spotify schlägt eine Weihnachtsliste vor, ich klicke sie an und höre sofort Bing Crosbys schöne Stimme aus der Box knistern. Viel besser.

Als ich gegen acht Uhr, nach zwei geschlagenen Stunden, noch immer keine Zeile geschrieben habe, rufe ich Zacke an.

»Ja, hier spricht der Bockstenmann«, meldet er sich.

»Bitte wer?«

»Na, die berühmte Moorleiche. Wann hast du mich eigentlich das letzte Mal angerufen, 1997? Ich befinde mich in emotionaler Auflösung. Sind wir überhaupt noch befreundet?«

Ich reibe mir die Stirn und lache über meinen melodramatischen Freund.

»Ich weiß. Verzeih mir. Ich bin wirklich eine Null darin, mich regelmäßig zu melden.«

»Da sagst du was. Liegt es am Polizisten? Hat dich die Liebe *gefangen genommen*?«

»Jetzt hör mal auf. Himmel.«

»Spässchen!«

»Es liegt am Job. Ich soll in knapp zwei Wochen ein neues Manuskript abliefern, und bislang habe ich … nichts. Nicht einmal den Hauch einer Idee. Hast du nicht ein ungelöstes Rätsel in petto?«

»Allerdings. Wie kann es sein, dass meine Klamotten jedes Jahr im Dezember geschrumpft sind?«

»Ich befürchte, das ist zu sehr Nischen-Thema für unser Publikum bei *Blutspur*.«

»Willst du nicht vorbeikommen? Wir haben gerade eine vortreffliche Flasche Roten entkorkt.«

»Ich stehe quasi schon vor eurer Tür.«

# 3

## *Cilla*

Aretha Franklin stürzt sich schon im Flur auf mich.

Also nicht die echte, das wäre auch zu surreal. Sondern der kleine, zottelige Havaneser der beiden Jungs namens Aretha. Fröhlich kläffend hüpft sie an mir hoch, während ich sie streichle.

»Hallo, mein kleines Schätzchen. Oh, wie du dich freust! Ja, na du, na du?«

»Aretha, aus, komm her!«, höre ich Zackes Stimme aus der Küche rufen. »Ich habe Trüffelsalami für dich, mein Liebling! Komsi, komsi!«

Ich schüttle fassungslos den Kopf und ziehe Winterjacke, Schal und Handschuhe aus. Während es in meiner Wohnung so kalt ist wie in einem Eishotel, herrschen bei den Jungs Temperaturen wie in einer Therme. *Selbstredend.* Zacke würde etwas anderes niemals akzeptieren.

»Sag bitte nicht, dass Aretha Trüffelsalami isst«, rufe ich.

»Aber sicher doch«, erwidert Zacke. »Was sollte sie denn sonst essen – geräucherte Mettwurst oder wie? Was denkst du denn?«

»Ihr habt den verwöhntesten Hund auf ganz Södermalm.«

»So war sie von Anfang an. Aber mach dir keine Sorgen, Cilla. Für dich ist auch noch was da.«

Ich gehe ins Wohnzimmer, was mein absoluter Lieblingsraum ist. Auf der ganzen Welt. Und das liegt nicht nur daran, dass Zacke und Jonathan hier wohnen, sondern weil er so sagenhaft schön eingerichtet ist. Alte Dielen, echte Perserteppiche, geschmackvolle Kunst an den gold gestrichenen Wänden, dezente Lichtstrahler und in der Mitte ein großer Esstisch mit ausgefallenen Stühlen, die alle anders aussehen. Die Fenster zeigen auf den Mariatorget. *Selbstredend.* Zacke sagt gerne, dass Marie-Antoinette so gewohnt hätte, wenn sie es sich hätte leisten können. Damit bringt er mich jedes Mal zum Lachen. Heute thront ein schönes Holzbrett mit einer exquisiten Auswahl an Käsesorten auf dem Tisch. Einige davon sind so weich, dass sie sich bereits auf den Weg hinunter in die Altstadt gemacht haben.

Jonathan und Zacke umarmen mich zur Begrüßung.

»Hungrig?«, fragt Zacke.

»Nein, danke. Ich habe mir gerade eine ganze Portion Pad Thai reingeschoben.«

Zacke sieht mich verwundert an.

»Pad ...«

»*Thai.* Du weißt schon, vom Thailänder.«

»Pad ... wie?«

»Thai. Thaifood. Das wird in weißen Behältern geliefert mit einer Extratüte Erdnüssen.«

»Das habe ich noch nie probiert.«

Jonathan klopft seinem Freund auf die Schulter.

»Wenn es nicht Französisch oder Italienisch ist, kennt Zacke es nicht. Magst du ein Glas Wein haben?«

»Gerne.«

Ich setze mich an den Tisch, und Jonathan schenkt mir Rotwein in das große runde Glas.

»Das ist ein Crozes-Hermitage von 2006«, sagt Zacke.

»Das klingt eher wie eine Krankheit.«

»*You should be so lucky!* Das ist ein Syrah aus dem nördlichen Rhônetal.«

»Von 2006! Zacke, ich habe dir doch schon so oft gesagt, dass du mir diese irrsinnig teuren Weine nicht vorsetzen sollst. Das ist Verschwendung. Können wir mir nicht einfach einen schönen cremigen Chardonnay aufmachen?«

»Kommt überhaupt nicht infrage. Du bist es wert, den teuersten Wein der Welt zu trinken.«

Ich lächle ihn an.

»Und das an einem ganz normalen Mittwoch? Gibt es etwas zu feiern?«

»Vielleicht«, sagt Jonathan geheimnisvoll.

Seine Lippen umspielt ein Lächeln. Gab es einen Heiratsantrag? Nein. Obwohl Zacke sehr monogam lebt, hat ihn ein Ring am Finger noch nie interessiert. Ein Kind? Wohl kaum.

»Jetzt habt ihr mich aber neugierig gemacht«, sage ich.

»Darf ich es erzählen?«, ruft Jonathan.

Er sieht aus wie ein kleiner Junge an Weihnachten, Zacke hingegen wirkt sehr viel zurückhaltender, gedämpfter.

»Nur zu, mein Herz, nur zu.«

Mein ganzer Körper ist in Alarmbereitschaft. Die haben doch nicht vor, aus Stockholm wegzuziehen? Mich zu verlassen? Nein, kann ich mich sofort wieder beruhigen. Zacke würde niemals sein *Mon Dieu!* aufgeben. Er liebt sein kleines

Weinbistro, das er seit ein paar Jahren betreibt. Oder würde er es doch tun? Ich habe schlagartig feuchte Hände. Jonathan liebt die Natur. Er kommt aus einer richtigen Sportlerfamilie. Was, wenn er Zacke überredet hat, mit ihm in eine Kate nach Sörmland zu ziehen, ganz im Süden von Stockholm, quasi am Ende der Welt? Was, wenn ich sie ab jetzt nur noch ein paar Wochen im Sommer sehe? *Oh Gott!*

»Jetzt erzählt endlich«, drängle ich ungeduldig.

»Wir haben eine Hütte in den Bergen gekauft! Eine Skihütte!«

Ich will etwas sagen, aber sitze nur mit offenem Mund da.

»W… was? Stimmt das?«

Zacke nimmt einen großen Schluck Wein.

»Jep«, sagt er schließlich. »Jonathan sagt die Wahrheit.«

»Eine … *Skihütte*?«

»Ja, ist das nicht fantastisch?«, ruft Jonathan begeistert und strahlt übers ganze Gesicht wie eine unerwartete Dezembersonne.

»Ja, aber … wo?«

»In Idre! Am Idre Fjäll!«

»Aber könnt ihr überhaupt Ski fahren?«

Jonathan wirft mir einen vorwurfsvollen Blick zu.

»Entschuldige bitte mal, du hast hier einen Mann vor dir, der jeden Winter in den Bergen verbracht hat, bis er von zu Hause ausgezogen ist.«

*Stimmt ja.* Ich erinnere mich an die vielen Geschichten über Jonathans Familie, die mir Zacke erzählt hat. Die beiden sind in vielerlei Hinsicht sehr verschieden. Während Zacke in einer wohlhabenden Familie in Lidingö groß geworden ist, ist Jonathan in einem kleinen Reihenhaus in

Falun aufgewachsen. Während Zacke seine Sommerferien im Ferienhaus der Familie im schicken Roslagen verbracht hat, bestanden Jonathans Winter aus schlichten Skihütten in den Bergen von Schweden.

»Entschuldige, das hatte ich vergessen. Ihr seid so eine richtige Skifahrerfamilie, stimmt's?«

»Allerdings«, nickt Jonathan. »Mit Betonung auf *richtig*. Keine Oberklassenfuzzis, die nur in die Berge fahren, um Eierlikör vor dem Kamin zu süffeln.«

»Was soll denn daran verkehrt sein?«, brummt Zacke.

»Wir sind *richtig* Ski gefahren«, schwärmt Jonathan. »Sind die Berge hinuntergesaust. Und wenn ich ehrlich bin, Cilla, habe ich das seither vermisst.«

Ich nicke, obwohl ich mir Jonathan nur schwer beim Skifahren vorstellen kann, egal ob Abfahrt oder Langlauf. Im richtigen Leben arbeitet er in der Bank und geht abends am liebsten mit Aretha Franklin spazieren und macht es sich danach auf dem Sofa bei einer guten britischen Krimiserie gemütlich.

»Und … was ist mit dem da?«

Ich zeige grinsend auf Zacke.

»Wie willst du den in die Berge bekommen?«

Jonathan lächelt, Zacke schmollt.

»Er wird sich schon daran gewöhnen. Wir wollten uns ja schon lange ein Wochenendhäuschen besorgen. Und jetzt haben wir eins! Gestern Nachmittag haben wir zugeschlagen, die Versteigerung dauerte nicht lange. Du darfst dir nicht zu viel darunter vorstellen, Cilla. Es ist wirklich nur eine ganz einfache Skihütte, ziemlich klein, die Einrichtung ist aus den Achtzigern. Aber der Skihang ist in unmittelbarer

Nähe und das Zentrum auch. Zacke hat der Hütte schon einen Spitznamen verpasst.«

Ich lache laut.

»Echt? Und wie lautet der?«

»Kieferkrampf.«

Zackes Gesichtsausdruck ist todernst.

»Weil alles aus Kiefernholz ist. Es ist einfach ü-ber-all.«

Die folgenden Minuten verstreichen damit, dass mir ein vollkommen enthusiastischer Jonathan Fotos vom Kieferkrampf zeigt. Seine Freude ist unübersehbar. Und auch Zacke freut sich, obwohl er den Kopf schüttelt und an seinem Rotwein nippt. Er liebt es, seinen Jonathan glücklich zu machen. Darin geht er auf. Nachdem Jonathan alles gezeigt, sein Handy weggelegt und mein Glas aufgefüllt hat, übernimmt Zacke.

»Da du jetzt alles über unseren Neuzugang erfahren hast, haben wir noch eine Idee, die wir dir unterbreiten wollen«, sagt er schelmisch.

»Aha? Was denn?«

»Also. Die Idee ist genau genommen entstanden, während du von deiner Wohnung zu unserer gelaufen bist.«

Die beiden sehen erst einander konspirativ an, dann richten sie ihre Blicke auf mich.

»Wir wollen, dass du nächste Woche mit nach Idre Fjäll kommst und dort mit uns Weihnachten feierst.«

# 4

*Idre Fjäll*

*Sebbe*

*Ein Monat vor Weihnachten*

Es schneit hier oben. Heftig.

Sebbe muss eine Pause einlegen. Seine Stiefel sind gefühlt tonnenschwer, und er sinkt bei jedem Schritt tief in den Schnee ein. Er kennt sich mit dieser Art von Winterwetter nicht aus. Überhaupt nicht. Er ist Ur-Stockholmer, mitten in der Stadt aufgewachsen. Auf Kungsholmen. Natürlich hat er schon Schnee gesehen, Norrmälarstrand und Rålambshovsparken mit einer dünnen weißen Schicht bedeckt. Aber das war eher eine Seltenheit, und außerdem konnte man sich dann trotzdem noch ohne Schwierigkeiten bewegen.

Anders als hier, in Idre.

Er war noch nie hier. Er hat in seinem einundzwanzigjährigen Leben auch noch nie einen Skihang von Nahem gesehen. Genau genommen ist er noch nie nördlich von Stockholm gewesen. Dafür gab es bisher einfach keinen Grund. Bis jetzt. Und der Grund ist denkbar naheliegend und banal.

Geld. Er braucht das Geld.

Der Bus, den er von Mora aus genommen hat, hat im Zentrum von Idre Fjälls gehalten. Wenn man das überhaupt als Zentrum bezeichnen konnte. Sebbe meinte, einen kleinen Supermarkt, ein Restaurant, den Eingang eines Hotels sowie ein Geschäft von Intersport gesehen zu haben. Laut Google soll eine ehemalige Größe des Skisports, die Skirennfahrerin Pernilla Wiberg, hier ein Hotel führen und eine Bar haben. Aber beides hat er noch nicht entdeckt.

»Machst du Witze?«, hatte sein bester Kumpel Marc ihn gefragt, als Sebbe ihm vor einer Woche von seinen Plänen erzählt hatte. »Du hast einen Job in Idre angeboten bekommen? Wo ist das überhaupt?«

»In der Region Dalarna«, hatte Sebbe geantwortet. »Voll hoch. Berge und so. Idre Fjäll. Das ist ein Skigebiet.«

Marc hatte laut losgeprustet und fast das Bier umgestoßen, das sie sich gerade in der Kneipe *Kvarnen* auf Södermalm bestellt hatten.

»Und *DU* sollst in einem Skigebiet arbeiten? Du kannst doch gar nicht Ski fahren?«

Da hatte Sebbe ihm den Mittelfinger gezeigt.

»Ich soll auch nicht am Skilift arbeiten, sondern bei einer Familie.«

Das wiederum fand Marc schon sehr viel wahrscheinlicher. Denn Sebbe arbeitete als persönlicher Assistent, seit er die Schule beendet hatte. Das war zwar nicht sein Traumberuf, den er bis ans Ende seiner Tage ausführen wollte, aber er war irgendwie in den Bereich hineingeschliddert und fand sich mittlerweile sehr gut darin zurecht. Außerdem hatte er das Glück gehabt, für wunderbare Menschen zu arbeiten.

Janina zum Beispiel hatte er ein halbes Jahr betreut, eine Teenagerin, die an einer Zerebralparese litt und blutige Horrorfilme über alles liebte. Oder Soraya, eine fast Fünfzigjährige mit fortgeschrittener Multipler Sklerose und einem noch fortgeschritteneren Humor. Sebbe ist sich bewusst, wie viel Glück er gehabt hat, denn einige seiner Kollegen haben Patienten, die so beeinträchtigt sind, dass sie weder sprechen noch sich bewegen können. Er weiß nicht, ob er das aushalten würde, jemanden mit so schwerwiegenden Beeinträchtigungen zu begleiten. Er schämt sich zwar dafür, aber das wäre einfach zu schrecklich. Zu düster. Obwohl er weiß, dass jedes Leben lebenswert und wertvoll ist und in Schweden die Devise gilt *Leben um jeden Preis*. Trotzdem will er solche Patienten nicht betreuen.

»Aber warum denn Idre?«, hatte Marc weitergebohrt, an jenem Abend vor ein paar Wochen beim soundsovielten Bier. »Es gibt doch einen Haufen Jobs hier in Stockholm?«

»Aber die sind alle schlecht bezahlt«, hatte Sebbe geantwortet.

Und das stimmte. Auf der Seite von der Arbeitsagentur hatte er diese Anzeige gelesen. *Sehr gutes Gehalt wegen ungewöhnlicher Arbeitszeiten.* Das hatte Sebbe neugierig gemacht. Er wollte wissen, wie hoch das Gehalt sein würde, denn viel gab es in dieser Branche nicht zu verdienen. Als er dann die Antwortmail las, die er bereits am Nachmittag desselben Tages erhielt, dachte er zuerst, die Frau müsse sich verschrieben haben. *Gehalt: 15.000 Kronen pro Woche. Kost und Logis frei.*

Fünfzehntausend Kronen pro Woche.

*In der Woche!*

Ausgeschrieben war der Job von Anfang Dezember bis Weihnachten. Das waren fast vier Wochen. Insgesamt also … sechzigtausend Kronen. Doppelt so viel wie bei allen anderen Jobs, die er je gehabt hat. Und Kost und Logis waren auch noch frei. Sebbe war gar nichts anderes übrig geblieben, als dankend anzunehmen. Vielleicht war die Bezahlung auch so gut, weil man bis Weihnachten bleiben musste. Aber Sebbe war kein Weihnachtsromantiker, es machte ihm nichts aus durchzuarbeiten. So würde er zumindest der ewigen Debatte mit seinen Eltern entgehen, warum er noch immer Vegetarier war und sich noch an keiner Hochschule beworben hatte.

»Und was weißt du über den Auftraggeber?«, hatte Marc weitergebohrt. »Wen sollst du betreuen?«

Sebbe hatte ihm erzählt, was in der Anzeige gestanden hatte.

*Gesucht wird ein junger Mann als persönlicher Assistent für einen Siebzehnjährigen. Er ist ein positiver und umgänglicher Teenager, der für die Musik lebt. Er leidet an einer schweren Form von Rheuma und ist seit ein paar Jahren an den Rollstuhl gefesselt, was aber seiner Lebensfreude keinen Abbruch tut.*

*Unser Sohn ist sehr selbstständig, aber da wir im Dezember sehr beschäftigt sind, brauchen wir Unterstützung. Am liebsten von einem jungen Mann in seinem Alter.*

Sebbe fröstelt. Er sieht sich suchend um. Eigentlich sollten die Eltern des Jungen ihn im Zentrum abholen, aber fünf Minuten bevor der Bus sein Ziel erreicht hatte, bekam er eine SMS. *Kleine Krise hier – könntest du auch laufen? Das sind nur etwa zehn Minuten, ganz einfach zu finden – ich schicke dir den Standort!*

Und es war tatsächlich nicht schwer, den Weg zu finden. Zumindest nicht bis hierher.

Aber nun hört der Weg einfach auf. Vor Sebbe erstreckt sich der Wald, und weiter hinten ist ein beleuchteter Skihang. Laut Standortnadel auf seinem Handy soll das Haus hier irgendwo in der Dunkelheit sein. Er dreht sich nach rechts und nach links. Rechts steht eine kleine Skihütte. Und links … *Nein.* Das kann doch nicht wahr sein? Links führt ein Kiesweg einen kleinen Hang hinauf und endet vor …

Einer verdammt großen Luxusvilla.

Drei Stockwerke.

Gigantische Fenster, die zum Wald und zum Skihang blicken. Sebbes erster Gedanke ist, dass es sich bestimmt um ein Hotel handelt. Aber da entdeckt er den blauen Briefkasten am Fuß des Hanges. Nummer 14. *OMG.* Dort wohnt sein Auftraggeber.

Langsam geht er auf das protzige Gebäude zu. Der Rollkoffer rattert über die Steine. Wie war er nur auf die Schnapsidee gekommen, einen Rollkoffer mit in die Berge zu nehmen? Ein großer Rucksack oder etwas Ähnliches wären wesentlich sinnvoller gewesen. Nicht so ein Handgepäcksköfferchen in Blau, das man für einen Wochenendtrip nach Dublin oder so packt.

Die kalkweiße Holzfassade wird von einzelnen Spotlights beleuchtet. Er hat noch nie in seinem Leben so ein mondänes Haus gesehen. *Ist das hier alles ein riesiges Missverständnis? Ich passe doch gar nicht hierher. Was, wenn die jemand ganz anderen erwartet haben … in jeder Hinsicht anderen?*

Aber er weiß auch, dass er keine Wahl hat. Er ist da, und es ist saukalt. Der beißende Wind brennt im Gesicht. Er klingelt. Es dauert eine ganze Weile, ehe überhaupt irgendetwas passiert. Dann hört er hohe Absätze über einen Steinfußboden klappern.

Sebbe schluckt.

Da öffnet sich die Tür.

»Sebbe! Herzlich willkommen.«

Die Frau, die ihm geöffnet hat, ist schön und elegant. Sie trägt weiße Jeans und eine schwarze Bluse, deren glänzender Stoff im Licht der enormen Kristallleuchter an der Decke schimmert.

»Vielen Dank.«

»Komm rein, komm rein. Ich bin Irene. Wir duzen uns, ja? Es tut mir so leid, dass du laufen musstest. Aber wir hatten eine mittelgroße … Krise. Aber das ist jetzt alles wieder gut.«

Sie bittet Sebbe in den Flur, der so groß ist wie seine gesamte Wohnung. Allein bis zur Decke sind es mindestens zehn Meter. Rechts ist eine Treppe, die in den ersten Stock führt. Sorgfältig klopft er den Schnee von seinen Stiefeln und stellt sie, so ordentlich er kann, an die Tür.

»Frierst du?«, fragt die Frau ihn. »Hast du ein paar Wollsocken dabei? Wir haben hier natürlich Fußbodenheizung, aber es ist bestimmt angenehmer, warme Socken anzuhaben.«

»Ich habe keine Wollsocken.«

»Dann gebe ich dir welche. Wir haben unendlich viele davon. Komm, lass uns hochgehen.«

Sebbes Blick bleibt an den Rahmen hängen, die an der Wand neben der Treppe hängen. Familienbilder. Allerdings nicht so wie bei normalen Leuten, Fotos vom letzten Sommerurlaub oder von besonders schönen Winterferien. Es sind Gemälde. Ölgemälde. Solche, die auch in Downton Abbey an den Wänden hängen. Er ist zwar kein ausgewiesener Fan der Serie, aber eine Zeit lang konnte man ihr kaum aus dem Weg gehen.

Sein künftiges Gehalt ist zwar außerordentlich hoch, aber er hatte nicht erwartet, dass die Familie Niemi-Jensen *so reich* ist. Denn als sie den ersten Stock erreichen, fällt ihm fast die Kinnlade runter. Das gesamte Stockwerk besteht quasi nur aus einem gigantisch großen Wohnzimmer. Die Fenster reichen vom Boden bis zur Decke und verwandeln den Raum tagsüber bestimmt in eine lichtdurchflutete Bühne, die sich zu den Skihängen und dem angrenzenden Wald öffnet. Einen Teil des Raumes nimmt eine Küche ein, die aus zwei Kochinseln, einem enormen AGA-Herd und einer Abzugshaube besteht, die aussieht wie ein Raumschiff. Auf der anderen Seite befindet sich der Essbereich und daneben ein riesiger Kamin, eine TV-Ecke mit schönen, weichen, dunkelblauen Sofas und einem weißen Flügel. Auf dem dunklen Holzfußboden liegen geschmackvolle Teppiche, und das Licht in dem Raum – vielmehr im Stockwerk – ist sanft, gedämpft und angenehm. Sebbe zuckt zusammen, als er plötzlich einen Mann auf sich zukommen sieht. Er trägt eine Cordhose und einen weißen Wollpullover, unter dem sich ein kleiner Bauch abzeichnet. Trotz seines Dreitagebarts hat seine Ausstrahlung etwas Elegantes. Außerdem trägt er Hausschuhe, was Sebbes Puls sofort hochjagt, denn er läuft auf feuchten Socken herum. Wie ein armer Loser.

»Hallo!«, sagt der Mann und streckt ihm eine Hand entgegen. »Ich bin Patrick.«

»Sebbe.«

»Schön, dich kennenzulernen. Wir sind dir so dankbar, dass du so kurzfristig zugesagt hast. Uns steht ein ziemlich stressiger Monat bevor, und wir können jede Hilfe brauchen.«

»Es freut mich, dass ich helfen kann.«

»Kannst du Ski fahren?«

Sebbe schluckt. Sollte er besser lügen? Und behaupten, er sei praktisch auf Skiern groß geworden? Oder ist das dämlich? Die Wahrheit wird früher oder später ohnehin ans Licht kommen. Er räuspert sich.

»Ehrlich gesagt war ich noch nie in den Bergen. Das ist heute das erste Mal.«

»Wirklich?«

Patrick lächelt zaghaft.

»Vielleicht können wir dich mal mitnehmen und es dir beibringen.«

»Sehr gerne. Wenn Zeit dafür ist?«

»Entschuldige. Magst du auch ein Glas Wein? Wir haben uns gerade eine schöne Flasche Bordeaux aufgemacht.«

»Ähm ...«

Erneut ist Sebbe sprachlos. Ist das hier ein Eignungstest?

»Vielen Dank. Aber bei der Arbeit trinke ich grundsätzlich nicht.«

»Ach komm, es ist doch nur ein Glas. Und streng genommen hast du noch nicht angefangen zu arbeiten.«

Patrick holt ein Glas aus der Küche, das so groß wie ein Goldfischglas ist, gießt einen Schluck von dem blutroten Bordeaux hinein und reicht es Sebbe. *Wo bin ich denn hier gelandet?* Ihm wurde noch nie von einem Arbeitgeber Wein angeboten. Seine Tätigkeit als persönlicher Assistent zeichnet sich in der Regel durch die totale Abwesenheit von Glamour aus. Und wie hat Patrick diesen Wein genannt… *Bordooo*? Muss er wissen, was das bedeutet?

Pflichtbewusst nimmt Sebbe einen Schluck. Der Wein schmeckt pelzig und nach Teer. In seiner Welt gibt es nur roten und weißen Wein, und so wie dieser Wein schmeckt der in seinem Lieblingsrestaurant *Carmen* nicht. Überhaupt nicht.

»Köstlich, oder?«, fragt Patrick.

»Absolut. Großartig.«

»So«, unterbricht Irene die beiden und wirft ihrem Mann einen vielsagenden Blick zu. »Dann stelle ich dir jetzt mal Fredrik vor, einverstanden?«

»Sehr gerne.«

»Dann komm mal mit.«

Sebbe verabschiedet sich von Patrick und folgt Irene. Der Wein schwappt in seinem riesigen Glas hin und her, während sie den Raum durchqueren.

»Ich hoffe so sehr, dass ihr beide euch gut versteht. Er ist ein toller Junge, unser Fredrik. Aber sehr sensibel. Unter uns, er hat gestern Abend plötzlich kalte Füße bekommen. Was wiederum zu dieser Krise geführt hat, und deshalb konnte ich dich nicht von der Haltestelle abholen. Fredrik hatte bisher noch keinen persönlichen Assistenten.«

»Noch nie?«

»Nein. Bisher habe ich mich um ihn gekümmert. Immer. Wir beide stehen uns sehr nahe.«

Sie kommen an einem Badezimmer vorbei, das ebenfalls enorm groß ist. Eine überdimensionierte Badewanne steht in dem Raum. In der Ecke ist eine Dusche mit Wasserfallduschkopf, und in der Decke sind kleine Leuchtdioden eingelassen, die wie Sterne funkeln. Dahinter führt eine weitere Treppe in den zweiten Stock.

»Das ist ein ziemlich großes Haus«, sagt Sebbe beeindruckt.

»Ja, Platz haben wir genug«, erwidert Irene lächelnd.

»Und wo schlaft ihr?«

»In dem großen Schlafzimmer im Erdgeschoss. Hinter dem Eingang und der Sauna. Aber wir halten uns meistens im ersten Stock auf. Wir haben häufig Gäste. Nicht jeden Abend, aber wir veranstalten oft Essen, Empfänge und dergleichen.«

»Okay. Was macht ihr eigentlich beruflich?«

»Patrick und ich haben eine Eventfirma mit Schwerpunkt auf Aktivitäten in den Bergen. Deshalb auch die vielen Einladungen. Wir bekommen Besuch von Unternehmen, die ein paar Tage in den schwedischen Fjällen erleben wollen. Angefangen bei einem Bad an einer abgelegenen Stromschnelle bis hin zur Rentiersafari oder einer Jagd.«

»Shit.«

Sebbe beißt sich auf die Lippe.

»Ich meine, *wow*. Wie cool!«

Die zweite Etage besteht aus einem größeren und einem kleineren Raum sowie einem Badezimmer.

»Verstehe«, sagt Sebbe, als er den Fahrstuhl sieht, der offenbar für den Rollstuhl gedacht ist. »Wie viel Unterstützung benötigt euer Sohn denn? Und seit wann sitzt er im Rollstuhl?«

»Seit etwa sechs Jahren. Er leidet unter Kinderrheuma,

und leider sind seine Schmerzen jedes Jahr schlimmer geworden. Ich bin Krankenschwester, deshalb habe ich ihn auch bisher immer selbst betreuen können. Das ist eine große Erleichterung, wenn man so weit draußen wohnt. Gott sei Dank hatten wir die Möglichkeit, beim Bau dieses Hauses auch seine Bedürfnisse zu berücksichtigen. Wie mit dem Fahrstuhl, zum Beispiel. Und den großzügigen Räumen.«

»Ist er viel draußen?«

Irene schüttelt den Kopf. Ein Schatten huscht über ihr Gesicht. Kummer?

»Leider nicht. Gerade hat er eine gute Phase, aber die Schmerzen bremsen ihn sehr aus. Trotzdem ist er sehr selbstständig, das wirst du schon merken. Aber auf der Sommertournee musste ich ihn die ganze Zeit begleiten. Am Ende ist er eben doch noch ein Kind.«

Sebbe nimmt noch einen Schluck von seinem pelzigen Wein. *Sommertournee?* Wovon redet sie?

»Das hier wird dein Zimmer, habe ich mir gedacht.«

Irene öffnet die Tür zu dem kleineren Zimmer, in dem ein gemachtes Bett und ein Schreibtisch stehen. Von der Decke hängt ein Kronleuchter.

»Das ist aber schön.«

»Das freut mich, dass es dir gefällt. Fredriks Zimmer ist gleich hier daneben.«

Irene klopft an. Es dauert eine ganze Weile, erst dann hören sie eine Stimme hinter der Tür. *Kommt rein.* Sebbe steht mit seinem Glas *Bordooo* hinter Irene und spürt seinen Herzschlag. Er hat keine Ahnung, was ihn auf der anderen Seite erwartet. Keine Ahnung, was von ihm erwartet wird.

Irene öffnet die Tür, und sie betreten den Raum.

Der ist groß. Sehr groß.

Auch hier reichen die Fenster vom Boden bis zur Decke. Dahinter sind hauptsächlich die dunklen Berge und Wälder zu sehen. Vor einem ist ein Teleskop aufgestellt, das auf die Skihänge gerichtet ist, weiter hinten im Raum flimmert ein Monitor. In der Ecke stehen zwei, nein drei Keyboards neben Lautsprechern und noch weitere technische Ausrüstung. Und mitten im Raum sitzt er. In seinem Rollstuhl. Ihre Blicke begegnen sich.

Und erst da fallen alle Puzzleteile an ihren Platz.

Sebbe soll sich um Fredrik Niemi kümmern.

*Den* Fredrik Niemi.

Das musikalische Wunderkind.

# 5

*Stockholm*

*Cilla*

*Sechs Tage vor Weihnachten*

Aus den Lautsprechern tönt »I Got You Babe« von Sonny & Cher, als ich das edle Kaufhaus *Nordiska Kompaniet* betrete. Davor habe ich mir natürlich die traditionsreiche Weihnachtsbeleuchtung der Schaufenster angesehen, aber die Kälte hat mich am Ende ins Innere getrieben.

Ich gehe an dem großen, funkelnden Weihnachtsbaum vorbei, der im Eingang steht. Von dem Café im hinteren Teil weht der Duft von warmem Safranbrötchen und frisch aufgeschäumter Milch zu mir herüber.

Zacke hat mich hierherbeordert, damit ich mir ein Skioutfit zusammenstellen kann. Als ich die Rolltreppe hochkomme, wartet er bereits mit zwei Pappbechern in der Hand auf mich.

»Was hast du da?«, frage ich, während ich ihn umarme.

»Cappuccino.«

»Du bist der Beste.«

»Danke. Ich dachte, den kannst du gebrauchen, bevor wir shoppen gehen.«

»Recht hast du. Aber ich verstehe nach wie vor nicht, warum wir das hier machen müssen und nicht einfach in ein Sportgeschäft gehen.«

Zacke runzelt die Stirn, als hätte ich gesagt: »Wir können uns die Sachen doch auch selbst aus Briefpapier und Hackfleisch zusammenkleben.« Wortlos zieht er mich hinter sich her in die Sportabteilung. Nach der Einladung von Zacke und Jonathan, Weihnachten in ihrer neuen Hütte zu feiern, hatte ich um eine Nacht Bedenkzeit gebeten. Gleich am nächsten Morgen rief ich bei Adam an und holte mir von meinem gut aussehenden Freund die Antwort ab, die ich erwartet hatte. Er hatte zwar Dienst über Weihnachten, würde aber versuchen, in den Tagen zwischen den Jahren vorbeizuschauen. Ehrlich gesagt sind wir auch noch nicht so lange zusammen, dass ich Weihnachten zu Hause bleibe, nur um mit ihm zu feiern. Später, wenn wir dann ein paar Jahre zusammen sind, kann ich gerne zu Hause unterm spärlich geschmückten Weihnachtsbaum mit einer einsamen Scheibe Weihnachtsschinken auf Knäckebrot sitzen und auf meinen Workaholic-Freund warten. Aber nicht dieses Jahr. Zumal sich meine besten Freunde gerade eine Skihütte zugelegt haben. Diese Gelegenheit kann und darf man nicht verstreichen lassen.

Das größte Problem ist also nicht Adam, obwohl ich ihn natürlich wahnsinnig vermissen werde.

Sondern Rosie.

Obwohl sie mehrfach betont hat, dass sie es gewohnt ist, Weihnachten allein zu verbringen (und es seit dem Tod ihres Mannes Lennart vor zehn Jahren so handhabt, mit einigen wenigen Ausnahmen, bei denen ihr Adam Gesellschaft leistete), hat mich trotzdem so ein Gefühl beschlichen, als wir gestern in der Gamla Stan unterwegs waren und über die bevorstehenden Feiertage gesprochen haben. Rosie ist eine lebhafte und energische Frau. Eine Siebzigplus-Rakete. Gleichermaßen selbstständig wie stur. Ich weiß, dass sie viel allein ist und sich sehr gut selbst beschäftigen kann. Und trotzdem … Weihnachten ist etwas anderes. Magisch und heikel zugleich, wenn man bedenkt, dass in dieser Zeit ganze Familien und Ehen zerbrechen und dennoch viele dieses Fest über alles lieben und romantisch finden.

Ich nehme einen Schluck von meinem cremigen Cappuccino, während wir uns durch Nylonhosen, Fleecepullis und Laufschuhe schieben.

Niemand sollte an Weihnachten allein sein. Außerdem ist Rosie eine meiner besten Freundinnen geworden. Zacke hingegen ist seit Jahren mein bester Freund und engster Vertrauter. Die Frage ist nur, ob die beiden auch zusammen funktionieren würden …

»'tschuldigung!«, ruft Zacke einem der Angestellten zu. »Wo haben Sie die Skibekleidung hängen?«

Der junge Mann zeigt in die hintere Ecke des Geschäfts, ich nehme einen weiteren Schluck und fasse mir ein Herz, Zacke die entscheidende Frage zu stellen.

»Du, Zacke, du kennst doch Rosie …«

»Deine neue Freundin?«

»Ähm … ja, ganz genau. Wir beide sind uns in recht kurzer Zeit ziemlich nahegekommen.«

»Ich weiß, ich fühle mich ehrlich gesagt auch ein bisschen bedroht davon.«

Ich lege ihm eine Hand auf die Schulter.

»Niemand wird jemals deinen Platz in meinem Herzen einnehmen können, Zacke. Aber Rosie ist … lustig. Und ich glaube auch, dass du sie richtig nett finden würdest. Ihr beide, Jonathan und du.«

Er bleibt abrupt stehen, dreht sich zu mir um und hebt eine Augenbraue.

»Worauf willst du hinaus, Cilla Storm?«

Ich lächle.

»Ich mache mir Sorgen, dass sie an Weihnachten allein ist. Und sich einsam fühlt. Das ist sie nicht, schon klar, sie hat ja Adam und mich, aber du weißt doch, wie ich das meine. Sie ist Witwe, und ich weiß nicht, der Gedanke daran, dass sie allein vor dem Fernseher sitzt, ein trostloses Sandwich mit einer Scheibe Weihnachtsbraten isst, ein Glas Glögg trinkt und eine dämliche Kochshow oder so guckt, macht mich irgendwie …

Ich verstumme. Zacke mustert mich amüsiert. Schnell lege ich noch nach: »Nicht, dass du mich falsch verstehst, Rosie ist keine jammernde, dröge Tante. *So* habe ich das überhaupt nicht gemeint. Sie ist der Knaller. Sie ist lustig, verrückt, liebt Essen und Wein … und wenn sie erst einmal anfängt, von ihrer Dienstzeit als Polizistin zu erzählen, wow, ich sage dir … Das ist wahnsinnig spannend! Und ich weiß, dass es nicht *schlimm* ist, Weihnachten allein zu verbringen, das machen ganz viele, es geht hauptsächlich darum, ob es gewollte oder ungewollte Einsamkeit ist. Klar. Weißt du, ich habe vor Kurzem einen Beitrag im Radio gehört, in dem sie betont haben, dass es einen riesigen Unterschied macht, ob man …«

Zacke nimmt meine Hand in seine. Sie ist kühl, aber so wunderbar weich und zart, obwohl er in der Gastro arbeitet. Manchmal habe ich den Verdacht, dass er nachts mit Handschuhen schläft, in die er Handcreme gefüllt hat.

»Cilla.«

»Ja?«

»Was schwafelst du da?«

»Du hast recht. Es tut mir leid.«

»Habe ich es richtig verstanden, dass du deine neue Freundin gerne einladen willst, mit uns in Idre Weihnachten zu feiern?«

Ich nicke.

»Natürlich, meine Liebe. *The more the merrier.*«

Ich schüttle den Kopf.

»Wenn Leute so etwas sagen, meinen sie das nie! Du musst das überhaupt nicht …«

»Ich meine *immer*, was ich sage. Außer, wenn ich sage, dass ich Naturweine mag. Das sage ich nur, weil wir einen viel zu großen Posten von so einem spanischen Hipsterscheiß geordert haben, der wie Apfelessig schmeckt, aber wir ihn unbedingt unter die Leute bringen müssen. Ansonsten meine ich immer alles genau so, wie ich es gesagt habe.«

Ich merke, wie sich ein breites Grinsen in meinem Gesicht ausbreitet.

»Bist du sicher? Weil, du musst wissen … ich könnte es total gut verstehen, wenn Jonathan und du euer neues, winterliches Liebesnest allein genießen wollt. Das weißt du, oder? Ich fände das überhaupt nicht schlimm.«

Zacke bohrt seinen Blick in meine Augen.

»Cilla, unser ›Liebesnest‹ ist eine kleine Holzkate mit Mäusen und alten Matratzen vom Vormieter. Ihr seid herzlich willkommen, diesen Ort mit uns zu teilen. *The more the merrier.* Grüß Rosie von mir und sag ihr das. Einzige Auflage: Sie soll keinen Naturwein mitbringen.«

*

Am späteren Nachmittag desselben Tages verkünde ich Rosie bei einem Stück Prinzessinnentorte in der Konditorei Vete-Katten die frohe Botschaft. Aber sie reagiert alles andere als hocherfreut.

»Idre?«, fragt sie skeptisch mit gerunzelter Stirn.

»Ja! Sie haben sich die Holzhütte gerade erst gekauft. Die ist so süß. Also, auf den Fotos, die sie mir gezeigt haben. Aber sie sieht zauberhaft aus!«

»Ich bin seit hundert Jahren nicht mehr Ski gefahren. Ich weiß gar nicht, ob ich das noch kann.«

»Ich auch nicht, das macht nichts. Das wird schon. Wir üben zusammen.«

Ich setze mein schönstes Marzipangrinsen auf, aber Rosie hat ihre Zweifel noch nicht abgelegt. Nachdenklich zieht sie kleine Furchen in die geschlagene Sahne, was lustigerweise aussieht wie eine Langlaufloipe. Dann endlich hebt sie den Kopf.

»Nee … ich weiß nicht.«

Enttäuscht lege ich die Gabel weg. Damit hatte ich nicht gerechnet.

»Echt jetzt? Ich hätte nicht erwartet, dass du ein tolles

Wochenende in einer Hütte im Schnee ablehnen würdest, vor einem knisternden Kaminfeuer und in Begleitung von zwei Männern, die es lieben, Köstlichkeiten zuzubereiten.«

»Das klingt alles großartig, es ist nur so, dass ich …«

Sie verstummt, und ich sehe, wie ihr Blick durch die Konditorei schweift und bei den anderen Gästen hängen bleibt. In einer Ecke sitzen ein paar Jugendliche über ihre Hausaufgaben vertieft, an einem anderen Tisch sitzen zwei Mädchen und scheinen ihr erstes Date zu haben. Ihre Finger streichen nervös über die Ränder ihrer Teetassen. Ansonsten sind es ältere Paare um die siebzig, die diese Konditorei vielleicht schon ihr ganzes Leben kennen. Sie trinken Kaffee, essen eine Kleinigkeit und unterhalten sich ab und zu, aber vor allem fühlen sie sich offensichtlich wohl in der Gesellschaft des anderen. Sie gehören zusammen.

Rosie sieht mich an.

»Ich will niemandem zur Last fallen.«

»Last? Machst du Witze? Du bist meine Freundin, Rosie. Und kein alter Erbonkel, der Blondinenwitze macht, wenn er zu viel Sherry getrunken hat.«

»Du hast mich noch nicht erlebt, wenn ich zu viel Sherry intus habe.«

Ich lache.

»Oh doch, das habe ich. Und ich will dich dabeihaben, Rosie. Und das wollen Zacke und Jonathan auch. Heiliges Ehrenwort. Sie wollen dich so kennenlernen, wie ich dich kennengelernt habe. Es gibt keine Verpflichtungen, weder was das Skifahren angeht noch etwas anderes. Wir wollen nur eine schöne ruhige Woche in den Bergen verbringen. Ich will nicht, dass du allein …«

Ich verstumme abrupt und beiße mir auf die Zunge. Rosie starrt mich an. Verdammt.

»Was allein?«

»Ach, nichts weiter.«

»Meinst du, dass ich an Weihnachten allein bin?«

»Nein«, sage ich, während mein Gesicht etwas vollkommen anderes brüllt: *Ja, ganz genau das wollte ich sagen!*

Rosie senkt den Blick, sie sieht gekränkt aus. Ich schiebe mir aus Verzweiflung eine riesige Gabel mit Schlagsahne in den Mund.

»Cilla, ich weiß dein Angebot sehr zu schätzen. Und freue mich über die Einladung von deinen Freunden. Das ist sehr lieb von euch.«

»Ich höre da ein *Aber.*«

»Aber … ich komme prima allein zurecht. Versteh mich bitte nicht falsch, ich verbringe sehr gerne Zeit mit dir. Du bist tausendmal lustiger als die Tanten in meinem Alter, mit denen ich sonst befreundet bin. Aber seit Lennarts Tod vor zehn Jahren habe ich Weihnachten immer allein gefeiert. Manchmal hat mir Adam Gesellschaft geleistet, und das war natürlich immer schön. Aber du weißt ja, wie sehr ihn sein Job in Anspruch nimmt. Zugegeben, es ist manchmal auch einsam, aber ich weiß trotzdem, wie glücklich ich mich schätzen kann. Auch wenn ich den Weihnachtsschinken mit niemandem teilen kann. Ich danke dir von Herzen für dein Angebot, meine liebe Cilla. Aber ich lehne dennoch dankend ab.«

# 6

*Idre Fjäll*

*Irene*

*Ein Monat vor Weihnachten*

Als Irene die Augen aufschlägt, braucht sie einen kurzen Augenblick, um sich zu orientieren. So dunkel ist es in ihrem Schlafzimmer. Was hat sie aufgeweckt? Sie legt sich auf die eine Seite, um wieder einzuschlafen, dann wälzt sie sich auf die andere. Aber sie ist hellwach. Patrick schnarcht leise neben ihr. Sie muss eingeschlafen sein, bevor er nach Hause kam.

Irene starrt an die Decke, lächelt in die Dunkelheit. Sebbes Gesichtsausdruck war unbezahlbar, als er erkannte, wessen persönlicher Assistent er bis Weihnachten sein soll. Hier oben in Idre, in ihrer ganz eigenen Blase in dem Haus, vergisst sie manchmal, wie berühmt ihr Sohn ist. Irene hofft, dass Fredriks Bekanntheit Sebbes Arbeitseinstellung nicht negativ beeinflusst. Am Jahresende wird es immer besonders hektisch in ihrem Job, und sie hat ein schlechtes Gewissen, weil Patrick und sie so oft weg sind. Sie weiß auch, dass

Fredrik nicht besonders krank aussieht, besonders in einer guten Phase, so wie jetzt gerade. Aber die Schmerzen kommen immer wieder, früher oder später. Ihr Sohn wird sein ganzes Leben an Rheuma leiden, sagen die Ärzte. Aber diese Krankheit hat ihn nicht aufgehalten, und sie ist so stolz auf ihn. Was er alles schon erreicht hat. Was er …

Im Stockwerk über ihr poltert es. Sie zuckt zusammen. Ist einer der beiden wach geworden? Und auf die Toilette gegangen? Sie versucht, sich zu beruhigen, aber als sie ein zweites Mal ein Geräusch hört, fast wie ein dumpfer Aufprall, setzt sie sich auf und greift nach ihrem Morgenmantel. Reglos lauscht sie, erst dann steht sie auf und schleicht lautlos aus dem Zimmer. Ihre Augen haben sich an die Dunkelheit gewöhnt, sie kann die Bäume draußen sehen, die sich im Wind biegen. Leise geht sie die Treppe in den ersten Stock und von dort aus weiter in den zweiten. Dort ist es kalt, sie zieht den Morgenmantel enger um den Körper. So kalt ist es sonst nie im Haus, die Innentemperatur liegt wegen Fredriks Rheuma immer über zwanzig Grad. Es fühlt sich an, als würde irgendwo ein Fenster auf Kipp stehen.

Irene sieht sich um. Die Tür zum Gästezimmer, in dem Sebbe schläft, ist zu. Und auch im Badezimmer ist niemand. Vorsichtig öffnet sie die Tür zu Fredriks Zimmer. Die Wolken, die über den Himmel ziehen, werfen Schatten auf sein Gesicht. Auf Zehenspitzen schleicht sie an sein Bett und deckt ihn zu. Dann überprüft sie, ob auch wirklich alle Fenster verschlossen sind, bevor sie ins Erdgeschoss zurückkehrt und neben Patrick ins Bett krabbelt. Morgen muss sie unbedingt mit Sebbe reden und ihm deutlich machen, wie empfindlich Fredrik auf Kälte und Zugluft reagiert.

# 7

*Stockholm*

*Cilla*

*Sechs Tage vor Weihnachten*

Ich liege in der Badewanne und bin umringt von einer Unmenge an Teelichtern. Auf dem Klodeckel steht ein Glas australischer Cabernet Sauvignon, und der Badeschaum reicht mir bis zum Kinn. Ich fühle mich ein bisschen wie Carrie in der Kultserie *Sex and the City*. Der einzige Unterschied besteht darin, dass Carrie Bradshaw niemals in dem Band *Schwedische Kriminalchroniken* von 1998 schmökern würde.

Anders als Carrie aber liebe ich *Schwedische Kriminalchroniken*. Vor allem, wenn es mir selbst an Inspiration mangelt. Genüssliches Lesen, während man mit einem Glas Rotwein in einer warmen Badewanne sitzt, kann doch niemandem schaden. Leider habe ich trotz großer Gemütlichkeit noch nichts gefunden, worüber ich schreiben könnte.

Obwohl, nein. Bitte streichen. Ich habe *haufenweise* Fälle gefunden. Obwohl wir in einem relativ kleinen Land leben, bin ich immer wieder überrascht, wie viel Wahnsinn in Schweden passiert. So auch 1998. Aber keiner der Fälle hat in mir ein Kribbeln ausgelöst. Ein Kribbeln, das wichtig ist, damit die Geschichte gut wird. Richtig gut.

»Cilla, bist du schon ertrunken?«

Adams besorgte Stimme vor der Badezimmertür bringt mich zum Lachen.

»Nein. Das hat mich mein Vater auch immer gefragt.«

»Ich hoffe doch sehr, dass wir nur dieses Detail gemeinsam haben …?«

»Ich auch!«

»Kommst du bald raus? Es ist so einsam auf dem Sofa.«

»Ich komme!«

Ich lege das schwere Buch beiseite, dusche mich kurz ab, rubbele mich mit dem Handtuch trocken und creme mich dann mit meiner neuesten Errungenschaft von Body Shop ein. Eine duftende Bodylotion, damit Adam neben jemandem schläft, der richtig gut riecht. Auf der Verpackung steht zwar Champagner/Erdbeeren aber ich finde, es riecht irgendwie nach etwas anderem.

Danach schlüpfe ich in meinen Schlafanzug und verlasse das dampfende Badezimmer. Als ich ins Wohnzimmer komme, hebt Adam den Kopf und schnuppert mit der Nase.

»Hmm. Du duftest nach …«

»Champagner und Erdbeeren?«, schlage ich voller Hoffnung vor.

»Rhode Island.«

Mein Lächeln erstirbt augenblicklich, und ich schnüffele an meinem nackten Unterarm.

»Du hast recht«, sage ich entsetzt.

Er nickt und nimmt mich in den Arm, während ich es mir neben ihm auf dem Sofa bequem mache.

»Ich *will*, dass meine Frauen nach Rhode Island duften«, sagt Adam.

»*Frauen* – wie viele hast du denn?«

»Nur eine, die meine hohen Anforderungen erfüllt.«

»Willst du wirklich eine Freundin haben, die nach Rhode Island riecht?«

»Ja, weil es das einzige Dressing ist, das nach etwas schmeckt. Wer will denn schon eine Vinaigrette-Tussi?«

Im Fernseher läuft die Serie *Mandelmanns Hof* über den Alltag des Ehepaares Mandelmann und ihrer vier Kinder auf dem schönen Hof in Schonen. Gerade ist Marie Mandelmann dabei, die Geburt eines Lämmchens zu begleiten. Ich begreife nicht, wie die das auf ihrem verdammten Hof aushalten. Haben die nicht auch mal Lust, sich Take-away zu bestellen?

»Adam …«

»Ja?«

»Meinst du, Rosie kommt damit klar, Weihnachten allein zu verbringen?«

»*Oh no* … Du hast das Thema doch nicht etwa angesprochen, oder?«

»War das dämlich?«

Adam kratzt sich am Hinterkopf. Zieht mich näher an sich heran.

»Nein. Dämlich ist das falsche Wort. Hast du sie eingeladen, mit euch in die Berge zu fahren?«

Ich nicke.

»Das ist superlieb von dir, Cilla. Aber meine Mutter ist ein sehr stolzer Mensch. Das Letzte, was sie will, ist … ein Wohltätigkeitsprojekt zu sein.«

»Aber, das ist sie doch gar nicht!«

»Ich weiß, aber das redet sie sich schnell ein.«

»Das ist furchtbar schade, weil ich sie nämlich dabeihaben *will!* Ehrlich. Ganz in echt. Und sie ist übrigens auch nicht das Einzige auf meiner Wunschliste.«

Ich fahre mit der Hand durch Adams Haare, so wie er vor ein paar Sekunden. Seine Haare sind immer so weich. Manchmal würde ich am liebsten darin wohnen. Und es mir dann in seinen dunklen, lockigen Haaren so richtig gemütlich machen.

»Ich würde dich auch gerne in Idre Slalom fahren sehen«, sagt Adam. »Aber wir haben hier so viel zu tun, vor allem in dieser Jahreszeit. Ich kann unmöglich eine ganze Woche weg sein.«

Ich nicke einsichtig.

»Ich weiß. Aber träumen ist doch noch erlaubt.«

Er küsst mich mit seinen weichen Lippen. Sie sind so weich wie seine Haare.

»Vielleicht kann ich mich für ein paar Tage freimachen. Aber bestimmt erst nach Weihnachten.«

»Ich drücke mir selbst die Daumen, dass du es schaffst. Adam Ångström in Funktionswäsche ist ein Anblick, auf den es sich zu warten lohnt.«

# 8

*Idre Fjäll*

*Sebbe*

*Ein Monat vor Weihnachten*

Sebbe erinnert sich genau daran, wann er Fredrik das erste Mal gesehen hat. Das ist noch gar nicht lange her.

Er war bei einer seiner Klientinnen. Bei Ingrid, einer älteren Frau, der er beim Einkaufen hilft und ab und zu einen Kaffee mit ihr trinkt. Ingrid hat keine Beine, die waren ihrem Diabetes zum Opfer gefallen und mussten amputiert werden. Aber sie war ganz wach und klar im Kopf und liebte es fernzusehen. Darin bestand auch hauptsächlich ihre Aktivität, wenn Sebbe bei ihr war.

An jenem Abend, im Herbst vor zwei Jahren, lief die Show »Das Supertalent«, in der die unterschiedlichsten Menschen ihre jeweiligen Fertigkeiten vor einer Jury präsentierten, die aus beliebten Promis bestand. Einige sangen, andere tanzten, einer bekam tosenden Applaus nach einer Opernarie. Eine Frau führte mit ihrem Pudel Kunststücke auf und ließ ihn durch verschieden große Hula-Hoop-Reifen springen.

Das alles hatte Sebbe nicht besonders beeindruckt. Aber er nahm an, dass dieses Programm sehr familiengeeignet war, weil man es am Freitagabend zusammen bei Tacos und Chips sehen konnte. Sebbe war gerade von zu Hause ausgezogen und hatte niemanden, mit dem er vor dem Fernseher sitzen konnte. Ab jetzt musste er allein zurechtkommen. Mit Ausnahme von den Abenden, an denen er sich mit seinem besten Kumpel Marc auf ein Bier traf, was er mehrmals die Woche tat.

Aber dann trat ein junger Mann auf die Bühne oder sagen wir eher ein Junge. Fünfzehn Jahre war er erst alt. Weißblondes Haar und blaue Augen. Er trug einen einfachen Wollpullover und saß im Rollstuhl. Er war schüchtern, sagte nicht viel. Er rollte an den Flügel, der in der Mitte der Bühne stand. Dann knackte er seine Finger und begann zu spielen.

Sebbe und Ingrid waren beide augenblicklich verstummt. Und versanken in der Musik. So erging es auch dem Publikum und der Jury, die mit aufgerissenen Mündern dem jungen Talent zuhörten. Seine Finger flogen über die weißen und schwarzen Tasten. Es klang … unglaublich. Dieser Junge war ein Genie.

Und was vor ihm mit Susan Boyle und Paul Potts passierte, geschah jetzt auch mit Fredrik Niemi. Innerhalb von einer Woche wurde sein Beitrag mehrere Millionen Mal geklickt. Weltweit. Er wurde berühmt als *Das Wunderkind*. Das musikalische Genie aus Schweden. Er saß beim Frühstücksfernsehen, in Talkshows, spielte auf großen Festivals als Zwischenakt und wurde in Schulen eingeladen, um dort Vorträge zu halten … Und blieb doch immer so schüchtern wie am Anfang. So bescheiden. Und so unfassbar talentiert.

Sebbe sieht aus dem Fenster. Es ist zwei Uhr nachts. Sein erster Arbeitstag in der Luxusvilla der Familie Niemi in Idre ist überstanden und die Dunkelheit draußen ungewohnt dicht. Er kann die Bäume hören, die sich im Wind wiegen. Auf der anderen Seite der Wand liegt der wohl bekannteste Siebzehnjährige des Landes.

Und er, Sebbe, ist sein persönlicher Assistent.

# 9

*Stockholm*

*Rosie*

*Vier Tage vor Weihnachten*

Es ist still in Gärdet, ihrem Viertel auf Östermalm.

Rosie ist frisch gebadet, hat sich in ihren Morgenmantel gehüllt und trägt flauschige Pantoffeln an den Füßen. Ihr ist herrlich warm. Im Kamin flackert ein Feuer, der einzige Luxus in ihrer sonst sehr schlichten Wohnung. Die Küchenschränke haben Türen aus Eiche und sind so was von Neunziger, und im Badezimmer liegt ein grün gesprenkelter Kunststoffteppich. Aber sie hat einen Kamin, und im Winter macht sie ihn jeden Abend an.

Durchs Fenster kann sie die Hundebesitzer beobachten, die mit ihren Lieblingen spazieren gehen. Alle halten eine Rolle mit schwarzen Müllbeuteln in der Hand und starren in die Dunkelheit. Die Hunde scheint es nicht weiter zu stören, dass es kalt und ungemütlich ist. Und fast pechschwarz, so dunkel. Ganz im Gegenteil, die Köter wirken so ausgelassen und fröhlich wie immer.

Rosie betrachtet sich im Spiegel, zieht den kuscheligen, ausgefransten Morgenmantel enger. Wie schön wäre es, ein Hund zu sein. Natürlich will sie nicht wirklich ein Hund sein. Erstens haben die keine Ahnung von Hygiene, und außerdem sterben die viel zu früh, die werden höchstens um die dreizehn Jahre alt. Das kann man kaum als optimal bezeichnen. Aber Rosie hätte gerne das Gemüt eines Hundes. Diesen unerschütterlichen Optimismus. Diese Lebensfreude. Die vollkommen unabhängig ist von der Umgebung und den Witterungsverhältnissen.

Ihr Blick fällt auf ihren großen roten Sessel. Ihren heiß geliebten Sessel. Bequem und einzigartig. Wie viel Zeit sie darin schon verbracht hat. Wie viele Filme sie in ihm gesehen hat. Unzählige Abende mit Popcorn und Rotwein. Unzählige Abende mit einem guten Krimi in der Hand und einer dampfenden Tasse Tee auf dem kleinen Beistelltisch. Und im Winter verbringt sie beinahe ganze *Tage* in ihrem besten Möbelstück aller Zeiten.

Rosie plagen für ihr Alter kaum Gebrechen. Nein, trotz ihrer gut siebzig Jahre ist sie topfit. Sie geht gerne spazieren, unternimmt viel und schläft gut. Trotzdem geht es ihr im Sommer am besten. Das ist ihr vor allem in den letzten Jahren aufgefallen. Im Sommer kann sie nach Bullholmen in ihre Laube fahren, sich um ihren Garten dort kümmern, sich was Gutes kochen und die warmen Sonnenstrahlen am Abend genießen. Das Leben fühlt sich einfach leichter an im Sommerhalbjahr, was auch nicht weiter verwunderlich ist. Alles ist leichter, wenn die Sonne scheint.

Rosie seufzt. Sie muss um jeden Preis verhindern, dass sie so eine Nervensäge wird, die mit dem Jammern anfängt, sobald Oktober und November vor der Tür stehen. Die sich beklagt, dass der Winter so dunkel und »kräftezehrend« ist und man sich nicht wundern sollte, dass die Leute Selbstmordgedanken haben. Rosie verabscheut solche Nörgler. Du *weißt* doch, dass wir in einem Land mit wechselnden Jahreszeiten leben, würde sie ihnen am liebsten entgegenbrüllen. Wenn es dir hier nicht gefällt, dann zieh doch nach Spanien, wo die Wohnungen auch nur ein Drittel von dem kosten, was man in Stockholm hinblättern muss. Rosie mag den Wechsel der Jahreszeiten. Mag die Variation. Es ist nur so, dass …

Sie nimmt einen tiefen Atemzug. Es hat keinen Sinn, die Wahrheit zu verschweigen.

Der Winter fällt ihr schwerer seit dem Tod von Lennart.

Ihr Blick ruht noch auf dem Sessel. Vor zehn Jahren standen dort zwei. Einer für sie und einer für Lennart. Ihren geliebten Lennart. Der für immer von ihr gegangen ist. Sie hat lange gebraucht, um sich mit dem Gedanken zu arrangieren, dass sie jetzt Witwe ist. Jetzt, nach zehn Jahren, hat sie das, auch wenn Trauer und Einsamkeit im Sommer leichter zu ertragen sind. So viel steht fest. Es ist ja nicht so, dass Rosie einsam ist. Ganz und gar nicht. Sie hat ihre ehemaligen Kolleginnen aus dem Polizeidienst, die sie ihre Freundinnen nennt. Sie treffen sich mehrmals im Monat und gehen in die Oper oder ins Theater oder kochen bei einer aus der Gruppe zu Hause. Sie mag ihre Freundinnen sehr, Lotten, Gerd und Sigge (die eigentlich Siv heißt, diesen Namen aber nie leiden konnte). Alle um die siebzig mit Kindern und Enkelkindern. Und mit einem Partner, der sie schon ihr ganzes Leben begleitet und auch jetzt an ihrer Seite ist.

Rosie ist die Einzige aus der Truppe, die niemanden hat, mit dem sie ihr Leben teilen kann.

Obwohl, jetzt hat sie ja Cilla.

Die wunderbare, lustige Cilla.

Anfang dreißig. Cilla, die vor einem halben Jahr mit Pauken und Trompeten auf Bullholmen in ihr Leben gefegt ist. Oder war es andersherum? Ist Rosie in Cillas Leben gefegt? Wie dem auch sei, sie ist sehr froh, dass sie sich kennengelernt haben.

Sie schlendert durch den Flur, vorbei am Schlafzimmer. Auf ihrem Bett liegt ein blauer, aufgeklappter Koffer. Ungepackt. Der liegt nur stumm da und ist gähnend leer. Sie starrt ihn an und verschränkt ihre Hände vor der Brust. Es ist, als würde der Koffer sie anschreien. *Jetzt komm schon, du doofe Tante. Nutze diese Gelegenheit!* Für dich ist das einfach, so etwas zu sagen, denkt Rosie. Du bist ja auch nur ein Koffer.

Sie hat Cilla gesagt, dass sie kein Problem damit hat, Weihnachten allein zu verbringen. Das hat sie auch Adam gesagt, mehrmals. Und es entspricht auch der Wahrheit. Sie hat kein *Problem* damit.

Es ist nur nicht besonders lustig.

Alles ist schöner und lustiger in Gesellschaft.

So ist das nun einmal.

Rosie hatte sich geschworen, niemals so zu werden wie ihre Mutter Astrid. Sie hat ihre eigenen Kinder mit so viel Kritik und Vorwürfen überhäuft, als würde sie im Kaufhaus Pröbchen verschenken, in denen Schuld und Scham drin ist. Ihr war es zu verdanken, dass Weihnachten bis ins hohe Alter immer mit Angst und Unwohlsein verbunden war. Entweder waren Lennart und sie zu kurz da gewesen, oder ihr Besuch und die Vorbereitungen hatten Astrid zu viele Umstände gemacht.

Als Siebzigjährige ist es nicht ganz einfach zu erkennen, ob man aufrichtig eingeladen wird oder aus Mitleid. Mitleid mit einer alten Witwe, die ansonsten allein zu Hause vergammeln würde.

Rosie ist vieles, aber *kein* Wohltätigkeitsprojekt. Niemand muss Mitleid mit ihr haben. Sie ist eine erwachsene, reife und vernünftige Frau, die keine Almosen braucht.

Und trotzdem ... trotzdem kann sie sich Weihnachten in dieser Hütte in Idre sehr gut vorstellen. Eine gemütliche Skihütte. Gutes Essen, guter Wein, gute Gesellschaft ...

Sie schließt die Augen und seufzt. Es wäre vieles so viel einfacher, wenn man Gedanken lesen könnte.

Cilla und die Jungs fahren morgen Vormittag mit dem Zug in die Berge. Halb elf geht er vom Hauptbahnhof ab. Vorhin noch hatte sie mit Cilla telefoniert. *Du kannst dich in allerletzter Sekunde entscheiden, Rosie. Überhaupt kein Problem. Es gibt auch noch Sitzplätze, ich habe vor einer Viertelstunde nachgesehen. Ich würde mich so unfassbar freuen, wenn du mitkommst!*

Ob sie das wirklich so meint? Oder ist sie einfach nur wahnsinnig nett?

Cilla ist eine sehr nette Person. Rosie ist eine sehr sture Person.

Vor ein paar Tagen hatte sie wie immer das Frühstücksfernsehen eingeschaltet und ihren Kaffee mit aufgeschäumter Milch genossen. Die Redaktion hatte einen Psychologen eingeladen, der darüber sprach, wie wichtig es ist, auch mal etwas zu wagen. In Beziehungen, aber auch allgemein im Leben.

Rosie geht ins Badezimmer, um sich die Zähne zu putzen. Während die Zahnpasta ordentlich aufschäumt, sieht sie ihrem Spiegelbild in die Augen. *Wie mutig bist du, Rosie?*, fragt sie sich. Die meisten würden wahrscheinlich sagen, dass sie mutig ist. Schließlich hat sie Jahrzehnte bei der Polizei gearbeitet. Sie kommt allein zurecht, macht sich wenig Sorgen und hat in dem vergangenen halben Jahr (zusammen mit Cilla) nicht nur ein, sondern gleich zwei richtig gruselige Kriminalfälle gelöst. Und trotzdem steht sie hier und hat ein Grummeln im Bauch, hat Angst. Sie hat Angst, mit den anderen in die Berge zu fahren, und Angst, allein zu Hause zu bleiben. Angst, die falsche Entscheidung zu treffen. Sich fehl am Platz zu fühlen. Falsch zu sein.

Wütend spuckt sie die Zahnpasta aus. *Jetzt bist du schon so alt geworden, Rosie. Du hättest schon vor einer Ewigkeit aufhören sollen, dir darüber Gedanken zu machen. So ein Quatsch!*

Sie löscht alle Lichter in der Wohnung, gießt sich ein Glas mit eiskaltem Leitungswasser ein und geht ins Schlafzimmer. Das Fenster hinaus zur Straße steht auf Kipp. Rosie ist ein warmblütiges Wesen, sie hasst es, im Bett zu schwitzen. Draußen ist es eiskalt. Minusgrade. Der leichte Windhauch sorgt für die perfekte Kühle.

Sie kriecht unter ihre blau geblümte Decke. Die Nachttischlampe brennt. Daneben liegt *Bergljots Familie* von Vigdis Hjorth. Ein Roman über Erbschaftsstreit, Familienzwist und Inzest, den Rosie und ihre Freundinnen in ihrem Buchclub lesen. Sie hatte zwar immer wieder vorgeschlagen, zur Abwechslung auch mal etwas Spannendes zu lesen, mit ein bisschen mehr Action. *Peng peng.* Lee Child oder Karin Slaughter? Leider vergeblich. Sie hatten schon so viele düstere Familiensagas gelesen, dass Rosie fast dafür war, den Buchclub in *Literarischer Inzestclub* umzutaufen. Sie beschließt, heute Abend nichts mehr zu lesen. Stattdessen schaltet sie das Licht aus und beobachtet, wie das Mondlicht durchs Fenster auf den Boden fällt.

Ein Auto fährt vorbei und wirft mit seinen Scheinwerfern Schattenkunst an die Decke.

Und neben dem Bett liegt der Koffer. Nach wie vor gähnend leer.

# 10

## *Cilla*

*Drei Tage vor Weihnachten*

Ich habe mir gerade einen Kaffee und etwas Fahrtlektüre am Kiosk gekauft, als ich Zacke und Jonathan im Gewimmel am Hauptbahnhof entdecke. Wie die zwei Weisen sehen sie aus, jeder auf seine Art. Jonathan trägt eine Daunenjacke und eine riesige Sporttasche auf dem Rücken (die ihn fast zu Fall bringt), Zacke hingegen trägt einen eleganten kamelfarbenen Mantel und eine Burberry-Sporttasche.

Ganz anders bei mir. Ich habe meinen hässlichen silbernen Rollkoffer bei Fuß. Was anderes besitze ich gar nicht. Ich habe Berge von Wollsocken und warmen Wollpullis einpackt. Auch meinen noppigen, nicht ganz ernst gemeinten Weihnachtspulli, den ich mir vor Jahren mal im Schlussverkauf geschossen habe. Das Motiv, ein Wichtelmännchen, das sich ein Glas Whisky einschenkt, ist mit eingebauten Lichtdioden versehen. Ich liebe diesen Pulli.

»Hallo, mein Darling«, begrüßt mich Zacke und küsst mich auf die Wange.

»Hallo«, antworte ich und erwidere den Begrüßungskuss.

»Bist du von der Oberschichtenpolizei und wirst mir gleich mit Austern die Klamotten zerreißen und mich dann adeln?«

»Wenn du meine Tasche meinst, ich habe nur die eine.«

»Er hat natürlich auch andere Taschen«, stöhnt Jonathan und umarmt mich. »Aber er wollte *unbedingt* diese hier mitnehmen.«

Zacke schnaubt.

»Entschuldige bitte, dass man nicht wie ein Obdachloser aussehen will, nur weil man in die Natur fährt.«

»Ich hoffe, dass dich die Natur mit einer Lawine begrüßt.«

Da springt Aretha Franklin an mir hoch und legt ihre Pfoten auf meine Knie.

»Hallo, mein Süßmäuschen«, sage ich und kraule sie. »Wie aufregend, du fährst in die Berge! Freust du dich?«

»Gibt es Neuigkeiten von Rosie?«, fragt Zacke, während unser Zug, mit dem wir nach Mora fahren werden, seine Türen öffnet.

Ich schüttle den Kopf.

»Sieht so aus, als würde sie tatsächlich hierbleiben.«

Zacke legt eine Hand auf meine Schulter.

»Enttäuscht?«

Ich lächle.

»Nein, nicht enttäuscht. Sie macht immer, was sie will. Sie ist ein kleiner Sturkopf.«

»Das habe ich mir schon gedacht.«

»Außerdem habe ich ja euch beide.«

»Und wir haben dich. Und zwei Kilo Käse aus *Wijnjas Käsekeller*.«

Zacke hebt seine Burberry-Tasche mit einem vielsagenden Blick hoch und grinst übers ganze Gesicht.

»Du hast *Käse* in dieser, deiner Tasche?«

»Allerdings! Für Weihnachten! Gelagerter Cheddar, Brie de Meaux, Ziegenkäse … lauter Herrlichkeiten!«

»Gibt es in Idre keinen Käse?«

»Diese Art von Käse nicht.«

»Zacke ist der Überzeugung, dass wir in Guantanamo Weihnachten feiern«, wirft Jonathan sarkastisch ein. »Feliz navidad.«

»In Guantanamo muss man wenigstens nicht Ski fahren«, erwidert Zacke. »Dort werden die Gefangenen auf den Rücken gelegt und mit Wasser gewaschen, habe ich gehört. Wie in einem Spa!«

»Das nennt man *Waterboarding* und ist eine Foltermethode«, ruft Jonathan entsetzt.

»Schon gut. Wollen wir? Der Zug fährt in fünf Minuten.«

Wir gehen zum Wagen fünf, wo unsere Sitzplätze auf uns warten. Plötzlich schießt mir ein Gedanke in den Kopf, und ich bleibe abrupt stehen.

»Aber, was ist mit Wein?«

»Wir haben in Mora eine Stunde Aufenthalt, ehe unser Bus abfährt«, sagt Zacke beruhigend. »Ich nehme mir ein Taxi und fahre zum Systembolaget.«

»Mit dem *Taxi?* In Mora?«

»Wo ein Wille ist, da ist auch ein Weg.«

Ich lache und will einsteigen, als ich meinen Namen höre. *Cilla!* Ich drehe mich um, aber sehe nur die Tauben auf dem Bahnsteig gurrend Krumen vom Boden picken. Doch da höre ich es erneut. *Cilla, warte auf mich!* Und da sehe ich sie. Mit einem knallgrünen Schal, der wie ein Cape hinter ihr herflattert, galoppiert Rosie durch den Bahnhof. Auf dem

Kopf thront eine lila Mütze, und hinter ihr hüpft ihr ebenfalls lila Rollkoffer wie ein gigantischer Gummiball über die Steinplatten. Ihre Ohrringe schaukeln dramatisch neben ihren Wangen, ansonsten ist alles andere an ihr rot. Knallrot wie eine Tomate.

Ich spüre, wie mein Herz fast überquillt vor Liebe. Und gleichzeitig fällt mir eine große Last von den Schultern. Zacke klopft mir auf die Schulter.

»Cilla, ist das da …«

»Ja, das ist Rosie.«

# 11

*Idre Fjäll*

*Sebbe*

*Ein Monat vor Weihnachten*

Sebbe klopft zaghaft an die Tür. Keine Reaktion. Vielleicht schläft Fredrik noch?

Das Display seines Handys hatte 07:30 gezeigt, als er vor etwa einer Stunde aufgewacht ist. Es war noch pechschwarz draußen. Während er in seinem Bett lag und in die Dunkelheit starrte, fiel ihm ein, dass er von Fredriks Eltern keinerlei Instruktionen erhalten hatte. Die Niemis hatten ihn zwar herzlich begrüßt, ihm ein großes Glas sauteuren Rotwein eingeschenkt (wie hieß der noch gleich – *Bordooo*?), aber dann war es auf einmal so spät, dass sie ihm nur noch sein Zimmer gezeigt und ihm Gute Nacht gesagt hatten. Das war natürlich, nachdem er Fredrik vorgestellt worden war.

Eine halbe Stunde lang war er im Bett liegen geblieben, dann hatte er sich aus den Laken geschält und war die Treppe hinuntergeschlichen. Es war vollkommen still im Haus. Von Fredriks Eltern keine Spur. Dafür stand aber die

Tür zu ihrem Schlafzimmer offen, und als er vorsichtig hineinschielte, stellte er fest, dass das Bett leer war. Andächtig blieb er in der Tür stehen, um die Atmosphäre dieses Raumes in sich aufzunehmen. Das riesige Bett erinnerte ihn an ein Hotelbett, mit Blick auf die schneebedeckten Berge ... Dieses Zimmer raubte einem buchstäblich den Atem. Er hatte nicht gewusst, dass es in Schweden tatsächlich Menschen gab, die so schick und edel eingerichtet waren. Bisher fand diese Größenordnung von Reichtum für ihn nur in Netflix-Serien und Romanen statt.

Sebbe bleibt eine Weile reglos vor Fredriks Tür stehen. Er wagt es nicht, erneut anzuklopfen. Vielleicht schläft er noch. Und will ausschlafen. Darum geht er ein Stockwerk tiefer in die Küche, um sich Frühstück zu machen. Das Haus ist so neu, dass keine der Stufen knarrt. Man kann sich durch alle Räume bewegen, ohne ein einziges Geräusch zu machen. Wenn man will.

Die Küche ist klinisch sauber. Alle Oberflächen sind spiegelblank. Ob die eine Putzhilfe haben? *Dämliche Frage, natürlich haben sie das.* Aber wie oft kommt die? Was, wenn die jemanden eingestellt haben, der hier wohnt und nur fürs Putzen zuständig ist? Er sieht sich nervös um, dann schüttelt er den Kopf. Die haben kein Hausmädchen. In Schweden hat doch niemand mehr Hausmädchen? Andererseits ist das Haus so groß, dass er bestimmt ein paar Zimmer übersehen hat.

Er öffnet den Kühlschrank, der voller Lebensmittel ist, und lässt seinen Blick über das reichhaltige Angebot schweifen. Käse, Champagner, Gemüse und eingeschweißtes Fleisch. Am Ende greift er nach der Milch. Erst einmal einen Kaffee. Die Nespressomaschine steht auf der Kochinsel, mit so einer kennt er sich wenigstens aus. Marcs Eltern haben auch so eine. Dann sucht er seine Lieblingskapsel aus dem Angebot aus (dunkellila) und nimmt einen Becher aus dem Schrank, der nicht zu edel aussieht. Einen doppelten Espresso mit einem Schuss Milch gönnt er sich. Eigentlich mag er Filterkaffee lieber, aber um eine der anderen Maschinen in dieser extravaganten Küche zu bedienen, braucht man wahrscheinlich mindestens einen Uniabschluss.

Der warme, bittere und intensive Kaffeeduft strömt durch den Raum. Sebbe schließt die Augen. Lässt die Tatsache sacken, dass er die kommenden Wochen in diesem Haus verbringen wird. Hier arbeiten wird. Und in einem Gästezimmer schläft, vor dessen Fenster sich gefühlt die Bergwelt Schwedens erstreckt.

Als das Brummen der Maschine verstummt, nimmt er den Becher und will einen Schluck trinken. Aber da nimmt er aus dem Augenwinkel eine Bewegung wahr. Das Spiegelbild in der Fensterscheibe hat sich verändert. Hier stimmt etwas nicht.

Plötzlich sieht er es.

Hinter ihm ist ein zweites Gesicht aufgetaucht.

Panisch dreht er sich um und lässt den Becher fallen, der mit lautem Geschepper auf dem Fußboden zersplittert.

»Verdammt«, flucht er laut und greift sich an die Hand.

Vor ihm sitzt Fredrik in seinem Rollstuhl. Mit aufgerissenen Augen beobachtet er Sebbe, der sich hinkniet, die Scherben einsammelt und den Kaffee mit einem Lappen aufwischt. Sebbes Herz pocht ihm bis zum Hals. War das ein teurer Becher? Hier ist doch bestimmt alles wertvoll. *Verdammt.*

»Hast du dich verbrannt?«, fragt Fredrik.

»Ein bisschen, aber ist nicht schlimm.«

»Ich wollte dich nicht erschrecken.«

»Alles gut. Ich wusste nicht, dass du schon wach bist. Aber … wie bist du nach unten gekommen?«

Ein Lächeln fliegt über Fredriks Gesicht.

»Ich bin geflogen.«

»Was?«

»Mit dem Fahrstuhl«, sagt Fredrik und lacht. »Ich habe den Fahrstuhl genommen.«

»Fahr…«

Sebbe verstummt mitten im Wort. Den Fahrstuhl hatte er vollkommen vergessen. Natürlich gibt es in diesem Haus einen Fahrstuhl, damit Fredrik sich frei zwischen den Stockwerken bewegen kann. Was hatte er sich denn gedacht, wie das funktioniert? Dass Fredrik Stufe für Stufe, Stockwerk für Stockwerk nach unten holpert?

Die Stille, die eintritt, hallt förmlich durch den großen Raum. Sebbe fährt sich durch die Haare und sucht fieberhaft nach Worten. Auch gestern, bei der ersten Begegnung, hatte Fredrik nicht besonders gesprächig gewirkt. Er hatte Sebbe nur kurz gegrüßt und sich dann wieder seinem Monitor gewidmet. Aber im Unterschied zu anderen Teenagern hatte er kein Spiel geöffnet, sondern eine Art … Musikprogramm? Sebbe hatte Tasten gesehen und Regler für Echo und Hall.

»Hast du gut geschlafen?«, fragt Sebbe vorsichtig.

»Ob ich gut *geschlafen habe*?«

Fredrik scheint die Frage sonderbar zu finden.

»Danke. Gut. Und du?«

»Sehr gut. Tolles Bett, fantastische Aussicht.«

»Bist du schon einmal in Idre gewesen?«

Sebbe schüttelt den Kopf.

»Dann kannst du gar nicht Ski fahren?«

»Nein.«

»Ich auch nicht. *Surprise, surprise.*«

Sebbe lächelt. Und wird von der Erkenntnis eingeholt, dass sein Schützling tatsächlich *der* Fredrik Niemi ist. Das Wunderkind am Klavier, das vor ein paar Jahren über Nacht viral ging und zur Sensation wurde. Da meldet sich noch ein anderer Gedanke. *Wurde dieses Haus mit Fredriks Geld gebaut?*

»Hattest du davor auch schon persönliche Assistenten?«, fragt Sebbe.

»Nein.«

»Noch nie?«

»Noch nie. Meine Mutter hat mir immer geholfen. Aber jetzt haben sie so viel mit der Firma meines Stiefvaters zu tun, dass sie jemanden dazuholen mussten ... von außen.«

Sebbe nickt. Verlegen spült er den Lappen ein weiteres Mal aus und wischt damit über die lupenreine, spiegelglatte Arbeitsplatte. Hauptsächlich, um etwas zu tun zu haben und nicht nur Däumchen zu drehen. Dabei beschleicht ihn das ungute Gefühl, dass er hier eigentlich nichts zu suchen hat. Fredrik sitzt zwar im Rollstuhl, aber das tun viele Menschen, und die meisten von ihnen kommen ganz gut allein zurecht, solange ihr Zuhause mit den richtigen Gerätschaften und Rampen ausgestattet ist. Fredriks Haut ist rosig und frisch. Seine Augen sind klar. Die Haare dick und lockig. Er hat auch ziemlich breite Schultern. Vielleicht macht er Krafttraining?

»Sag, wir sollten vielleicht mal besprechen, bei was du meine Hilfe benötigst?«, schlägt Sebbe vor. »Welche Aufgaben hat deine Mutter übernommen, und wobei kann ich dir helfen?«

»Klar.«

»Dann lass uns gehen und uns irgendwo hinsetzen …«

Sebbe stirbt in dieser Sekunde tausend Tode. *Gehen* und *hinsetzen*. Du willst wissen, wie man so schnell wie möglich seinen Job wieder loswird? Frag Sebbe Karlsson, der hat alle Antworten! Aber Fredrik lächelt.

»Klar. Komm, lass uns ins Wohnzimmer gehen.«

»Sorry.«

»Kein Problem. Glaubst du wirklich, das war eine Premiere für mich?«

Die Fenster im Wohnzimmer haben keine Rahmen, die Glasfront nimmt die gesamte Raumbreite ein. Wie ein weißes, bewegtes Gemälde von einer Berglandschaft. Hier und da ein Baum und Skihütten. Alle Häuser hier oben, mit Ausnahme des Anwesens der Familie Niemi, sind schwarze oder rote Skihütten. Sebbe stellt seinen neuen Kaffeebecher auf den glänzenden Marmortisch und lässt sich in das hellblaue Sofa fallen. Fredrik rollt bis an die Teppichkante und legt einen Arm auf die Lehne eines großen Lehnstuhls.

»Also … erzähl mal ein bisschen von dir«, sagt Sebbe.

»Okay. Was willst du denn wissen?«

»Vielleicht als Erstes, wobei du meine Unterstützung brauchst. Das ist schließlich mein Job. Wie lange bist du schon …«

Er verstummt. Fredrik mustert ihn neugierig.

»Du meinst, wie lange ich schon im Rollstuhl sitze?«

»Ja, zum Beispiel.«

»Seit meinem zehnten Lebensjahr.«

»Und aus welchem Grund?«

Sebbe weiß, dass es die unterschiedlichsten Ursachen für eine Gehbehinderung gibt, weshalb die Betroffenen auf einen Rollstuhl angewiesen sind. Krankheiten können eine Lähmung verursachen, oder ein Unfall hat zu den körperlichen Beeinträchtigungen geführt.

»Ich habe Rheuma. Eine ziemlich schwere Form von Rheuma.«

»Okay. Und … wie lange hast du die Krankheit schon?«

Fredrik holt tief Luft, um zu antworten, dreht dann aber seinen Kopf und sieht aus dem Fenster. Schweigt. Sebbe kratzt sich am Kinn.

»Ich muss zugeben, dass ich mich mit Rheuma nicht besonders gut auskenne.«

»Das ist in Ordnung.« Fredrik zuckt mit den Schultern. »In der Regel haben das auch vor allem alte Menschen.«

»Ja, das habe ich auch immer gedacht. Und wie lange hast du es schon?«

»Die Schmerzen haben angefangen, da war ich so sechs, sieben Jahre alt. Damals konnte ich noch gehen und alles. Aber dann mit zehn, elf wurde es immer schlimmer. Ich konnte nicht mehr laufen, weil es so wehtat. Und die Medikamente haben mich ganz schlapp gemacht. Ich sitze also seit sechs Jahren im Rollstuhl.«

»Und was für Tabletten nimmst du?«

»Kortison. Und manchmal starke Schmerzmittel, wenn es nicht anders geht.«

»Okay. Und sind die gut?«

»Wie bitte?«

»'tschuldige, das war nur ein Spaß«, rudert Sebbe schnell wieder zurück.

»Ach so.«

Um Fredriks Mundwinkel spielt ein Lächeln. Er hat ein schönes Lächeln, findet Sebbe. Ein bisschen geheimnisvoll. Wahrscheinlich bekommt er Berge von Liebesbriefen von Teenagern, die ihn aus dem Fernsehen kennen und mit ihm zusammen sein wollen. Sich um ihn kümmern wollen.

»Hast du im Moment große Schmerzen?«

»Das variiert sehr stark. Mein Magen und die Beine machen mir die größten Probleme. Aber das war auch schon immer so. Zum Glück ist meine Mutter Krankenschwester, sie kennt sich also gut aus mit der Behandlung von Schmerzen.«

»Alles klar. Ich befürchte, dass ich das nicht so gut kann wie sie. Bitte sag mir, was ich tun kann und muss, wenn du Schmerzen hast.«

»Das mache ich.«

»Aber dein Oberkörper ist nicht davon betroffen?«

Fredrik schüttelt den Kopf.

»Du kannst also Musik machen? Klavier spielen? Die Schmerzen halten dich davon nicht ab?«

»Dann weißt du also, wer ich bin?«

Es wird ganz still im Raum. Draußen geht die Sonne hinter den Bäumen auf und lässt den Schnee funkeln.

»Ja«, sagt Sebbe nach einer langen Pause. »Ich habe dich im Fernsehen gesehen. Sag mir, wobei du meine Hilfe willst, Fredrik. Wobei du sie *brauchst*.«

»Was hat denn meine Mutter dir gesagt?«

»Ähm … nicht so viel, wenn ich ehrlich bin. Nur, dass sie viel in der Firma deines Vaters zu tun hat.«

»Stiefvater.«

»Sorry. Stiefvater. Wie sieht es mit Essen aus? Ich kann ganz gut kochen, da kann ich also helfen.«

»Okay. Aber ich kann auch kochen.«

»Prima. Was ist mit Duschen und so, wie …«

»Das kann ich auch allein. Ich habe ein behindertengerechtes Badezimmer.«

»Alles klar. Verstanden. Gut.«

Erneute Stille. Sebbe kann ein Lächeln nicht unterdrücken. Obwohl die beiden nicht so viele Jahre voneinander trennen, wirkt Fredrik so viel jünger. Trotzig. *Kann ich allein.* Aber vielleicht ist das gar nicht weiter verwunderlich. Was ihn allerdings fasziniert, ist, dass Fredrik so gesund und stark aussieht. Er muss viel Sport machen, vor allem den Oberkörper trainieren. Ob das mit seinem Prominentenstatus zu tun hat? Weil er so oft im Fernsehen auftritt?

»Weißt du was, Sebbe?«, sagt Fredrik plötzlich.

»Nein?«

»Ich glaube, meine Mutter hat dich angestellt, um mir Gesellschaft zu leisten. Sie findet, dass ich einen Kumpel brauche.«

»Einen Kumpel?«

»Hm.«

Fredrik sieht verlegen aus. *Einen Kumpel.* Deshalb dieses exorbitante Gehalt? Dafür soll er einen Monat lang sein Kumpel sein?

Dieser Job unterscheidet sich in allem von seinen bisherigen Jobs als persönlicher Assistent. Viel weniger anstrengend, viel luxuriöser. Trotzdem kann er das Gefühl nicht abschütteln, dass hier irgendetwas nicht stimmt. Aber er kann es noch nicht greifen. Es hängt in der Luft, in den Wänden. Oder liegt es daran, dass er sich unwohl fühlt, weil alles so neu und ungewohnt ist?

»Hast du Hunger?«, fragt Sebbe.

»Ich habe doch gerade gesagt, dass ich mir selbst was zu essen machen kann.«

»Ja, aber vielleicht *will* ich dir Frühstück machen. Als dein Kumpel.«

Fredrik lächelt. *Gut gemacht, Sebbe. Sehr gut gemacht!*

»Gerne.«

»Passt. Dann werde ich uns mal ein Rührei machen.«

# 12

*Idre Fjäll*

*Irene*

*Ein Monat vor Weihnachten*

Irene Niemi verlässt die Toilettenkabine und stellt sich an eines der Waschbecken. Sie seift ihre Hände ein, bis es richtig schäumt, spült sie ab und nimmt sich eine Papierserviette zum Abtrocknen. Dann holt sie die Handcreme von Jo Malone aus ihrer Handtasche, die so wunderbar nach Jasmin duftet. Ihre Hände werden im Winter immer so furchtbar trocken. Im Grunde ist sie für ein Leben in Idre Fjäll nicht gemacht. Hier herrschen die Hälfte des Jahres Minusgrade. Aber die Handcreme von Jo Malone löst alle Probleme. Sie steckt die kleine Tube zurück in ihre kleine Tasche und nimmt den Lippenstift zur Hand, zieht ihre Lippen mit der burgunderroten Farbe nach. Trägt noch etwas Mascara auf. Zum Abschluss noch ein paar Spritzer Parfum. Sie lächelt einer anderen Frau zu, die in die Damentoilette kommt. In Idre lächelt man immer und allen zu. Schließlich kann man nie wissen, wer wen kennt.

Sie betrachtet ihr Spiegelbild. Holt tief Luft. *Du schaffst das, Irene. Du bekommst das hin.* Normalerweise finden alle Meetings immer mit Patrick und ihr gemeinsam statt. Aber heute war er gezwungen, sich um eine Gruppe italienischer Geschäftsleute zu kümmern, die auf eine Rentiersafari wollen.

Irene betrachtet ihre Hände. Die fühlen sich schon wieder trocken an. *Diese verdammte Kälte.* Sie holt die Handcreme wieder aus der Tasche, wiegt sie in ihrer Hand. Sie könnte noch einen Tropfen vertragen, aber vielleicht ist das auch unnö…

Sie schüttelt den Kopf, hätte fast laut gelacht. Ihr altes Ich hat sich gemeldet, das geizige, sparsame Ich von früher. Allerdings musste sie damals nicht mit Jo-Malone-Handcreme sparsam sein. Diese Creme kostet vierhundertfünfzig Kronen. Vor fünfzehn Jahren hatte sie kaum genug Geld für die Hausmarke ihrer Drogerie. Heute könnte sie die ganze Tube auf einmal aufbrauchen, wenn sie wollte. Und sich morgen gleich eine neue kaufen. Und am nächsten Tag wieder eine. Und noch mal. Ihr Haushaltsbudget kennt quasi keine Grenzen (ein geradezu schwindelerregender Gedanke!). Aber auch nach acht Jahren Ehe muss sich Irene immer wieder daran erinnern. Natürlich gibt es *bestimmte* Grenzen. Sie verfügen nicht über unendliche Mittel wie einige von Patricks Jugendfreuden. Axel zum Beispiel, mit dem Patrick aufs Internat Lundsberg gegangen ist, hat einen Helikopter mit Landeplatz auf seiner Insel in den Stockholmer Schären. Eine *eigene* Insel. Und Alicia, Patricks Cousine, besitzt Grundstücke in fünf Ländern. Irene und Patrick sind nicht reich, wenn man ihr Vermögen in diesen Kategorien misst. Kategorie: amerikanischer Reichtum. Aber sie sind sehr wohlhabend. Sie besitzen ein exklusives Haus, das von einem Architekten entworfen und gebaut wurde. Sie haben eine Stadtwohnung in Stockholm. Zweimal die Woche kommt eine Haushaltshilfe, und sie können reisen, sooft sie wollen. Wohin sie wollen. Und in den schönsten Hotels unterkommen. Sie haben genug Geld für Patricks exklusiven Weingeschmack. Und genug Geld, damit Irene ihre teure Handcreme kaufen kann.

Sie kann sich genau an ihr erstes Date mit Patrick erinnern. Das ist fast zehn Jahre her. Sie waren im Restaurant *Operakällaren* essen. Natürlich hatte er den Ort vorgeschlagen. Irene aß ein winziges Stück Fisch mit brauner Butter, das so teuer war, dass sie beinahe einen Schweißausbruch bekommen hätte. Patrick bestellte Champagner dazu. In Kristallgläsern wurde der serviert. Bei der Verabschiedung gab er ihr ein Geschenk. Einen kleinen Briefumschlag. Irene hatte ihn fragend angesehen, als er sie bat, den Umschlag erst zu Hause zu öffnen. Dann hatten sie sich geküsst. Sein Kuss hatte fantastisch geschmeckt, wie eine Frucht aus einer anderen Welt, die für sie bis dahin verschlossen und unerreichbar gewesen war.

Irene Niemi ist in Nynäshamn in einer einfachen Reihenhaussiedlung aufgewachsen. Ihr Vater war Finne, ihre Mutter Schwedin. Sie war ein ganz gewöhnliches Mädchen, aus dem eine sehr bescheidene junge Frau geworden war. Ihr wurde zwar immer bestätigt, wie schön sie sei. Eins fünfundsiebzig groß, mit eisblauen Augen und langen hellblonden Haaren. Aber sie kam aus einer anderen Welt. Und trotzdem schien Patrick etwas in ihr gesehen zu haben. Das war unverkennbar, denn sein Kuss damals im *Operakällaren* wollte nicht aufhören.

Als Irene an jenem Abend nach Hause kam, öffnete sie neugierig den Umschlag. Darin war eine Einladung zu einem Wellnesswochenende für sie beide in einem äußerst exklusiven Hotel zwei Wochen später. Reserviert war eine Suite. Genau so stand es auf der kleinen Karte. Irene hatte das Hotel sofort gegoogelt und gesehen, dass die Suite fünftausend Kronen pro Nacht kostete. *Um Gottes willen.*

Pro Nacht! Die Einladung erstreckte sich allerdings auf zwei Nächte. Zehntausend Kronen. Das war die Hälfte ihres Monatsgehaltes als Krankenschwester. Vollkommen wahnsinnig. Aber sie fühlte sich geschmeichelt.

Irene lebte ein ganz normales Leben und arbeitete im Krankenhaus Södersjukhuset. Eine junge Frau, die hart arbeiten und kämpfen musste, um ihren Alltag zu meistern. Die sogar noch einen zweiten Job als Kellnerin hatte, um sich die Zweizimmerwohnung in der Birkagatan leisten zu können. Als Patricks Lippen an jenem Abend vor dem Restaurant ihre berührten, hatte sie keine Ahnung, wie sehr sich ihr Leben verändern würde.

Irene schließt ihre Handtasche und hängt sie sich um. Sie überprüft, dass ihre eisblonden Haare weich auf ihre schmalen Schultern fallen. Dann verlässt sie die Damentoilette und kehrt zurück ins Restaurant des Pernilla-Wiberg-Hotels, wo sie der Marketingchef der Stureplansgruppen erwartet, eines der führenden Unternehmen im Gastgewerbe. Gemeinsam wollen sie eine etwaige Zusammenarbeit fürs kommende Frühjahr besprechen.

Das Telefon in ihrer Handtasche ist still geblieben, und

sie hat es geschafft, es den ganzen Vormittag nicht ein einziges Mal zur Hand zu nehmen und zu checken, ob Fredrik sich gemeldet hat. Am liebsten würde sie ihn anrufen und fragen, wie es läuft. Wie ist der Assistent? Ist er nett? Benimmt er sich ordentlich? Haben sie Spaß?

Fredrik ist schon so groß. Siebzehn Jahre. Und wie jeder andere Jugendliche auch ist er manchmal von seiner Mutter genervt, das weiß sie sehr gut. Es ist also besser, nicht anzurufen. Heute Abend, nach diesem Meeting, wird sie eine besonders gute Flasche aus Patricks Weinkeller holen, sich ein großes Glas einschenken, und dann kann Fredrik von seinem ersten Tag erzählen.

Aber eine SMS will sie ihm vorher noch schicken. Für ihren eigenen Seelenfrieden.

*Alles okay bei dir, mein Lieber? Ist der Assistent nett? Was macht ihr gerade?* ☺

Sie überlegt lange, bevor sie dieses Smiley statt eines Herzens schickt. Der Chat mit Fredrik besteht fast nur aus Herzen, eine Million von Herzen. Alle von ihr.

# 13

## *Cilla*

*Drei Tage vor Weihnachten*

»Taxi! Gibt es hier kein Taxi?«

Ich muss lachen, obwohl mir in meiner dicken Winterjacke der Schweiß über Gesicht und Rücken läuft.

»Ich bezweifle, dass es hier Taxis gibt, Zacke.«

»Und selbst wenn es welche gäbe, können sie deine Hilferufe offenbar nicht hören. Es ist nicht mehr weit, nur noch ein kleines Stück!«

»Das hast du schon vor einem großen Stück gesagt …«

»Wie läuft es bei dir, Rosie?«

Ich drehe mich um. Auch Rosie kämpft mit ihrem Rollkoffer.

»Noch ist die Alte nicht tot.«

»Das sind gute Neuigkeiten.«

Wir gehen in der Tat erst seit etwa zehn Minuten, aber meine Beine tun weh, als wären wir seit letztem Winter unterwegs. Das liegt vermutlich an dem tiefen Schnee und meinen schweren Stiefeln. Außerdem hatte Zacke an jeden von uns sauschwere Tüten aus dem Systembolaget verteilt, den er beim Umsteigen in Mora geplündert hatte. Mit jedem Schritt klimpern sie klangvoll in der winterlichen Dunkelheit. Mein Magen sehnt sich nach Essen, nachdem ich heute Morgen im Zugrestaurant nur einen erbärmlichen, aufgeweichten Wrap mit Bulgur und Halloumi runtergeschlungen hatte. Der Bus von Mora hatte uns dann erst nach Idre gebracht und von dort aus weiter nach Idre Fjäll zu den Skihängen. Und wir waren nicht allein unterwegs. Offensichtlich gab es noch andere Menschen, die mit den Öffentlichen in die Berge wollten.

Zacke und Jonathan besitzen als waschechte Großstädter kein Auto. Jonathan hat immerhin einen Führerschein, aber sie hatten beschlossen, den ersten Trip nach Idre Fjäll der Inspektion ihrer neuen Immobilie zu widmen und sich das nächste Mal einen Wagen zu mieten, um neue Möbel und Küchengeräte für ihre künftigen Aufenthalte zu besorgen und hochzufahren. Laut Makler ist das Haus komplett eingerichtet und bezugsfertig.

»Nur noch zwanzig Meter!«

Wir biegen rechts in eine kleine Straße, in der es aussieht wie in einem ganz normalen Wohngebiet. Hinter mir höre ich Skifahrer, die im Slalom den hell erleuchteten Hang hinuntersausen. Wow, ich bin in den Bergen. In den ersten Skiferien meines Lebens. Ich fühle mich wie in der Komödie *Sällskapsresan II – Snowroller*. Am Ende der Straße, die relativ abrupt endet, folgt ein kleiner Pfad, der direkt auf den Skihang zuführt.

Zur Rechten befindet sich eine kleine Skihütte, und zur Linken führen ein sanfter Hang und eine Auffahrt zu einem … Palast. Anders lässt sich dieses Gebäude nicht angemessen beschreiben. Ein Kubus. Ein riesiges, modernes dreistöckiges Haus mit Glasfronten, die wahrscheinlich die spektakulärste Aussicht in ganz Idre bieten.

»Bitte, Liebling, sag mir, dass wir dort einziehen«, wimmert Zacke und zeigt auf die Luxusvilla.

Jonathan lacht.

»Leider nicht. Vielleicht in ein paar Jahren, wenn deine Weinbar mehr abwirft.«

»Das wird nie passieren, wenn Cilla immer alle Chardonnay-Vorräte austrinkt …«

»Das habe ich gehört«, sage ich und knuffe Zacke in die Seite.

Wir biegen rechts ab und gehen auf die kleine rote Skihütte mit den Sprossenfenstern zu. Ein richtiges Puppenhaus. Jonathan geht vor, hebt den verschneiten Blumentopf an der Eingangstür hoch und nimmt den Schlüssel, der darunterliegt.

»Als ehemalige Polizistin muss ich leider anmerken, dass das kein optimales Versteck ist«, sagt Rosie.

»Ganz deiner Meinung«, nickt Jonathan, steckt den Schlüssel ins Schloss und öffnet die Tür seines nagelneuen Wochenendhäuschens.

*

Zwei Stunden später ist es acht Uhr. Im Kamin der kleinen Hütte lodert ein Feuer. Zacke hat sie auch schon offiziell getauft – aus Kieferkrampf wurde *Château Idre*, was eindeutig glamouröser klingt. Es duftet nach Holz und Staub. Es riecht nach Urlaub. Wie Sommerferien, nur eben im Winterkleid. Die Hütte ist winzig, aber gemütlich und besteht aus einem Wohnzimmer mit einer kleinen Sofaecke und einem Kamin sowie einem Esstisch (aus Kiefer – was sonst?), der am Fenster steht. An das Wohnzimmer schließt sich eine kleine Küche an und dahinter zwei Schlafzimmer: eins mit einem Doppelbett und eins mit einem Stockbett. Zudem gibt es ein Badezimmer mit einem blauen, rutschfesten Teppich und eine kleine Sauna.

Rosie quiekte begeistert, als wir direkt nach unserer Ankunft eine Inspektionsrunde machten.

»Das ist doch das perfekte Wochenendhäuschen«, rief sie fröhlich. »Und es gibt sogar eine Sauna! Und eine Veranda mit Blick über die Baumkronen.«

Mir wurde ganz warm ums Herz, als ich das hörte. Es freute mich, dass sie die Hütte großartig fand. Denn mir ging es genauso. Ich sehe noch Zackes angespannten Gesichtsausdruck vor mir, als er den Badezimmerteppich und die Raufasertapete sah, aber kurze Zeit später war die Bestürzung einem Kichern gewichen.

»So, dann sind wir ab jetzt also Besitzer eines Ferienhäuschens.«

Und dann küsste er Jonathan auf die Stirn.

Die Jungs installierten sich in dem Zimmer mit dem Doppelbett, Rosie und ich packten unsere Sachen in dem anderen Zimmer aus und bezogen die Stockbetten. Ich durfte das Bett oben nehmen, weil Rosie meinte, sie sei viel zu alt, um zwei Meter über dem Boden zu schlafen. *Eine potenzielle Todesfalle*, erklärte sie fröhlich.

Zacke hat in der Zwischenzeit den Tisch in der Küche – aus Kiefernholz – mit allerlei Köstlichkeiten gedeckt. Ein

Teller mit Sauerteigbrot zum Dippen, ein Schälchen mit Olivenöl und eins mit Salzflocken, ein Holztablett mit Käse (Brillat Savarin, Comté und ein alter Gouda), dazu ein zusammengewürfelter Salat aus Grünkohl, Walnüssen, getrockneten Cranberrys und einer Dijon-Vinaigrette. Und als i-Tüpfelchen hat er eine Flasche Châteauneuf-du-Pape geöffnet und auf vier kleine Trinkgläser von Ikea verteilt (wie ich Zacke kenne, werden die als erste Amtshandlung ausgetauscht).

»Wow«, sage ich beeindruckt. »Ein Châteauneuf, das ist der Lieblingswein meines Vaters! Ich dachte immer, du bevorzugst leichte Rotweine, mein lieber Zacke?«

»Ja, die meiste Zeit des Jahres ist das auch so. Aber wir haben Dezember. Es ist kalt, dunkel und ungemütlich. Und je kälter es draußen ist, desto kräftiger muss der Wein sein.«

»Das hast du schön gesagt. Voltaire?«

»Carl Jan Granqvist, der Weinkenner aus dem Fernsehen.«

Rosie und ich sehen uns an und kichern.

»Ich würde gerne einen Toast ausbringen«, sagt Rosie und hebt ihr Glas. »Es ist mir eine Ehre, Weihnachten mit euch in eurer wunderbaren Hütte verbringen zu dürfen. Ich ... Ich freue mich sehr, dass ihr mich eingeladen habt.«

»Wir freuen uns, dass du dabei bist«, sagt Jonathan. »Cilla hat schon viel von dir erzählt, und ich freue mich darauf, dich endlich mal persönlich kennenzulernen. Wir haben auch gehört, dass du Käse und Wein magst, und wenn es nach Zacke und mir geht, zeichnet das einen hoch entwickelten Menschen aus.«

»Da bin ich außerordentlich hoch entwickelt«, pariert Rosie und lächelt.

Wir stoßen an und stürzen uns dann auf die Köstlichkeiten. Wenn man mich fragt, gibt es nichts Besseres, als etwas Leckeres zu essen, wenn man einen Bärenhunger hat. Der salzige Comté schmilzt auf der Zunge, und das Sauerteigbrot saugt das Olivenöl so gierig auf wie ein Kaktus in der Wüste. Während sich Zacke und Rosie über ihre Lieblingskäsesorten unterhalten und sich über die strengen Vorgaben der Lebensmittelbehörde echauffieren, sehe ich aus dem von Frost überzogenen Fenster.

Hier oben liegt Schnee, richtig viel Schnee. Ganz anders als in Stockholm, wo ich sonst Weihnachten feiere, meistens draußen in Älvsjö bei meinem Vater. Gemütlich ist es, aber das bisschen Schnee, das fällt, ist meistens grau und schmilzt schon bei Berührung mit dem Boden weg. Hier hingegen ist alles weiß. Magisch weiß. Vorne an der Straße stehen die Briefkästen der Hütten aufgereiht. Und kaum zwanzig Meter weiter, weiter den Hang hinauf, sind die Umrisse der quadratischen Luxusvilla zu erkennen. Man kann den Blick kaum abwenden, so beeindruckend ist der Bau.

Was es wohl kostet, so ein Grundstück zu kaufen und darauf so einen Palast zu bauen? Zehn Millionen Kronen? Fünfzehn? Oder noch mehr? Ich habe keine Ahnung von Grundstückspreisen. Ich lebe seit Jahrzehnten in Mietwohnungen und habe mich damit abgefunden, niemals reich zu sein. Ich bin Freiberuflerin und liebe meinen Job als Journalistin. Und das, obwohl mein Gehalt nicht für viel mehr reicht als die Miete, den Lebensunterhalt und meinen Vereinsbeitrag für meine Laube auf Bullholmen.

Dann richte ich meinen Blick auf meine Freunde in der gemütlichen Küche, sehe ihre fröhlichen und schnatternden

Gesichter im warmen Licht der Kerzen. Ich nehme einen Schluck von dem vollmundigen Rotwein und genieße den Augenblick. Reich kann man nämlich auf viele verschiedene Arten sein.

# 14

*Idre Fjäll*

*Sebbe*

*Drei Wochen vor Weihnachten*

Der Schnee unter den Reifen des Rollstuhls knirscht, als Sebbe Fredrik über die Straße schiebt. Sie sind zum ersten Mal zusammen unterwegs. Sie haben zum ersten Mal das Haus auf der Anhöhe verlassen. Idre Fjäll ist nicht besonders rollstuhlfreundlich – das steht fest. Aber Fredrik wollte unbedingt vor die Tür. Um frische Luft zu schnappen. Deshalb sind sie jetzt auf dem Weg in das kleine Zentrum von Idre.

Sebbe ist schon seit einer Woche hier. Und hat sich mittlerweile in seinem Alltag sehr gut eingerichtet.

Er schläft wie ein König in dem breiten Gästebett von der exklusiven Marke Hästens. Wer hat schon ein *Gästebett* von Hästens? Man schläft darin wie auf einer Wolke, so weich. Sein Arbeitstag beginnt laut Vertrag um neun Uhr morgens, aber sein Wecker klingelt immer schon um halb acht. Dann geht er etwa eine Dreiviertelstunde joggen, duscht und deckt den Frühstückstisch und macht sich einen großen Kaffee. Fredrik steht nie vor neun Uhr auf (um diese Uhrzeit fängt sein Online-Schulunterricht an), deshalb hat Sebbe viel Zeit für sich, in der er ganz in Ruhe seinen Kaffee trinken und die Aussicht genießen kann.

Irene und Patrick sieht er nur sehr selten. Sie sind schon weg, wenn Sebbe aufsteht, und abends sind sie häufig auf Veranstaltungen. Gegen Mittag kommt Irene allerdings oft nach Hause und hat dann einen Termin mit Fredrik. Ja, sie nennt das tatsächlich *Termin.* Sebbe findet das mehr als sonderbar. Wer verabredet mit seinem eigenen Kind einen Termin?

Nun, man darf nicht vergessen, dass Fredrik Niemi ja nicht irgendein Kind ist. Er ist weit mehr als das. Er ist ein Business.

Wie komisch das sein muss. Man ist siebzehn Jahre alt und verdient mehr Geld als seine Eltern. Vor zwei Stunden erst hatten Irene und Fredrik einen ihrer sogenannten Termine. Sebbe verabschiedete sich mit den Worten, dass er sich umziehen würde, blieb aber vor Fredriks Tür stehen, um zu lauschen.

*Du kannst nicht über mein Leben bestimmen.* Fredrik spuckte die Worte förmlich aus.

*Leider doch*, hatte Irene geantwortet. *Du bist erst siebzehn, und ich bin deine Mutter. Ich will doch nur dein Bestes, Fredrik. Damit es dir so gut wie möglich geht.*

*Aber das ist der Polarpriset, DER internationale Musikpreis,* entgegnete Fredrik aufgebracht. *Ich habe nicht vor, das zu verpassen. Das geht einfach nicht. Ich habe doch die Mail gelesen – sie schreiben, dass ich spielen kann, was ich will. Kapierst du nicht, dass das für mich DIE Chance ist? Ich könnte meine eigenen Kompositionen spielen.*

*Aber wir wissen nicht, wie es dir im Februar geht, Fredrik,* warf seine Mutter ein. *Dein Terminkalender ist schon so voll.*

*Ich weiß am besten, wie es mir geht,* sagte Fredrik.

*Nein, das tust du eben nicht. Du siehst nicht ein, dass du viel Ruhe brauchst. Du bist krank, mein Schatz. Chronisch krank.* Irenes Stimme war weich, aber bestimmt.

*Ich werde bestimmt nicht kränker davon, wenn ich beim Polarpriset auftrete.*

*Aber genau das ist doch das Risiko, Fredrik. Was, wenn doch?*

Sebbe war auf Zehenspitzen in sein Zimmer geschlichen. *Wow.* Der Polarpriset. Er hat ihn zwar noch nie gesehen, weiß aber, dass das irgend so ein glamouröser Musikpreis ist, der einmal im Jahr verliehen wird. Und offenbar wurde Fredrik gefragt, ob er im Rahmen der Preisverleihung spielen will. Irgendwie hatte Sebbe Verständnis für beide Seiten. Für die Mutter, die versucht, Grenzen zu setzen, damit es ihrem Sohn nicht schlechter geht, und für Fredrik, der mit erst siebzehn der bekannteste Shootingstar des Landes ist. Natürlich will er das Eisen schmieden, solange es heiß ist.

»Ich konnte nicht anders und habe vorhin das Gespräch mit deiner Mutter mitgehört«, sagt Sebbe, als sie das Zentrum fast erreicht haben und ihre Unterhaltung über die Schönheit der verschneiten Landschaft verstummt ist.

Fredrik antwortet zuerst nicht.

»Shit«, sagt er dann. »Wie peinlich, dass du das gehört hast.«

»Nein. Überhaupt nicht. Ich habe nur … Haben sie dich wirklich angefragt, bei der Preisverleihung zu spielen?«

Ein kurzes Nicken.

»Hammer«, sagt Sebbe. »Das ist doch krass.«

»Ja, ziemlich krass. Aber meine Mutter will es mir verbieten.«

»Hm. Sie hat Angst um dich, oder?«

Fredrik zuckt mit den Schultern. Sebbe lächelt.

»Bestimmt sogar«, fügt er hinzu.

»Sie findet aber auch, dass die zu wenig zahlen.«

»Wer? Die Veranstalter des Polarpriset?«

Erneutes Nicken.

»Ja. Sie will, dass ich mir meine Kräfte für andere Auftritte aufspare. Zum Beispiel für die Sommertournee vom großen RIX FM Festival oder für andere Firmenevents.«

»Du trittst auch bei Firmenevents auf?«, fragt Sebbe erstaunt. Er findet es sonderbar, dass ein superbegabter Siebzehnjähriger lieber für eine Gruppe von Schlipsträgern spielt. Wenn er die Wahl hat.

»Ja, ab und zu.«

»Verdienst du da mehr Geld?«

»Ja. Wenn es große Firmen sind, zahlen die bis zu hundertfünfzigtausend Kronen.«

Sebbe fällt buchstäblich die Kinnlade herunter. Zum Glück hat Fredrik hinten keine Augen.

»Und das für …«

»Für zwanzig Minuten Klavierspielen.«

*Krassometer*, denkt Sebbe. Kein Wunder, dass die im schicksten Haus am Platz wohnen.

»Die Gage beim Polarpriset ist schon in Ordnung, aber nicht hoch genug für Patricks und Mamas Geschmack. Außerdem steckt da mehr Arbeit dahinter. Mehrere Auftritte und viel Vertragskram, weil es vom Fernsehen übertragen wird und so.«

»Bist du enttäuscht?«

»Ein bisschen schon. Aber … auf meine Mutter bin ich gar nicht so wütend. Eher auf Patrick.«

»Auf deinen Stiefvater?«

»Mann, nenn ihn nicht immer so.«

»Sorry. Aber das ist er doch? Wie lange sind die beiden denn schon zusammen?«

»Lange. Seit ich sieben bin. Also zehn Jahre. Viel zu lange, wenn du mich fragst.«

»Du magst ihn nicht besonders?«

Wieder nur ein Achselzucken.

»Am Anfang schon. Er hat meine Mutter zum Lachen gebracht, sie glücklich gemacht. Aber in Wirklichkeit interessiert er sich nur für sein Unternehmen. Und Geld. Er ist gestört. Superoberflächlich.«

Sebbe musste an die erste Begegnung mit Patrick vor einer Woche denken, als er ihm gleich ein Glas teuersten Rotwein angeboten hatte. Wahrscheinlich wollte er nur gastfreundlich sein, aber ist es nicht trotzdem merkwürdig, mit dem persönlichen Assistenten seines Stiefsohnes Wein zu trinken? Danach hat Sebbe ihn kaum noch zu Gesicht bekommen. Nur gehört, wenn er abends spät nach Hause kam. Gehört, wie die große Eingangstür ins Schloss fiel. Patrick arbeitet die ganze Zeit. Workaholics nennt man diese Leute, hat Sebbe gelernt. Dann wurde dieses Haus vielleicht doch mit Patricks Geld gebaut?

»Und was ist mit deinem leiblichen Vater?«, fragt Sebbe nach einer Pause. »Habt ihr Kontakt?«

Nur das Knirschen der Reifen auf dem gefrorenen Schnee ist zu hören. In der Ferne hallt das metallische Geräusch eines Lifts. Zwei lachende Kinder stürmen mit ihren Schlitten vorbei. Sebbe schluckt. Bereut seine Frage.

»Sorry. Das war vielleicht eine zu persönliche Frage.«

Fredrik schweigt, bis sie das kleine Zentrum von Idre erreicht haben. Eine Hüpfburg, ein kleiner Laden, der Ziegenkäse verkauft, und das rotblaue Neonschild von Intersport.

»Ich habe nie einen Vater gehabt«, sagt Fredrik leise.

*

An diesem Abend kocht Sebbe, was sich komisch anfühlt. Zum einen hat er die riesige Küche ganz für sich allein, zum anderen wärmt er nicht wie sonst bei den meisten seiner Arbeitgeber ein Fertiggericht in der Mikrowelle auf. Im Gegenteil, der Kühlschrank ist bis obenhin mit Köstlichkeiten voll. Warum das so ist, versteht er allerdings nicht, denn Irene und Patrick sind praktisch nie zu Hause. Aber er freut sich über das Angebot. Und darüber, dass Fredrik und er essen können, worauf sie Lust haben. Sich ein bisschen Luxus gönnen können.

Patrick hat er den ganzen Tag noch nicht gesehen, aber Irene war am späten Nachmittag kurz da. Auf ihre Frage hin, ob alles in Ordnung sei, hatte Sebbe mit »Absolut« geantwortet. *Machst du Witze – das hier ist der einfachste Job, den ich jemals gehabt habe,* hätte er um ein Haar gesagt. Dann war Irene zu Fredrik hochgegangen, und kurze Zeit später erklang Musik aus seinem Zimmer. Fasziniert war Sebbe am Fuß der Treppe stehen geblieben und hatte seinem Klavierspiel gelauscht. Obwohl er sich bewusst war, dass er im Haus eines musikalischen Wunderkindes wohnte, hatte ihn die Musik mitgerissen, wie verhext hatte sie ihn. Die Mischung aus hell und dunkel, melancholisch und heiter. Wenn er jemanden Klavier spielen hört, muss er immer an die Natur denken. An einen glucksenden Bach, Sonnenstrahlen im Unterholz.

Als Irene etwas später wieder nach unten kam, hatte sie Tränen in den Augen. Diese ansonsten etwas unterkühlte Frau war offenbar doch tiefer Gefühle fähig. Als sie Sebbe sah, wischte sie sich schnell die Tränen aus den Augenwinkeln. *Entschuldige*, flüsterte sie, *aber mich berührt es immer so, wenn er spielt. Er ist so … talentiert.*

Sebbe nickte als Zustimmung.

Er wirft sich das Küchenhandtuch über die Schulter. Heute Abend gibt es frische Pasta mit Grünkohl, gerösteten Walnüssen und ordentlich Sahne. Als er Fredrik vor ein paar Tagen gesagt hatte, dass er Vegetarier ist, hatte sein Schützling mit den Augen gerollt. Aber mittlerweile scheint er sich daran gewöhnt zu haben, dass es kein Fleisch gibt.

Der Ausflug ins Zentrum von Idre war kurz.

Sie hatten ihn ohnehin nur gemacht, um etwas zu tun zu haben. Sie waren im Sportgeschäft und haben sich die Auswahl im Käseladen angesehen. Obwohl die Freunde von Marc und Sebbe fast ausnahmslos Veganer sind (zumindest in den sozialen Medien), fällt es Sebbe schwer, auf Käse zu verzichten. Das schmeckt einfach *zu* gut. Kaum hatten sie das Sportgeschäft betreten, wurden sie schon von ein paar Mädchen umzingelt, die ein Autogramm von Fredrik haben wollten. Und kurz darauf bat ein älteres Paar darum, ein

Foto machen zu dürfen, das sie ihren Enkelkindern schicken wollten. Sebbe spürte die Blicke der anderen, alle Kunden und Mitarbeiter beobachteten sie. Nein, nicht sie. *Ihn.* Fredrik. Alle erkannten ihn. So fühlte es sich also an, berühmt zu sein. Schön war das nicht, und Fredrik wollte auch schnell wieder umkehren. Als Sebbe ihn fragte, ob das immer so sei, antwortete Fredrik kurz angebunden mit »Ja« und wiederholte den Wunsch, nach Hause zu gehen. Immerhin hatten sie vorher zwei dicke Scheiben Ziegenkäse gekauft.

Jetzt steht Sebbe allein in der Küche und sieht sein Spiegelbild in dem riesigen Fenster hinter der Kochinsel. Er hackt gerade die Walnüsse auf einem enorm großen Holzbrett, als ihm plötzlich einfällt, dass er Fredrik nicht gefragt hat, ob er eventuell eine Nussallergie hat. Es wäre nicht besonders förderlich, wenn er die Person, um die er sich kümmern soll, schon nach einer Woche in einen anaphylaktischen Schock versetzt.

»Verdammt«, murmelt er vor sich hin.

Er ruft die Treppe hoch nach Fredrik, bekommt aber keine Antwort. Wahrscheinlich ist er unter der Dusche. Vielleicht kann er ihn durch die Badezimmertür fragen?

Sebbe lässt das Messer auf dem Schneidebrett liegen und geht die Treppe hoch. Erneut stellt er beeindruckt fest, dass man sich in diesem Haus vollkommen lautlos bewegen kann. Alles ist nagelneu und unverbraucht. Nichts knarrt.

»Fredrik?«

Oben angekommen wirft er einen Blick in Fredriks Zimmer, aber das ist leer. Aus dem Badezimmer hört er das Wasser in der Dusche laufen. Genau, wie er es vermutet hat. Er ruft erneut, auch dieses Mal bekommt er keine Antwort.

Sollte er warten, bis Fredrik fertig ist? Andererseits, wenn er wirklich allergisch ist, muss er sich schnell ein neues Rezept ausdenken, damit es nicht zu spät wird mit dem Essen. Da sieht er, dass die Badezimmertür einen Spalt offen steht. Der Wasserdampf hängt wie dichter Nebel im Türrahmen.

Sebbe hält inne. Ob er gestürzt ist und sich verletzt hat? Er macht einen Schritt nach vorn.

»Fredrik? Bist du da drin? Ich wollte dich kurz etwas fragen.«

Nach wie vor keine Antwort. Sebbe zögert. Er kann doch nicht einfach ins Badezimmer gehen? Oder doch? Was, wenn Fredrik *tatsächlich* gestürzt ist? Er hat immerhin ein chronisches Leiden. Obwohl das Badezimmer hier oben mit Stangen und Sitzen ausgestattet ist, damit er vom Rollstuhl bequem in die Duschkabine kommt. Dabei kann er aber trotzdem ausgerutscht sein. Es ist besser, wenn er mal nach dem Rechten sieht. Vorsichtig schiebt er die Badezimmertür auf.

Fredrik steht in der Dusche. Überrascht kneift Sebbe die Augen zu und macht sie wieder auf, falls er sich geirrt haben sollte. Nein. Fredrik *steht* in der Dusche. Sebbe wusste nicht, dass er aufrecht stehen kann, aber offenbar geht das für einen kurzen Moment. Sein blondes Haar, vom Wasser dunkel, fällt ihm über seine breiten Schultern. Er ist muskulös, stark. Und steht nur wenige Meter von Sebbe entfernt. Ein blasser, nackter, aber sehr muskulöser Körper. Er hat nicht einmal die Glastüren geschlossen, Sebbe kann direkt in die Duschkabine sehen.

Sebbe öffnet den Mund, will etwas sagen, aber dann schließt er ihn schnell wieder. Fredrik ist nicht gestürzt. Ihm ist nichts zugestoßen. Er hat sich nicht verletzt. Er steht aufrecht in der Dusche und schäumt sich die Haare ein. Wie versteinert steht Sebbe in der Tür und kann seinen Blick nicht abwenden. Warum geht er nicht einfach? Er fühlt sich wie ein Perverser. Oder wie ein Krimineller.

In diesem Moment dreht sich Fredrik um. Sebbe zuckt zurück, bleibt mit pochendem Herz vor der Tür stehen.

Er hat Angst, dass Fredrik ihn zurückruft. Aber das einzige Geräusch, das nach draußen dringt, ist das Rauschen des Wassers. Auf Zehenspitzen schleicht Sebbe die stummen Treppenstufen hinunter zurück in die Küche.

Ob Fredrik ihn gesehen hat?

Das ist das Einzige, was Sebbe im Kopf herumspuckt, während er in der Pfanne herumrührt. *Verdammt, wie peinlich.*

# 15

*Idre Fjäll*

*Drei Tage vor Weihnachten*

Ein junger Mann rennt durch den Wald, strauchelt, fängt sich, sieht sich verwirrt um, Angst im Blick. Denn der Mann, der noch mehr Junge als Mann ist, hat kein richtiges Ziel. Er läuft nämlich nicht irgendwo hin. Sondern *weg*.

Es ist kurz vor zehn Uhr abends, und morgen ist der zweiundzwanzigste Dezember. Nur noch drei Tage bis Weihnachten. Er vermisst seine Familie. Sehnt sich nach der Geborgenheit und Wärme. Er will fort von hier, von Idre und dem Wahnsinn, zurück nach Hause, nach Stockholm, wo er eigentlich lebt. Er vermisst seine Mutter. Und seinen Vater, obwohl der sich nach wie vor über seinen Wunsch nach einem vegetarischen Weihnachtsbraten beschwert. Er vermisst sogar seine kleine Schwester Lisa, die ihm normalerweise das Leben zur Hölle macht. Aber diese Menschen, so verrückt sie auch alle sind, sind *seine* Familie. Und die vermisst er jetzt.

Der Wald ist dunkel, heimtückisch dunkel. Immer wieder streift seine Schulter einen Baum, und er stöhnt auf vor Schmerzen. Die schweren Stiefel versinken bei jedem Schritt tief im Schnee, aber er wird nicht langsamer werden. Auf keinen Fall. Er hat auch keine andere Wahl. Er hört die Schritte hinter sich, sie werden ihn bald einholen.

So weit vom Zentrum kann er nicht sein, er kann den Chor bis hierher singen hören. Trotzdem hat er sich verlaufen, kennt sich hier nicht aus. War noch nie in Idre Fjäll. Er weiß, dass auf dem kleinen Marktplatz ein Lagerfeuer brennt, die Leute Glögg trinken und Weihnachtsliedern lauschen. Er hört das Echo. *Stille Nacht, heilige Nacht, alles schläft …*

Seine Lunge brennt. Hört dieser Wald denn niemals auf? Wird er jemals den Weg finden?

Plötzlich sieht er ein Licht. Der Wald lichtet sich. Dort warten die Freiheit und die Rettung auf ihn. Er stürmt auf das Licht zu. Rennt, so schnell er kann.

Dann hat er es erreicht. Muss aber abrupt abbremsen, seine Stiefel rutschen über den glatten, vereisten Boden. Die Lichtung, auf die er zugerannt war, die seine Rettung sein sollte, ist nichts anderes als ein Felsvorsprung. Ein steiler Abhang, der auf eine der vielen Skipisten führt, die sich den Idre Fjäll hinunterschlängeln. Und das Licht, das er gesehen hatte, war nichts anderes als die Beleuchtung der Skipiste.

Was soll er jetzt machen? Kann er von hier aus springen? Er wird sich die Beine brechen. Vielleicht sogar die Wirbelsäule. Vielleicht kann er rutschen?

Aber seine Überlegungen werden jäh unterbrochen, jemand steht hinter ihm. Die Haare auf seinen Armen stellen sich auf. Er dreht sich um. Sein Herz galoppiert vor Angst.

Er ist nicht allein.
Er wurde eingeholt.
Und er weiß.
*Es ist vorbei.*

# 16

*Rosie*

*Zwei Tage vor Weihnachten*

Rosie Ångström ist eine Frühaufsteherin.

Das war nicht immer so. Ganz im Gegenteil. Sie kann sich sehr gut an ihre Teenagerjahre erinnern, als ihre Mutter Astrid ihr morgens einen kalten, nassen Waschlappen aufs Gesicht legte, damit sie endlich aufwacht. Das ging nicht auf das Konto der mütterlichen Gemeinheiten, Rosie hatte sie darum gebeten. Sonst wäre sie niemals pünktlich zur Schule gekommen. Das Klingeln des Weckers allein genügte nicht. Der kalte, nasse Waschlappen hingegen war die Geheimwaffe.

Als sie bei der Polizei anfing, war ihre größte Sorge zu verschlafen. Also stellte sie ihren und Lennarts Wecker. Mit zehn Minuten Abstand. Sie hatte schon immer einen gesunden Schlaf. Sie gehörte zu den Menschen, die sich in einen beliebigen Sessel, auf ein Sofa oder einen Sitzplatz im Zug setzen und innerhalb von Sekunden ein Nickerchen machen konnten.

Das kann sie auch nach wie vor. Aber seltener. Mit dem Alter macht man neue Erfahrungen. Und eines Tages gehörte Rosie Ångström plötzlich zu jenen, die morgens um sechs Uhr die Augen aufschlugen und nicht wieder einschlafen konnten.

Wie auch an diesem Morgen, in der zauberhaften Skihütte in Idre Fjäll.

Aus dem benachbarten Zimmer hörte sie sanftes Schnarchen – ob es Zacke oder Jonathan war, wusste sie nicht. Über ihr atmete Cilla laut im Schlaf. Eine Weile blieb sie im Bett liegen und las im Licht der kleinen Nachttischlampe ein paar Seiten in ihrem Krimi. Aber dann war die Lust auf einen ersten Kaffee so groß geworden, dass sie aus dem Zimmer in die Küche schlich, um sich einen amtlichen Becher zu machen.

Mittlerweile ist es halb zehn. Noch ist alles still in der Hütte. Auch draußen ist alles still. Rosie sitzt auf dem Sofa, trinkt ihren zweiten Kaffee und liest online Tageszeitung. Sie weiß, dass Cilla keine Frühaufsteherin ist, und das gilt wahrscheinlich auch für die Jungs.

Die Jungs … wie süß von ihnen, dass sie sie eingeladen haben. Das hätten sie nicht machen müssen, und Rosie hofft inständig, dass nicht der Eindruck entstanden ist, sie habe sich aufgedrängt. In der Nacht vor der Abreise hatte sie kein Auge zugemacht. Lange hatte sie wach gelegen und überlegt, was sie tun soll. Wahrscheinlich macht sie sich wie immer zu viele Gedanken. Sie ist eigentlich kein unsicherer Mensch, aber das hier ist etwas anderes. Ihr schlimmster Albtraum wäre, als tragische Figur zu gelten. Die einsame Witwe, die man zu Weihnachten (oder irgendeinem anderen Anlass) einladen muss, damit sie sich nichts antut. Den Kopf in den Gasherd steckt oder so, wie eine lebensmüde Pute.

Nun denn, nun denn, Rosie nimmt einen letzten Schluck aus ihrem Kaffeebecher (eine geblümte Erscheinung, die offensichtlich im Kaufpreis für die Hütte inbegriffen gewesen war). Jetzt ist sie jedenfalls hier. Und während die anderen offenbar vorhaben, den ganzen Tag zu verpennen, wird sie zu einem schönen Morgenspaziergang aufbrechen.

*

Als Rosie mit dicker Daunenjacke und lila Mütze vor die Tür tritt, taucht die Sonne gerade hinter den Baumwipfeln auf. Sie stapft durch den tiefen Schnee auf den kleinen Pfad, der sie gestern zur Hütte geführt hatte. Vor ihr türmt sich die riesige Luxusvilla auf der anderen Straßenseite auf. Rosie ist fasziniert davon, dass einige Menschen so viel Reichtum besitzen … Sie hätte nichts dagegen, auch so eine fantastische Aussicht auf den Wald und die Pisten zu genießen. Sie beschließt, rechts abzubiegen und die Piste zu überqueren, auf der bereits Betrieb herrscht. Die ersten Frühaufsteher haben sich die Skier untergeschnallt, und Rosie beeilt sich, auf die andere Seite zu kommen, wo ein kleiner Pfad direkt in den Wald hineinführt.

Der Schnee knarrt wunderbar unter ihren dicken Winterstiefeln und erinnert Rosie an ihre Kindheit in Östersund, wo sie Anfang der Fünfziger zur Welt kam. Ihre Eltern sind beide tot, aber sie denkt noch oft an sie. Ihr Vater war Schlachter, und ihre Mutter hatte halbtags als Lehrerin gearbeitet und sich ansonsten um sie und ihren Bruder Gunnar gekümmert. Rosies Mutter war eine Frau ihrer Zeit gewesen. Sie hatte alles selbst hergestellt, Würste gestopft,

Gardinen genäht, gekocht und überall immer zu viel Butter untergemischt. Die Märtyrerrolle hätte sie sich sparen können, aber ansonsten ist sie ganz in Ordnung gewesen. Leider hatte sie ihre Kochkünste nicht an Rosie weitergegeben. Adam erfuhr eine Kindheit voller Liebe, aber die Mahlzeiten bestanden hauptsächlich aus Fleischwurst Stroganoff oder Pizza aus der Eckkneipe. Das Interesse am Kochen und an kulinarischer Vielfalt hatte sie erst nach ihrer Pensionierung entwickelt. Eine andere Generation eben. Was sie aber am meisten mit den Wintern ihrer Kindheit verbindet, ist der Schnee. Damals lag in Östersund an Weihnachten nämlich immer Schnee. Die ganze Stadt war ein einziger großer Schneeball. So einen Schnee wie hier in Idre Fjäll hat sie das letzte Mal in Östersund gesehen. Die Erinnerung an ihre Kindheit treiben ihr die Tränen in die Augen.

Ihr kommt ein Mann mit einem Hund an der Leine entgegen. Er trägt Camouflage-Jacke und Baskenmütze, lächelt ihr zu und grüßt sie mit einem Nicken. Der Hund, ein fröhlicher Dackel, schnüffelt kurz an ihrem Bein.

»Komm, Lollo«, ruft der Mann und geht weiter.

Rosie muss kichern. Lollo – was für ein lustiger Name für einen Hund. Aber die Leute wählen die sonderbarsten Namen aus heutzutage. Wenn sie bei sich im Gärdet-Viertel spazieren geht, hört sie die Eltern ihre Kinder rufen: *Astrid! Ragnar! Greta!* Man könnte meinen, es wäre 1917 und nicht 2017. Adam hat ihr oft vorgeschlagen, sich einen Hund anzuschaffen. Vermutlich macht er sich auch Sorgen, dass sie einsam sein könnte. *Herrje, warum machen sich alle immer so viele Gedanken!* Rosie liebt Hunde, und da sie mittlerweile eine Frühaufsteherin ist, wären auch die frühen Gassirunden kein Problem mehr. Aber abends noch mal raus, wenn es draußen dunkel ist und regnet … Nee. Da wäre sie lieber in Gesellschaft von jemandem.

Zur Linken entdeckt sie eine kleine Waldlichtung, die auf einer Anhöhe endet. Dahinter fällt ein Steilhang etwa zehn Meter in die Tiefe. Am Fuße dieser Felswand liegt eine blaue Jacke. Rosie schimpft vor sich hin. Sie will zwar keine dieser Alten sein, die sich immer über alles beschwert, aber es ärgert sie, wenn die Leute ihren Müll überall liegen lassen und die Natur verschmutzen. Was soll das? Das ist doch wirklich …

Sie stutzt.

Als sie genauer hinsieht, erkennt sie auch noch andere Kleidungsstücke. Und einen Stiefel. Eine Jeans?

In derselben Sekunde spürt sie, dass da etwas nicht stimmt.

»Hallo?«

Vorsichtig nähert sie sich der Stelle. Ihre Rufe hallen von den Hängen, aber sie erhält keine Antwort. Da bahnt sich die Sonne einen Weg durch die Zweige der Bäume. Rosie zuckt zusammen. Da flattert etwas. Auf der Jacke. Was ist das? Sie kneift die Augen zusammen. Ein Raubvogel.

»Kschhht! Weg da!«, brüllt sie und rennt los.

Sie ist nur ein paar Meter entfernt, da breitet der Vogel seine riesigen Flügel aus, erhebt sich in die Luft und wird eins mit dem blauen Himmel. Rosie schlägt das Herz bis zum Hals. Denn erst jetzt erkennt sie, was da am Fuße der Felswand liegt.

Ein Körper.

Ein Mann.

Ein Mann in Jeans und einem weißen Wollpullover, der übersät ist mit roten Flecken. An den Stellen, an denen der Raubvogel zugange gewesen ist. Die Jacke ist zerrissen, hier und da liegen Federn. Das eine Bein des Mannes ist auf unnatürliche Weise verdreht. Das junge Gesicht ganz bläulich angelaufen.

Obwohl die Anwesenheit des Raubvogels es schon deutlich genug gemacht hat, ermächtigen die dreißig Jahre Berufserfahrung Rosie dazu, das Offensichtliche festzustellen, als sie die aufgerissenen Augen des jungen Mannes sieht, in die das Licht der Morgensonne fällt.

Er ist so was von tot.

# 17

*Cilla*

Das Knallen der Haustür reißt mich aus dem Schlaf. Ich sitze senkrecht im Bett, als ich Rosie schreien höre.

»Cilla!«

*Autsch.* Die Hütte hat leider keine besonders hohen Wände, und das obere Stockbett befindet sich praktisch unter der Decke. Ich reibe mir die Stirn und spüre schon die Beule pochen. Sekunden später stößt Rosie die Tür zu unserem Schlafzimmer auf. Aretha Franklin ist auch von dem Krach wach geworden und hüpft ausgelassen zwischen ihren Füßen herum. Rosies Gesicht ist knallrot, den grünen Schal schleift sie wie eine Hundekette hinter sich her.

»Du … musst … aufwachen … da ist … ein Toter …«

»Himmel, Rosie, was ist passiert?«

Ich klettere die Leiter hinunter. Sie wird doch keinen Schlaganfall bekommen haben? Rosie packt mit ihren eiskalten Fingern meine Handgelenke und starrt mir in die Augen.

»Ich habe eine Leiche gefunden.«

Zwei Minuten später habe ich mir Wollsocken und meine Skisachen angezogen. Die Jungs scheinen derweil weiterzuschlafen und sind offenbar nicht einmal von Rosies stürmischem Entrée wach geworden. Wir beschließen darum, sie weiterschlafen zu lassen. Die Kälte brennt im Gesicht. Wir stapfen den Weg hoch und überqueren die Skipiste. Aretha Franklin darf uns begleiten, schließlich muss sie ihr morgendliches Geschäft verrichten. Die Leine in meiner Hand trottet sie anstandslos hinter Rosie und mir durch den Wald.

»Warum bist du so früh am Morgen schon unterwegs?«, frage ich, während ich keuchend durch den Schnee stapfe.

»Ich bin schon eine ganze Weile wach. Senile Bettflucht und so. Ich wollte den Tag vernünftig starten und einen Morgenspaziergang machen und dabei … bin ich praktisch drübergestolpert.«

»Über den Toten?«

»Ja.«

»Und was hast du dann getan?«

»Die Polizistin in mir hat übernommen. Ich bin nicht weitergegangen, um den Tatort nicht mit meinen Spuren zu verunreinigen.«

»Du hast keinen Puls gefühlt?«

Rosie wirft mir einen beinahe amüsierten Blick zu.

»Cilla. Es bestand nicht der geringste Hauch eines Zweifels, dass der Mann tot war. Die Vögel hatten schon ganze Arbeit geleistet.«

Mir läuft es eiskalt den Rücken herunter. Die Sonne ist zum Leben erwacht und lässt die schneebedeckten Baumwipfel glitzern. Dieser schöne Anblick passt so gar nicht zu Rosies Worten. Schon wieder ein Toter. Dieses Jahr hat bereits einiges an Leichen für mich bereitgehalten. Und für Rosie auch. Genau genommen ist die erste Leiche aufgetaucht, nachdem wir uns kennengelernt haben. Und ihr folgten andere. Der Tod scheint sich zu uns hingezogen zu fühlen. Oder ist es andersherum?

»Wir müssen hier entlang!«

Rosie geht voraus, einen kleinen Pfad hinunter, der in den Wald hineinführt. Am Fuße eines kleinen Steilhangs sehen wir eine Gruppe von Menschen.

»Was für ein Glück, dass ich – Polizistin hin oder her – hysterisch aufgeschrien habe«, erzählt Rosie. »Ich konnte es nicht zurückhalten, es kam einfach so. Das hat Frank gehört, der kurz zuvor an mir vorbeigekommen ist.«

»Frank?«

Ich bin endgültig verwirrt. Zum einen, weil ich noch nicht ganz wach bin, zum anderen, weil Rosie nicht nur einen Mann namens Frank kennengelernt hat, sondern auch eine Leiche gefunden hat. Dabei hat der Tag noch gar nicht richtig angefangen.

»Er ist Pistenwächter und arbeitet an der Nord 6.«

»Nord … Rosie, du sprichst in Rätseln!«

»So heißt einer der Skihänge, hier ganz in der Nähe. Du musst Fjällsprech lernen, Cilla! So sprechen wir hier in den Bergen!«

»Ich bin noch nicht mal richtig wach …«

»Das hier wird dich schlagartig hellwach machen, versprochen.«

Wir stapfen durch den tiefen Schnee. Schwarze Vögel spazieren scheinbar mühelos über die Schneekruste, wie eine makabre Ballettaufführung sieht das aus. Aretha Franklin knurrt sie an. Dieser kleine, zottelige Hund bringt mich immer wieder zum Lachen. Hier macht sie einen auf dicke

Hose, aber zu Hause in der Wohnung am Mariatorget springt sie vor Schreck in die Luft, wenn ein Champagnerkorken knallt. Je näher wir kommen, desto deutlicher sehen wir auch die umstehenden Leute. Einer von ihnen, ein Mann in oranger Thermohose und farblich passender Wollmütze, kommt auf uns zu. Wir bleiben stehen, wollen den Tatort nicht kontaminieren.

»Tag auch«, sagt er.

Er schüttelt Rosies Hand, dann meine.

»Cilla Storm, ich bin Kriminalreporterin.«

»Hilfe! Haben Sie hellseherische Fähigkeiten, oder was? Nicht einmal die Polizei ist schon vor Ort.«

»Wir sind zusammen hier«, erklärt Rosie. »Und ich bin übrigens Polizistin.«

Der Mann hebt vielsagend eine Augenbraue.

»Polizistin? Du?«

»Ja. Oder sagen wir, ich war. Ich bin inzwischen pensioniert. Aber einmal Polizistin, immer Polizistin.«

»Aha. Ist das eine Redewendung?«

Sein rotwangiges Gesicht strahlt. Eine sympathische Erscheinung. Groß und breitschultrig ist er, etwa in Rosies Alter und noch immer ziemlich gut aussehend.

»Ich heiße Frank und bin Pistenwächter hier in Idre Fjäll. Aber das hat Rosie bestimmt schon erzählt.«

Er nickt Rosie zu.

»Ich danke dir wirklich sehr, dass du mich alarmiert hast. Ich kann nicht fassen, dass ich den Toten beinahe übersehen hätte.«

»Beinahe? Du hast ihn übersehen!«

»Ja. Das ist in der Tat eine korrekte Bezeichnung für mein

Verhalten. Was für ein Glück, dass du so laut geschrien hast.«

»Du meinst, dass ich ein Signal gegeben habe.«

Der Mann lächelt erneut. Rosie erwidert das Lächeln.

»Signal gegeben?«

»Ja. Das ist die korrekte Bezeichnung.«

Verwirrt folge ich dem Schlagabtausch der beiden. Was läuft hier? Sie verhalten sich, als würden sie sich schon Ewigkeiten kennen, dabei haben sie sich doch gerade eben erst kennengelernt.

»Wie läuft es da drüben bei euch?«, fragt Rosie und zeigt auf den kleinen Menschenauflauf unter dem Felsvorsprung.

»Ja, also ... es ist kein schöner Anblick, wenn ich ehrlich sein soll. So etwas sieht man hier auch nicht alle Tage. Die Polizei ist noch nicht da, die ist erst vor ein paar Minuten in Mora losgefahren. Wir wurden angewiesen, nichts anzufassen, nur aufzupassen.«

»Kein Rettungswagen?«

»Du hast doch gesehen, wie er aussah ... Das Gesicht ist von den Vögeln und anderen Tieren schwer zugerichtet worden. Der liegt dort schon eine Weile, würde ich sagen.«

»Geht ihr von einem Gewaltverbrechen aus?«, frage ich und bekomme einen skeptischen Blick als Reaktion.

»Wie ich schon sagte, bin ich nur Pistenwacht. Ob es sich hier um ein Verbrechen handelt, muss die Polizei entscheiden, aber meiner unqualifizierten Einschätzung nach würde ich sagen: nein. Ihr seht ja, wie steil es da runtergeht. Er ist unzweifelhaft von dort oben gestürzt. Ich gehe davon aus, dass die meisten bei einem Sturz aus dieser Höhe sterben würden.«

»Ganz deiner Meinung«, wirft Rosie ein. »Und der Arme ist auch ziemlich … ungünstig aufgeprallt.«

Wieder läuft es mir eiskalt über den Rücken. Ich will lieber nicht daran denken, wie es ist, so tief zu stürzen und im Fall seinem eigenen, unausweichlichen Tod entgegenzusehen. Denkt man noch etwas in dem Moment, wenn der Körper aufschlägt? Oder geht das alles ganz schnell?

»Dann ist das hier also ein tragischer Unfall?«, fasse ich zusammen.

»Ja«, erwidert Frank. »Es sieht so aus. Ich möchte die Gelegenheit nutzen und mich bei dir bedanken«, sagt er und sieht Rosie an.

»Wie war das noch … Rosa?«

Rosie kichert.

»Nein. Ich bin doch keine Kuh! Rosie.«

»Verzeih, Rosie. Vielen Dank, dass du so geistesgegenwärtig warst und den Toten gefunden hast. Es tut mir aufrichtig leid, dass du das sehen musstest. Aber da du Polizistin warst, gehe ich davon aus, dass du schon weitaus Schlimmeres gesehen hast. Auf jeden Fall danke ich dir für deine Hilfe. Das wird die Betreiber vom Skilift schwer treffen, ganz gleich was passiert ist. Was für ein Glück, dass wir ihn rechtzeitig entdeckt haben und nicht erst später. Und du bist bitte sparsam mit Details«, sagt er und zeigt auf mich.

Ich nicke.

»Selbstverständlich. Ich arbeite auch nicht für eine Zeitung, sondern für einen Krimipodcast.«

»Ach so, so eine bist du. Meine Tochter ist ganz wild auf so was und hört sich das die ganze Zeit an. Frag mich nicht, warum.«

Das tue ich auch nicht. Keiner sagt ein Wort. Stille. Das einzige Geräusch ist das Knarzen des Schnees unter unseren Stiefeln, wie ein altes, knarrendes Haus. Am Ende breche ich das Schweigen.

»Darf ich trotzdem noch eine Sache fragen?«

»Ja, klar.«

»Wer ist denn der Tote? Mann, Frau? Jung, alt?«

Frank senkt den Blick, sieht auf seine Schuhe, zögert. Dann hebt er den Kopf.

»Das ist das Tragischste daran, denn es scheint ein ganz junger Kerl zu sein. Ein Teenager.«

# 18

*Idre Fjäll*

*Sebbe*

*Zwei Wochen vor Weihnachten*

Es ist zwar erst neun Uhr abends, aber da es hier oben schon ab drei Uhr nachmittags dunkel wird, fühlt es sich an wie mitten in der Nacht.

Fredrik und Sebbe sind wie immer allein in dem großen Glashaus am Hang. Seine Eltern sind irgendwo im Wald und organisieren für eine Gruppe deutscher IT-Heinis ein Whirlpool-Event.

Sebbe hat gekocht, Spaghetti mit einer Soße aus Crème fraîche, gebratenem Halloumi, Fenchel und Dill.

Sie essen in der Küche, an der Kochinsel, die so gebaut ist, dass Fredrik mit seinem Rollstuhl daran sitzen kann. Vor einer Woche noch wäre ihnen das peinlich gewesen, aber mittlerweile haben sie sich aneinander gewöhnt und mit diesem etwas sonderbaren Arrangement angefreundet. Sie waren Kumpels geworden. Bekannte. Oder einfach zwei Menschen, die gut miteinander zurechtkamen. Sie hatten immer genug Gesprächsstoff und tauschten sich über ihre Wünsche und Träume für die Zukunft aus. Zwischendurch hat Sebbe vollkommen vergessen, dass sie fast vier Jahre trennten. Vier Jahre klingen eigentlich nicht viel, aber wenn man einundzwanzig ist, ist siebzehn noch sehr jung. Zum Beispiel ist man nicht volljährig, darf nicht ausgehen oder sich in einer Bar ein Bier bestellen. Aber Fredrik ist sehr reif für sein Alter. Vielleicht liegt das daran, was er in den letzten Jahren alles miterlebt hat. Dadurch war er wahrscheinlich gezwungen gewesen, schneller erwachsen zu werden.

Das gemeinsame Abendessen war inzwischen fester Bestandteil ihres Tagesprogramms. Sebbe kochte etwas leckeres Vegetarisches (das musste Fredrik so hinnehmen), dann aßen sie zusammen und schauten danach einen Film. Als das Essen vorhin fertig war, ertappte sich Sebbe dabei, dass er eine Streichholzschachtel in der Hand hatte und eine Kerze anzünden wollte.

Nein ... nicht, oder? Das könnte missverstanden werden.

Sie konnten doch nicht bei flackerndem Kerzenschein Abend essen, oder? Das würde irgendwie komisch wirken. Falsch irgendwie. Diesen Impuls hatte Sebbe bisher noch bei keinem seiner Klienten gehabt. Allerdings hatte er natürlich auch noch nie so einen Klienten wie Fredrik gehabt, mit dem er richtig zu Abend aß. Die ganze Situation war außergewöhnlich. Am Ende hatte Sebbe die Streichhölzer wieder weggelegt.

Jetzt sind sie fertig, die Teller sind leer geputzt. Fredrik hilft Sebbe beim Abräumen und stellt seine Sachen in die Spülmaschine. Sebbe will gerade vorschlagen, dass sie es sich in der Filmecke (so nennen sie den Bereich im Wohnzimmer, der wie ein kleines Kino eingerichtet ist) gemütlich machen könnten. Aber Fredrik hat eine andere Idee.

»Hast du Lust, in die Sterne zu gucken?«

Sebbe lacht laut auf.

»Bitte was?«

»Sterne. Am Himmel. Ich habe ein Teleskop.«

»Ach so, stimmt, das habe ich gesehen. Benutzt du das oft?«

»Manchmal. Heute Abend ist es sternenklar.«

Gesagt, getan. Kurz darauf sind sie oben in Fredriks Zimmer. Natürlich war Sebbe das Teleskop aufgefallen, aber er hatte sich weder getraut, es zu berühren, noch hindurchzuschauen. Das sah nämlich sauteuer aus, was es vermutlich auch war. In diesem Haus war nichts billig, wie er festgestellt hatte.

»Willst du es mal ausprobieren?«

Fredrik verstellt das Okular, damit er von seinem Platz auf dem Klavierstuhl aus hindurchsehen kann. Sebbe nickt und sieht in die kleine runde Öffnung. Zuerst ist alles nur schwarz.

»Das ist ganz schwarz.«

»Ich habe die Schutzkappe noch nicht abgenommen.«

Fredrik lacht und macht die schwarze Kappe ab. Sofort wird die gleichförmige Dunkelheit von der Tiefe des Himmels ersetzt. Fredrik hilft ihm beim Justieren, und plötzlich sieht Sebbe alles ganz klar. Den Himmel, die Sterne, alles, was dort oben blinkt und glitzert.

»Shit«, stößt er aus.

»Cool, oder?«

Sebbe nickt und starrt schweigend die Schönheit des

Himmels an. Der Anblick hat etwas Magisches – als würde man in eine fremde Welt sehen, zu der man keinen Zutritt hat. Eine geheime Welt. Er hat keine Ahnung von diesen Dingen, als waschechter Stockholmer kennt er U-Bahn-Stationen, die besten Falafelläden und weiß, wann die Kneipen ihre Biergärten wieder öffnen. Von Astronomie hat er nicht den blassesten Schimmer.

»Willst du noch etwas anderes sehen?«, fragt ihn Fredrik.

Sebbe sieht hoch.

»Was denn?«

»Schau wieder durch.«

Sebbe tut wie befohlen, und Fredrik verändert die Position des Teleskoprohres. Vor Sebbes Augen verschwindet der Himmel, wie der Sturz aus einem Flugzeug fühlt sich das an, als würde er hinunter in die Realität fallen. Vor ihm tauchen die ersten Baumwipfel auf, ein Stück einer Skipiste, ein Motorroller, der durch den Wald rast. Und dann … sieht er eine Frau.

Sebbe zuckt zurück, dann sieht er erneut hindurch. Das Fernglas ist jetzt auf ein Haus gerichtet, das auf der anderen Seite der Skipiste steht. Der Großteil des Hauses ist von hohen Bäumen verdeckt, aber man kann den ersten Stock des Gebäudes einsehen. Sebbe justiert die Schärfe, es ist ein schönes Haus. Nicht so pompös wie der Glaspalast von Fredriks Eltern, aber schicker als die meisten Skihütten, an denen sie in den vergangenen zwei Wochen vorbeigekommen sind. Durch das Fenster im ersten Stock sieht man in zwei Räume gleichzeitig.

Der eine Raum liegt im Dunkeln, aber in dem anderen brennt Licht. Es ist eine offene Küche mit Wohnzimmer.

Ein großer Weihnachtsbaum steht vor dem Fenster, früh geschmückt mit Lametta, Lichterketten und großen blauen, roten und rosa Kugeln. Ganz oben steckt ein goldener Stern. In der Küche ist ein Kamin in die Wand eingelassen, darin flackert ein Feuer. Sebbe sieht einen Stehtisch, den oberen Teil von zwei Sesseln und … eine Frau.

Sie ist schön.

Umwerfend schön, um genau zu sein.

Diese Art von Menschen sieht man sonst nur im Fernsehen und in Kinofilmen. Jene Art von Menschen, die mit gesponserten Beiträgen auf Instagram über Lidschatten und Kreditkarten sich und ihre ganze Familie finanzieren können. Jene Art von Menschen, die auf der Straße an einem vorbeigehen und einen so nachhaltigen Eindruck hinterlassen, dass man sich unbedingt umdrehen muss. Wellige dunkle Haare, hohe Wangenknochen, große Augen. Runde Ohrringe, die im Licht des Tannenbaumes funkeln. Wie alt mag sie sein? Höchstens vierzig. Nicht älter.

»Wer … wer ist das?«

Sebbe sieht zu Fredrik, der ihn anlächelt.

»Was ist daran so lustig?«

»Sie ist hübsch, oder?«

»Spionierst du ihr nach? Mit dem Teleskop?«

Fredrik zuckt nonchalant mit den Schultern.

»Das ist doch pervers!«

Jetzt lacht Fredrik laut. Sebbe ist hin- und hergerissen. Einerseits fühlt sich das ganz, ganz … falsch an. Man spioniert Leuten nicht hinterher. Schon gar nicht Frauen. Das ist wirklich pervers. Andererseits will er aber auch nicht wie der spießige große Bruder auftreten, auch wenn er gewissermaßen diese Rolle übernommen hat. Er wurde eingestellt, um sich um Fredrik zu kümmern. Dafür zu sorgen, dass es ihm gut geht. Gleichzeitig aber war ihr Umgang wie der von Kumpels. Sie waren Freunde geworden. Sebbe schluckt.

»Ist das nicht ein bisschen … gestört?«

»Du meinst das Spionieren?«

Sebbe nickt.

»Das mache ich ja nicht jeden Tag. Ich habe auch noch nie etwas gesehen … du weißt schon …«

»Was Intimes?«

»Genau. Ich beobachte sie nur, wenn sie kocht oder mit ihrer Familie zusammen ist. Sie ist verheiratet und hat eine Tochter.«

»Kennst du die Frau?«

»Sie heißt Manuela und arbeitet als Sommelier im Hotel von Pernilla Wiberg. Aber sie sieht toll aus, das musst du doch zugeben?«

Sebbe lächelt. Fredrik muss sein Zögern und seine Nervosität bemerkt haben, denn er fügt schnell noch etwas hinzu.

»Mach dich mal locker, ich sitze nicht den ganzen Tag am Teleskop und glotze. Es ist nur so … manchmal ist es ganz schön einsam hier. Allein in meinem Zimmer. Ich habe meine Musik und so, aber meine Mutter und Patrick sind so viel unterwegs, da beobachte ich gerne die Welt dort drau ßen. Um zu sehen, wie die anderen so leben. Ich habe nicht so viele Leute, mit denen ich abhängen kann.«

Seine Worte treffen Sebbe mitten ins Herz. Er schämt sich dafür, dass er Fredrik für einen Creep gehalten hat. Es ist doch kein Wunder, dass er sich manchmal wünscht, woanders zu sein. Dass er wissen will, wie es in anderen Familien aussieht. Sebbe nickt, und als er den Kopf hebt, sieht ihn Fredrik durchdringend an.

»Zumindest war das früher so«, sagt er. »Jetzt habe ich ja jemanden, mit dem ich abhängen kann.«

*

Sebbe schreckt auf. Da war ein Geräusch.

Eine Tür, die ins Schloss fällt.

Schritte, die durchs Haus hallen.

Klackernde Absätze.

Die Frau des Hauses ist zurück.

Eine Weile liegt er mit offenen Augen im Bett und starrt in die Dunkelheit. Obwohl die Nacht erbarmungslos und komplett pechschwarz ist, kann er die Konturen in seinem Zimmer ausmachen. Als er klein war, nannte es seine Mutter das *Nachtlicht*. Als würde die Nacht aus sich selbst heraus ein Leuchten erzeugen und dadurch alles sichtbar machen, was sich zu verbergen versucht. Wahrscheinlich handelte es sich schlicht um das Vermögen des Auges, sich den äußeren Lichtverhältnissen anzupassen. Aber Sebbe mochte das Wort. Nachtlicht.

Als er sich umsieht, stellt er fest, dass er gar nicht in seinem Zimmer ist, sondern auf einer Matratze in Fredriks Zimmer liegt. Unter der riesigen Decke auf dem breiten, hotelartigen Bett kann er die Umrisse seines Schützlings erkennen. Sieht, wie sich Fredriks Brustkorb hebt und wieder senkt. Der Rollstuhl steht am Fußende des Bettes. Sebbe tastet nach seinem Handy. Das Display verrät ihm die Uhrzeit. 01:20.

Es ist nicht seine erste Nacht in Fredriks Zimmer. Gestern hat er auch hier geschlafen. Am Anfang hat er gezögert, hatte Angst, dass die Eltern es bemerken und merkwürdig finden würden. Wahrscheinlich ist es auch merkwürdig, aber Fredrik hatte ihn dazu überredet. Das kann er besonders gut. Außerdem hatten sie sich gestern so gut unterhalten … Sebbe hatte fasziniert zugehört und unbedingt mehr erfahren wollen, vor allem, als Fredrik von seiner Leidenschaft fürs Klavierspielen erzählt hat. Er strahlte übers ganze Gesicht, und seine Augen funkelten vor Glück, als er von seinem Traum sprach, eines Tages seine eigenen Kompositionen vorspielen zu dürfen. Sebbe hatte ihm ermutigend und begeistert zugenickt. Warum nicht? Er sei schließlich schon berühmt, hätte vermutlich Millionen von Fans. Aber da hatte sich Fredriks Miene verfinstert, und er hatte mutlos mit den Schultern gezuckt.

»Dieses ganze Gewese um *fame* und so ist total überbewertet. Alle wollen was von einem, haben ihre … ich weiß auch nicht … ihre eigenen Vorstellungen davon, wer man ist und was man tun soll. Ich will am liebsten nur mein Ding machen. Außerdem hasse ich es, was die Leute daraus machen, dass ich im Rollstuhl sitze. Alle springen um mich herum und reden davon, wie sie alles behindertengerecht umgebaut haben, damit ich mit dem Rollstuhl durchkommen kann, und wie tragisch es ist, weil ich noch so jung bin. Als ob sie wüssten, wie sich das anfühlt. Aber das tun sie nicht. Niemand außer mir weiß, wie es ist, ich zu sein.«

Sebbe hatte auch dazu genickt, er wusste sehr genau, wie schwer es vielen Menschen fiel, natürlich mit Rollstuhlfahrern umzugehen. Bei der Arbeit war ihm das oft aufgefallen.

Die Leute wissen nicht, wo sie hinsehen sollen, und verändern unterbewusst Tonfall und Sprache. Dann aber hatte Fredrik das Thema gewechselt, und kurz darauf sind sie beide eingeschlafen.

Sebbe öffnet Instagram und scrollt durch seinen Feed, um zu sehen, was die Leute in Stockholm so treiben. Aber das langweilt ihn schnell. Als er vor zwei Wochen in Idre Fjäll ankam, hätte er erwartet, dass er furchtbares Heimweh haben würde. Und in den ersten Tagen hatte er die Großstadt auch vermisst. Dort kannte er sich aus, fühlte sich sicher. Aber dann hatte er allmählich zu schätzen gelernt, dass er für eine überschaubare Zeit wie in einer Traumwelt lebt. Er wohnt in einer Luxusvilla und betreut einen der bekanntesten Jugendlichen des Landes. Der noch nicht einmal besonders viel Betreuung benötigt. Er kocht und unterhält sich mit ihm. Und hat in dieser Zeit die Schönheit der Berge schätzen gelernt, die Kälte und den Schnee.

Er legt sein Handy wieder weg und streckt sich, versucht, wieder einzuschlafen. Aber das erweist sich als ein ziemlich schwieriges Unterfangen. Im Haus ist alles still, Irene scheint also ins Bett gegangen zu sein. Vielleicht sollte er noch schnell aufs Klo gehen.

Leise hebt er die Decke und schleicht auf Zehenspitzen auf die Tür zu. Da bleibt er abrupt stehen. Etwas hat seine Aufmerksamkeit erregt. Er sieht aus den deckenhohen Fenstern hinaus auf die Schneelandschaft, kneift die Augen zusammen, um besser in der Dunkelheit sehen zu können. Es war eine Bewegung in dem Haus auf der anderen Seite der Piste.

Sebbe muss an die schöne Frau denken, die er vorhin

durch das Teleskop gesehen hat. Erinnert sich, wie sehr ihn das erschüttert hat. Die Vorstellung, dass Fredrik sie heimlich beobachtet. Er kann sich sehr gut vorstellen, wie einsam es hier sein kann. Das verwundert ihn nicht weiter. Sebbe hätte wahrscheinlich auch sehr schnell … wie heißt das noch, einen *Lagerkoller* bekommen, wenn er die ganze Zeit eingesperrt wäre. Trotzdem … ein bisschen pervers war es schon. Und nicht nur das. Es hatte ihn auch überrumpelt. So wie vor ein paar Tagen, als er Fredrik im Badezimmer unter der Dusche gesehen hatte. Stehend. Seine Hoffnung ist, dass Fredrik ihn nicht bemerkt hat, aber das Ganze hat ihn seitdem beschäftigt. Und auch einige Fragen aufgeworfen. Warum hatte Fredrik die Tür sperrangelweit offen stehen lassen? Sebbe hatte von unten mehrmals gerufen. Hatte Fredrik ihn wirklich nicht gehört? Wie konnte er es *nicht* gehört haben?

Je länger Sebbe darüber nachdenkt, desto deutlicher wird die Antwort.

Fredrik wollte von ihm entdeckt und gesehen werden.

*Aber warum?*

Sebbe schleicht ans Fenster und kniet sich vor das große Teleskop. Vorsichtig hält er das eine Auge vor die Linse. Das Haus auf der anderen Seite des Hanges taucht vor seinem Auge auf. In der Küche ist es dunkel. Nein, nicht ganz. Die Lichterketten am Weihnachtsbaum verbreiten einen rötlichen Schimmer im Raum, dann wechseln sie ihre Farbe und werden grün, dann wieder rot. Aber hatte er nicht eine Bewegung gesehen? Ein Blitzen? Vielleicht war jemand mit einer Stirnlampe über die Skipiste gelaufen.

Doch, da. Jemand löst sich aus der Dunkelheit.

In der Küche.

Er sieht die dunkelhaarige Frau durch den Raum gehen. Nackt. Vollkommen nackt.

Sebbes Herz schlägt höher. Er sollte nicht hinsehen. Man sollte seine Nachbarn nicht heimlich beobachten. Schon gar nicht nackte Nachbarinnen mitten in der Nacht.

Aber er kann sich nicht von ihrem Anblick losreißen. Sie ist atemberaubend schön. Obwohl sie mindestens zwanzig Jahre älter ist als er, hat sie etwas Jugendliches. Auf einmal wird Sebbes Mund ganz trocken. Das grüne Licht, das auf ihrer Brust tanzt, löst ein Kribbeln in ihm aus, das eine unmittelbare körperliche Reaktion erzeugt. Er muss sich auf seine Fersen sinken lassen. Er ist hart geworden. *Das ist doch total krank.*

Aber warum rennt sie auch nackt in ihrem Haus herum? Wartet sie auf jemanden?

Als hätte jemand seine Frage gehört, taucht eine zweite Person auf, die langsam die Treppe hochgeht, die in dieses Stockwerk mit der Küche führt. Es ist ein Mann. Er ist groß. Trägt einen Anzug. Kurze Haare. Die Lichterkette hat gewechselt, färbt ihn in leuchtendes Rot. Er zieht sein Jackett aus, öffnet seinen Gürtel.

Sebbe verarbeitet noch, was er da sieht.

Der Mann umarmt die Frau, zieht sie an sich, küsst sie. Sie erwidert den Kuss, zieht ihm die Hose herunter.

Und Sekunden später … sind sie mittendrin.

In der Küche, an der Spüle.

Es ist so leidenschaftlich und unerwartet, dass Sebbe nicht weiß, was er tun soll. Ist das ihr Mann? Ist das ihr Vorspiel?

Die Weihnachtsbeleuchtung wechselt erneut ihre Farbe. Und das blassere, kältere grüne Licht hebt alle Umrisse und Konturen deutlicher hervor. Sebbe kann ihre Körper im Dunkeln sehen und ihre Gesichter …

Vor allem das des Mannes. Sebbes Herz rast so stark, dass er kaum noch Luft bekommt. Das dort *kann* nicht ihr Mann sein. Das ist unmöglich.

Denn in dem grünlichen Weihnachtslicht sieht der Mann aus wie Patrick.

Fredriks Stiefvater.

# 19

*Cilla*

*Zwei Tage vor Weihnachten*

»Junger Mann tot in beliebtem Skigebiet gefunden.«

Ich zucke zusammen. Wir sitzen im Skilift auf dem Weg nach oben. Über dem schneebedeckten Wald hängt ein leichter Nebel, und meine Füße, die in Skischuhen und Abfahrtsskiern stecken, fühlen sich schwer und klobig an. Rosie neben mir sieht lustig aus, mit einem rosa Helm, knallgrünem Schal und lila Skibrille. Wie aus einem Comicheft. Sie hat sich einen Handschuh ausgezogen und mir die Schlagzeile auf ihrem Handy vorgelesen.

»Oha«, sage ich. »Das steht schon in der Zeitung?«

»Jep! Im *Aftonbladet.* Aber auch nicht viel mehr als das.«

»Tragisch.«

»In der Tat.«

Schweigend schweben wir weiter. Dann, wie auf Kommando, sehen wir uns neugierig an.

»Glaubst du, dass es ein Unfall war?«, frage ich.

»Darüber habe ich auch schon viel nachgedacht. Schließlich ist es nicht *unmöglich*, von so einem Felsvorsprung runterzufallen. Schon gar nicht im Dunkeln. Aber dann müssten sie Drogen oder Alkohol in seinem Blut finden. Ansonsten wäre es sehr merkwürdig.«

»Wer das wohl ist? So ein junger Kerl.«

»Das werden wir noch erfahren. Im Moment mache ich mir vor allem Gedanken darüber, wie ich diesen Hügel hinunterkommen soll. Es besteht eine gewisse Wahrscheinlichkeit, dass die bald eine weitere Leiche in den Bergen finden werden, hier auf der Piste nämlich.«

Ich lache und klopfe Rosie beruhigend auf die Schulter.

»Das wird schon klappen! Ich bin auch keine Pernilla Wiberg, aber den Hügel komme ich noch runter. Mit der Schule waren wir mal in Romme, im Nordwesten von Stockholm. Das hat so einen Spaß gemacht! Du bist doch in Östersund aufgewachsen, da wird man doch praktisch mit Skiern geboren?«

»Ja, schon, aber ich bin mit zwanzig weggezogen. Das heißt, das ist … mindestens hundert Jahre her.«

Nach dem etwas makabren Start in den Tag waren wir in die Hütte zurückgekehrt und hatten mit Zacke und Jonathan fürstlich und deftig gefrühstückt. Es gab süßes Limpa, in Scheiben geschnittenen Weihnachtsschinken und süßscharfen Senf. Dazu selbstverständlich Kaffee und Apfelsaft. Danach sind wir aufgebrochen, um beim Skiverleih unten am Lift, der nur wenige Hundert Meter von unserer Skihütte entfernt ist, Stiefel, Skier und Helme für alle zu besorgen. Sowie Liftkarten. Zacke und Jonathan waren vor uns fertig und sind sofort aufgebrochen. Sie haben viel mehr Erfahrung als wir, und Jonathan konnte kaum still stehen vor Vorfreude. Ich war zum Rosie-Dienst eingeteilt worden, was mir nur sehr recht war.

»Was ist, wenn ich mir den Oberschenkelhals breche?«, fragt sie und zappelt in ihrer dicken Daunenjacke neben mir herum.

»Das wirst du nicht. Du bist eine gelenkige Dame.«

»Ha! Schön wär's!«

»Wir lassen es ganz langsam angehen. Es gibt hier einen Haufen Idiotenhügel, auf denen wir erst ein bisschen üben können.«

»Alle Idioten aus dem Weg! Wir kommen!«

Oben angekommen springen wir aus dem Lift und fahren den ersten Hügel im Zickzack hinunter. Rosie gluckst vor Freude, und mir geht es genauso. Obwohl wir in einer Geschwindigkeit fahren, die andere als Stehen bezeichnen würden, kribbelt es im Bauch vor Glück.

Skifahren. Verstehe! Warum macht man das eigentlich nicht jedes Jahr im Winter?

Dann fällt mir sofort die Summe ein, die ich für meine Ausrüstung hinlegen musste. Ganz zu schweigen von der Liftkarte. Dieses Kribbeln im Bauch gibt es leider nicht gratis. Mir fallen die vielen Segelboote ein, die im Sommer im Hafen von Bullholmen festmachen. Einige dieser Leute sind bestimmt auch hier in den Bergen zum Skifahren. Oder sie haben sich doch für die etwas glamourösere Version entschieden und vergnügen sich in Verbier oder Bad Gastein. Tragen Skiklamotten im Stil à la Kim Kardashian und essen ein Schnitzel, das vierhundert Kronen kostet. Ja, doch, die sind wahrscheinlich eher dort unterwegs.

»Fang mich doch, du Eierloch!«

Rosie saust an mir vorbei und lacht ausgelassen.

»Eierloch?«

»Wer als Letztes unten ist, muss das Après-Ski bezahlen!«

Das muss sie mir nicht zweimal sagen.

Wir fahren schön breite, pudrige, nicht zu steile Hügel hinunter. Ich lasse mir trotzdem viel Zeit, wedele in großen Bögen von einer zur anderen Seite. Obwohl es über zehn Jahre her ist, dass ich das letzte Mal auf Skiern gestanden habe, fühlt es sich an, als sei es gestern gewesen. Mein Körper erinnert sich an die Bewegungen. Meine Beine erst recht. Die Stiefel drücken gegen die Schienbeine, der kalte Fahrtwind brennt herrlich im Gesicht. Es ist ein wunderschöner Tag. Die knallweißen Hügel funkeln in der Sonne, die Berge werden in ein goldenes Licht gehüllt.

Nach zwei kleineren Hügeln bleibe ich bei einem großen Baum am Rand stehen, weil mein Handy in der Jackentasche vibriert hat. Vermutlich wollen Zacke und Jonathan nur sichergehen, dass wir noch am Leben sind. Leider sorgt aber der Name auf dem Display für nervösen Schluckauf.

Shit.

Antonia Fiorelli.

Wie gelähmt starre ich auf mein kaltes Handy. Antonia ist meine Chefin. Die sich nur äußerst selten bei mir meldet. Meistens kontaktieren mich nur die beiden *Blutspur*-Ladys. Mir jagen tausend Gedanken durch den Kopf. Ich höre ihren Wortschwall förmlich in meinem Ohr, der zwischen ihren perfekten roten Lippen hindurchströmt. Und sehe den Blick aus ihren eisblauen Augen, der sich in mich bohrt. *Wir haben eine Anzeige von einem Hörer erhalten. Die letzte Folge war ein Fiasko, wir müssen uns nach einer neuen Autorin umsehen. Die Sendung braucht frisches Blut.* Was, wenn sie mir jetzt die Kündigung verkündet? Kann man als Freiberufler überhaupt gekündigt werden? Was soll ich dann machen? Muss ich den Gang nach Canossa gehen und auf Knien in der Redaktion von *Chance* darum betteln, wieder genommen zu werden? Muss ich in Zukunft in Zackes Weinbar als Kellnerin arbeiten und cremig-süffigen Chardonnay ausschenken?

Mit klopfendem Herzen nehme ich den Anruf an.

»Cilla Storm.«

»Cilla! Meine absolute Lieblingsreporterin. Wie geht es dir? Bist du unterwegs? Ein bisschen herumschnüffeln und neue spannende Fälle auftun?«

Mir fällt ein kleiner Felsbrocken vom Herzen. Mir droht doch keine Arbeitslosigkeit. Vorerst zumindest nicht.

»Antonia! Oh, mir geht es prima. Ich bin gerade in den Bergen, mache einen kurzen Winterurlaub – die Sonne scheint, und es ist unglaub…«

»Wie wunderbar! Du, ich bin nicht auf dem Laufenden, was für eine Deadline dir die *Blutspur*-Ladys für das nächste Projekt gegeben haben.«

»Ähm … Mitte Januar. Ich habe ihnen gerade das Manuskript für die Folge über den ›Vampir von Atlas‹-Mord geschickt. Das wird die erste Folge im neuen Jahr sein und …«

»Liebes, du wirst verstehen, dass ich die Deadline etwas vorziehen muss.«

»Okay, aber um wie viel?«

»Wir brauchen den Text schon zwischen den Jahren.«

Eine eiskalte Hand packt meinen Hals und drückt zu.

»Ich weiß, wie fies und undankbar so knappe Deadlines zu Weihnachten sind. Aber du hast in den letzten Monaten ja sicher auch die True-Crime-Debatte in den Medien mitbekommen. Wir als Redaktion haben einige Anzeigen erhalten, das galt bisher nicht für *Blutspur*, sondern für andere Podcastformate, aber wir müssen ungemein auf der Hut sein. Deshalb haben wir Frida eingestellt für den Faktencheck. Sie hat vorher beim Schwedischen Fernsehen gearbeitet und fängt schon zwischen den Jahren an. Sie wird alle Inhalte vor Sendetermin prüfen. Darunter natürlich auch deine Beiträge.«

Ich schlucke. Natürlich habe ich diese Debatte verfolgt, zu der sich sowohl Leichtgewichte als auch Schwergewichte des Feuilletons aller Couleur geäußert haben. Alles fing damit an, dass eine Podcast-Redaktion angezeigt wurde, weil deren Moderationstexte aus bereits veröffentlichten Büchern stammten, ohne die Quellen anzugeben. Sie wurden verurteilt und mussten alle Folgen löschen, alle Sendetermine absagen, was zu einem immensen Verlust bei den Werbeeinnahmen führte. Die Diskussion wurde dann von einem zweiten Skandal befeuert, als ein anderer Podcast ein nicht genehmigtes Telefongespräch mit der Schwester des Opfers eines Bandenkrieges sendete. Das führte, verständlicherweise, zu einer ausführlichen Diskussion über die Persönlichkeitsrechte von Angehörigen. Ich habe diese Debatte mit großem Interesse und einer gewissen Irritation verfolgt. Die Verurteilten waren allesamt keine Journalisten, sondern junge Influencer, die eine Gelegenheit sahen, mit dem tragischen Schicksal anderer schnelles Geld zu verdienen, ohne sich an die gängigen Regeln und Richtlinien zu halten. Es war nur gerecht, dass sie für ihre Rücksichtslosigkeit bestraft wurden. Oder anders gesagt, ich finde es sehr wichtig, dass auch für die nicht fiktive »Unterhaltung« bestimmte Anforderungen gelten.

Allerdings … hatte ich nicht damit gerechnet, dass ausgerechnet meine Manuskripte durchgecheckt werden müssen. Ich füge meinen Texten immer eine ausführliche Liste meiner Quellen bei, ich überprüfe immer mindestens zweimal alle Namen, Daten und frei zugänglichen Dokumente, ehe ich die Datei den *Blutspur*-Ladys schicke.

»Verstehe«, sage ich. »Das ist natürlich … wichtig. Ein Faktencheck ist wichtig.«

»Ich wusste, dass du dafür Verständnis hast, Cilla. Wir sind tatsächlich auf ziemlich viel Widerstand gestoßen bei unseren … jüngeren Talenten. Aber ich wusste, dass du das anders sichst.«

*Jüngeren Talenten.* Ich nicke und fühle mich auf einmal mindestens zweihundert Jahre alt. Ich hoffe doch sehr, dass meine Inkontinenzeinlage hält, bis ich wieder unten am Lift bin.

»Kein Problem! Alles super.«

»Prima, dann kannst du die Deadline zwischen den Jahren einhalten? Da du auch sonst immer so zeitig lieferst, nehme ich an, dass du sowieso schon fast fertig bist.«

»Ja, absolut. Ich … ähm, bin beim Feinschliff!«

»Musik in meinen Ohren! Auf dich kann man sich einfach verlassen! Du, Cilla, ich muss weitermachen, tausend Dank für das tolle Gespräch.«

»Gerne, ich wünsche dir ein schönes …«

Ich höre ein Klicken, das Telefonat ist beendet. Das Handy liegt wie eine tickende Zeitbombe in meiner Hand. *Zwischen den Jahren.* Wann enden diese Tage zwischen den Jahren eigentlich? An Silvester? Ich habe demzufolge eine knappe Woche Zeit, um eine Reportage zu schreiben, mit der ich noch nicht einmal angefangen habe? Himmel, es kommt noch schlimmer – ich habe ja noch nicht einmal einen Fall!

Als ich die Zeitbombe zurück in meine Jackentasche stecken will, sehe ich die SMS. Sie ist von Adam. Und innerhalb von Sekunden verwandelt sich die Eiseskälte in mir zu einer wohligen Wärme.

*Hej, Darling. Wie läuft es in der Wildnis? Noch nix gebrochen, hoffe ich? Im Aftonbladet stand etwas von einer Leiche dort oben bei euch? Kannst du bitte meine Mutter fesseln, damit sie ihre Nase da nicht reinsteckt? … Vermisse dich! Kuss*

Ich kichere. Oh mein wunderbarer Adam.

Intuitiv hebe ich den Kopf und sehe mich suchend um.

Apropos.

Wo zum Teufel steckt Rosie?

# 20

*Rosie*

»Vorsicht!«

Rosies Stimme hallt über die Skipiste. Alles geht so schnell, viel zu schnell. Sie war auf einen kinderfreundlichen Hügel abgebogen, als alles aus dem Ruder lief. Eigentlich war ihr Plan gewesen, eine einfache Strecke zu fahren, stattdessen aber landete sie auf einem kurzen, steileren Stück, auf dem sie richtig an Tempo gewann. Sie schaffte den Hügel, aber jetzt ist sie so schnell, dass sie die Panik gepackt hat.

»Weg da!«

Rosie will die Kinder warnen, die auf winzigen Skiern oder Snowboards gemächlich die Piste hinunterfahren. Ihre Geschwindigkeit beträgt hingegen gefühlte zweihundert Stundenkilometer. Der kalte Wind brennt in den Augen. *Wie zum Teufel soll man in diesem Tempo abbiegen?*

»ACHTUNG!«

Vor ihr taucht ein kleiner Junge in einem dunkelblauen Skianzug auf, der gestürzt ist und im Schnee sitzt. Er versucht sich aufzurappeln, und Rosie weiß, dass sie ihn umfahren wird, wenn sie nicht abdreht. Sie hat höchstens ein oder zwei Sekunden Zeit, um eine Entscheidung zu treffen. Die selbstverständlich nicht schwerfällt. In buchstäblich letzter Sekunde gelingt es ihr, das Gewicht auf den rechten Ski zu verlagern und direkt in den Wald zu sausen.

»HILFEEEE!«

Dann folgt ein lauter Knall.

Rosie blinzelt. Der Himmel ist ungewöhnlich hell. Die Sonne sticht ihr in die Augen, der Kopf pocht vor Schmerzen. *Wo bin ich?*, fragt sie sich ängstlich, als plötzlich ein Gesicht über ihr auftaucht. Ein Mann mit Dreitagebart und freundlich zwinkernden Augen. *Ist das Gott?*, kommt ihr in den Sinn, aber da sieht sie die Baskenmütze auf seinem Kopf. Die kommt ihr irgendwie bekannt vor. Als hätte sie den Mann schon einmal gesehen.

»Rosie?«

Rosie nickt vorsichtig, ohne sich zu bewegen. Der Mann mit der Baskenmütze wirkt besorgt. *Himmel, sehe ich so schlimm aus?* Da ihr Hintern sehr kalt ist, schließt Rosie daraus, dass sie im Schnee liegt. Hinter dem Mann stehen Bäume, sie befindet sich also offensichtlich in einem Wald. Auf einmal kommen Erinnerungsfetzen. Ihre Skier, die unfassbar an Geschwindigkeit zugelegt hatten … der kleine Junge, der in den Schnee gefallen war … der große Baum, der wie aus dem Nichts vor ihr aufgetaucht war …

Oh Gott, denkt Rosie. *Was, wenn ich blutüberströmt bin? Und mein halber Kopf an einem Ast hängen geblieben ist?* Sie hebt eine Hand und berührt mit dem Handschuh ihr Gesicht. Da scheint alles an Ort und Stelle zu sein.

»Was ist passiert?«, fragt die Baskenmütze. »Hast du Schmerzen?«

»Ähm … ich weiß nicht.«

»Du weißt es nicht?«

»Ich bin fast siebzig, ich habe immer und überall Schmerzen.«

Der Mann lächelt. In dieser Sekunde erkennt sie den Träger der Baskenmütze. *Er* ist das. Der Mann mit dem Hund, der auch zur Stelle war, als sie die Leiche gefunden hatte. Die Pistenwacht.

»Hast du Kopfschmerzen?«

»Nicht besonders. Aber ich habe gestern Wein getrunken, da muss man sich auf ein bisschen Kopfschmerzen gefasst machen.«

»Bist du mit dem Baum kollidiert?«

Rosie denkt nach, während sie sich mühsam auf den Ellenbogen aufstützt.

»Oh, verdammt …«

»Tut das weh?«

»In der Brust. Aber das ist nichts, was einen umbringt.«

Der Mann reicht ihr die Hand und hilft ihr auf die Füße, die in Skistiefeln stecken, die so fest sitzen wie ein Schraubstock. (wer hatte bitte die Idee, Skistiefel so zu designen, dass sie die Zehen zu einer Masse zusammenpressen?) Die Skier hatten sich beim Sturz gelöst und liegen neben ihr. Rosie schnappt sie sich und stellt sie hochkant vor sich auf.

»So«, sagt sie. »Alles wieder auf Anfang.«

»Aber … ist wirklich alles okay mit dir?«

Rosie hebt eine Augenbraue.

»Sehe ich vielleicht so aus, als würde ich gleich tot umkippen?«

»Überhaupt nicht. Im Gegenteil, du siehst … putzmunter aus.«

»Und das bin ich auch. Von ein bisschen Schmerzen in der Brust ist noch niemand gestorben.«

»Sag so etwas nicht, du hättest mal meinen Onkel sehen sollen.«

»Warum? Woran ist er gestorben?«

»Ein bisschen Schmerzen in der Brust.«

Der Mann mit der Baskenmütze lächelt, und Rosie kann ein Grinsen nicht unterdrücken. Wie durch ein Wunder ist sie glimpflich davongekommen, obwohl sie frontal mit einem Baum zusammengeprallt sein muss. Das hätte auch ganz anders ausgehen können.

Hinter sich hört sie Kinderlachen. Sie dreht sich um. Kleine Kinder, begleitet von ihren Eltern, fahren durch einen Bogen, der die Form eines Rentieres hat. Das Rentier heißt Aske, und da Rosie Varianten des Rentieres an allen möglichen Stellen gesehen hat, nimmt sie an, dass es sich um das Maskottchen des Skigebiets handelt.

»Sag, kann ich mich darauf verlassen, dass du ohne weitere Vorkommnisse nach unten kommst?«

»Natürlich. Mach dir keine Sorgen. Ich bin schon so lange auf dieser Welt. Da braucht es schon mehr als so ein Bäumchen, um mich umzubringen.«

»Willst du nicht lieber doch zum Arzt gehen und dich durchchecken lassen?«

»Das ist nicht nötig. Versprochen.«

Rosie nickt ihm zum Dank zu, schultert ihre Skier und macht sich auf den Weg zur Piste. *Soll ich lieber gehen, oder schaffe ich das letzte Stück nach unten?*

»Warte mal.«

Schon wieder die Baskenmütze. Kann er nicht endlich Ruhe geben? Oder braucht er doch noch das EKG und die Eisenwerte, um loszulassen? Rosie dreht sich gehorsam um.

»Ja?«

»Wäre es ein Ding der Unmöglichkeit, dich mal auf ein Bier einzuladen?«

Rosie öffnet den Mund, aber kein Laut kommt über ihre Lippen.

»Also, ich wollte mich für heute Morgen bedanken. Weil du Signal gegeben hast.«

Rosie schluckt. Ein Bier? Dieser Mann will mit ihr ein Bier trinken gehen? Sie entscheidet sich, auf Nummer sicher zu gehen.

»Du willst *mit mir* ein Bier trinken gehen?«

»Ja. Oder einen Irish Coffee, wenn dir das lieber ist.«

»Warum denn?«

»Warum nicht?«

Er lacht.

»Irish Coffee schmeckt doch super.«

Da muss ihm Rosie allerdings recht geben. Aber … diese Situation ist ihr so fremd, dass sie nicht weiß, wie sie reagieren soll. Was antwortet man auf so etwas? Während sie ihre Skier krampfhaft festhält und den Mann mit der Baskenmütze ansieht, kommt ihr plötzlich ein Lied in den Sinn, ein alter Klassiker. Sie hat keine Ahnung, wo das herkommt.

Frank Sinatra.

*Strangers in the Night.*

Dieses Lied hat sie vor einer Ewigkeit das letzte Mal gehört. Warum um alles in der Welt taucht es ausgerechnet jetzt in ihrer Erinnerung auf?

»Und?«, sagt die Baskenmütze. »Was sagst du?«

»Ähm … ja, gerne. Prima. Wann denn?«

»Gleich heute Abend? In der Bar von Pernilla Wibergs Hotel? Um sieben Uhr?«

»Okay. Das passt.«

Soll ich dich bei deiner Hütte abholen?«

»Nein, bloß nicht. Ich bin eine erwachsene Frau, ich kann selbst gehen.«

Der Mann lacht erneut herzlich.

»Selbstredend. Dann sagen wir heute Abend um sieben. Schön.«

»Ja. Bis später.«

Jetzt ist er an der Reihe. Er dreht sich um und geht.

Da fällt Rosie etwas siedend heiß ein.

»Hallo?«

Er dreht sich wieder um. Richtet seine Mütze gerade.

»Ja?«

»Ich habe deinen Namen vergessen. Wie heißt du gleich noch mal?«

Wieder dieses umwerfende Lächeln.

»Frank. Frank Berg.«

# 21

*Idre Fjäll*

*Irene*

*Zwei Wochen vor Weihnachten*

Es ist Nacht geworden in Idre Fjäll.

Es ist halb zwölf, und für die meisten Menschen ist der Arbeitstag längst zu Ende. Die meisten Menschen haben die vergangenen Stunden damit verbracht, Essen zu kochen, sich bei einer Netflix-Serie zu entspannen oder mit den Kindern herumzustreiten, wann sie ins Bett müssen. Nicht so Irene Niemi. Sie ist erst vor einer halben Stunde nach Hause gekommen.

Ihre Tante Karin, mit der sie regelmäßig telefoniert, findet, dass sie zu viel arbeitet. Dass sie *beide* zu viel arbeiten. Und damit hat sie auf jeden Fall recht. Ein Unternehmen zu führen ist Gift für das Privatleben. Der Arbeitstag endet praktisch nie. Schon gar nicht im Kopf.

Irene liegt in der Badewanne, über ihr der Sternenhimmel aus unzähligen kleinen Leuchtdioden. Im Fenster brennt eine Duftkerze, und auf der Kante der Badewanne steht ein

Glas eiskalter Chablis. Den Abend hatten sie im Frostgården verbracht, einer protzigen Villa in der Nähe der norwegischen Grenze mit einem fantastischen Blick über den schönen See Grövelsjön. Die Gesellschaft bestand aus einer Gruppe von Briten, Männern und Frauen, die vor Kurzem ein Start-up in London gegründet hatten. Irene und Patrick hatten für sie einen maßgeschneiderten Aufenthalt in den schwedischen Bergen organisiert. Der heutige Abend sah ein exklusives Menü vor, das von einem Privatkoch zubereitet wurde. Toast Skagen, Rentierfleisch und eine Nachspeise mit Moltebeeren. Dazu selbstverständlich literweise Champagner und teure Rhône-Weine. Allerdings nicht für Irene. Sie trinkt nie bei der Arbeit. Patrick hingegen schon. Und auch heute Abend, wie an so vielen zuvor, hat er die Veranstaltung nicht mit ihr zusammen verlassen. Sie sind mit zwei Wagen gefahren, was ein absolutes Muss ist, da Patrick auf Events gerne bis in die frühen Morgenstunden bleibt. Darin unterscheiden sie sich kategorisch. Patrick ist ein extrovertiertes, weltgewandtes Partytier. Irene hingegen ist die introvertierte, kalkulierende Organisatorin im Hintergrund. Wenn man eine Firma betreibt, die Events organisiert, ist das eine hervorragende Kombination. In einer Ehe aber …

Irene nimmt einen Schluck von dem eiskalten Wein und schließt die Augen. Genießt das gluckernde warme Wasser, das ihren Körper umhüllt. In Gedanken geht sie die Frauen der Gruppe durch. Viele von ihnen waren sehr gut aussehend. Eigentlich viel zu jung. Die Frage ist nur, ob Patrick das auch so sieht. Er mag junge Frauen. Auch sie ist einmal jung gewesen. Damals, vor zehn Jahren, als sie sich kennenlernten.

Irene hat sich oft gefragt, ob sich Patrick darüber im Klaren ist, dass sie sich am Anfang nicht aus Berechnung geziert hat. Sie hat nicht nur so getan als ob, ihr Zögern war aufrichtig gewesen. Er kommt aus einer ganz anderen Welt. Dass sie sich begegnet sind und Augen füreinander hatten, ist schon ein Wunder an sich. Ohne ihren Nebenjob wäre sie ihm niemals aufgefallen. Ein paar Monate zuvor hatte ihre Tante Katrin ihr den Tipp gegeben, dass sie im *Teatergrillen* Kellnerinnen suchten. Da Katrin ihr Geld auch mit Kellnern verdiente, wusste sie, dass zwei Abende die Woche in einem schicken Restaurant für das nötige Kleingeld sorgten. Und wenn Irene vor zehn Jahren eines ganz besonders gebrauchen konnte, dann war das ein Zubrot. Nach der Scheidung von Olle hatte sie es nicht leicht gehabt. Ihr Gehalt als Krankenpflegehelferin bezahlte zwar ihre Miete für die Zweizimmerwohnung in der Birkagatan, war aber nicht genug für neue Kleidung für Fredrik, Schulausflüge oder einen Sommerurlaub. Nicht mal für Lebensmittel. Oder Klavierunterricht.

Einer der Pädagogen vom Hort von Fredriks Grundschule hatte sie nämlich damals um ein Gespräch gebeten. Denn Fredrik hatte sich eines Nachmittags an das Klavier gesetzt, das im Hort stand, und hatte gespielt. Der Pädagoge, der in seiner Freizeit auch spielte, war außer sich vor Begeisterung gewesen. *Du musst deinem Sohn unbedingt ein Klavier kaufen!* Irene hätte fast angefangen, laut loszulachen. Ein Klavier? Ob der Gute wusste, was so ein Instrument kostet? Vor allem, wo sollte sie es hinstellen? Zwischen die Spülmaschine und den Küchentisch?

Aber der Mann hatte nicht lockergelassen. Er war davon überzeugt, dass Fredrik ein ganz besonderes Talent hatte.

Und auch Fredrik fing immer wieder mit derselben Leier an, er wolle so gerne Klavierspielen lernen. Also bekam er Unterricht. Und Irene sparte so lange, bis sie ein Keyboard kaufen konnte, das wenigstens in der Wohnung stehen konnte.

Nur reichte das Geld nie bis zum Ende des Monats. Deshalb war Irene dankbar für den Tipp ihrer Tante und bewarb sich. Das einzige Problem dabei war Fredrik selbst. Wer sollte an den Abenden auf ihn aufpassen, wenn sie arbeiten ging? Glücklicherweise bot Tante Katrin erneut ihre Hilfe an. Sie selbst hatte keine Kinder und liebte Fredrik über alles.

Gesagt, getan. Von einem Tag auf den anderen war Irene Niemi nicht nur Krankenpflegehelferin, sondern auch Kellnerin. Zumindest an zwei Abenden die Woche. Sie hatte noch nicht lange dort gearbeitet, als Patrick ein Auge auf sie warf. Er fing sofort an, heftig mit ihr zu flirten. Sie sei das schönste Wesen, das er je gesehen habe, und er müsse sie unbedingt ausführen und kennenlernen. Am Anfang hatte sie herzlich über seine Avancen gelacht und es als harmlose Flirterei abgetan. Aber Patrick kam immer öfter, und am Ende begriff sie, dass er es offensichtlich ernst meinte. Dass er, ein erfolgreicher Geschäftsführer einer Eventfirma auf Östermalm, ausgerechnet *sie* zu einem Date einladen wollte. Außerdem war er älter als sie. An die vierzig. Irene würde bald ihren Dreißigsten feiern. Aber Patrick hatte etwas, was sie ansprach. Er hatte einen fast jungenhaften Charme, gepaart mit dem Selbstvertrauen eines reichen Mannes. Und er legte eine betörende Hartnäckigkeit an den Tag. Irene konnte ihm nicht lange widerstehen.

Als sie ein paar Wochen später nach ihrem ersten Date

aneinandergekuschelt im Bett in dem exklusiven Spa-Hotel außerhalb der Stadt lagen, hatte sie sich ein Herz gefasst und ihm von Fredrik erzählt: *Patrick, ich habe einen Sohn.* Irene hatte große Angst gehabt, wie er darauf reagieren würde. Vielleicht wollte er nur die unkomplizierte, hübsche Kellnerin an seiner Seite haben. Eine Frau, die er ungestört erobern konnte. Seine Reaktion hatte sie sehr überrascht. Er wollte Fredrik kennenlernen, interessierte sich für ihre Vergangenheit. Und Irene erzählte von ihrer Kindheit in Nynäshamn, ihrem Job als Krankenpflegehelferin und ihrer zermürbenden Scheidung vom Kindsvater. Sie erzählte von all den Schattenseiten, die normalerweise innerhalb des *Teatergrillen* keinen Platz hatten, aber sie erzählte auch von dem Licht in ihrem Leben: Fredrik.

Nach dem Wochenende im Luxushotel ging Irene davon aus, dass er sich nie wieder melden würde. Aber das tat er. Patrick tauchte weiterhin bei ihrer Arbeit im Restaurant auf und machte ihr den Hof. Er schickte Blumen, rief sie an, überschüttete sie mit Komplimenten. Und Irene spürte, wie ihr Widerstand dahinschmolz. Es war wunderbar, sich so begehrt zu fühlen, so umgarnt zu werden. Er führte sie in edle Restaurants aus, aber nicht häufiger als einmal die Woche, weil sie ihre Tante Katrin nicht andauernd als Babysitter einspannen wollte. Auch in dieser Hinsicht hatte Irene mit offenen Karten gespielt und war davon ausgegangen, dass diese Einschränkung das Ende ihrer Beziehung bedeuten würde. Aber erneut hatte Patrick sie mit seinem Verhalten überrascht. Er hatte vorgeschlagen, dass sie sich doch abends bei ihr zum Essen treffen könnten. Oder bei ihm auf Östermalm, und sie könnte Fredrik einfach mitbringen.

An einem regnerischen Abend im Herbst hatte Patrick endlich die Erlaubnis bekommen, sie in ihrer kleinen Zweizimmerwohnung in der Birkagatan zu besuchen. Irene war sehr nervös gewesen, aber Patrick hatte weder die Wäscheberge, die schmutzigen Fenster noch die altmodische Küche und den PVC-Boden kommentiert. Im Gegenteil, er hatte positiv angemerkt, wie gemütlich ihre Wohnung sei. Da gab es keinen Zweifel mehr, er hatte sich über beide Ohren in sie verliebt. Als sie das Wohnzimmer betraten, blieben sie beide andächtig in der Tür stehen, Fredrik saß am Klavier und spielte. Die Finger des Siebenjährigen flogen nur so über die Tasten. Patrick hatte ihm mit offenem Mund zugehört. »Ist das Chopin?«, hatte er gefragt, und Irene hatte keine Antwort darauf gewusst, weil sie noch nie von Chopin gehört hatte.

Ein Jahr später wohnten Irene und Fredrik nicht mehr in der zu kleinen Zweizimmerwohnung. Sie waren zu Patrick in seine Fünfzimmerwohnung in der Linnégatan gezogen und hatten ein neues Leben begonnen.

Irene blinzelt. Fast wäre sie eingeschlafen. Das Wasser reicht ihr bis zu den Lippen, so tief ist sie in die Badewanne gesunken. Sie streicht sich mit der Hand übers Gesicht und nimmt den letzten Schluck aus ihrem Weinglas. Sie muss unbedingt ins Bett gehen. Die Tage im Dezember sind immer besonders anstrengend, daran ist sie schon gewöhnt, in dieser Jahreszeit ist immer am meisten los. Aber sie ist eben keine dreißig mehr. Sie braucht auch ihre Ruhephasen.

Irene duscht sich kurz ab, dann schlüpft sie in ihren Bademantel aus Seide, wickelt sich ein Handtuch zu einem Turban um den Kopf und putzt sich die Zähne. Das Weinglas bringt sie nach oben in die Spülmaschine. Mit der Zahnbürste im Mund bleibt sie am Fuß der Treppe stehen, die nach oben in den zweiten Stock führt. Es ist still. Die Jungs schlafen wahrscheinlich schon.

*Die Jungs.*

Wie komisch das klingt. Als hätte sie plötzlich zwei Söhne. Fredrik und Sebbe scheinen sich gut zu verstehen, und das freut sie sehr. Sie will, dass es ihm gut geht. Trotzdem macht sie sich unentwegt Sorgen. Sie mag diese Wochen vor Weihnachten nicht, sie hasst es, dass sie so wenig Zeit für ihn hat. Fredrik ist der wunderbarste Junge auf der Welt, aber er ist schwach. Nicht psychisch, sondern physisch. Und das war er schon sein ganzes Leben. Seit jenem schrecklichen Weihnachten vor siebzehn Jahren. Irene weiß es genau. Und sie trägt die Verantwortung dafür, sich um ihn zu kümmern. Auch das ist immer so gewesen. Fredrik braucht sie.

Leise geht sie die Treppe wieder hinunter in ihr großes Schlafzimmer, dessen Fenster den dunklen Wald dort draußen wie ein Gemälde einrahmen. Das Bett ist kalt. Obwohl das ganze Haus permanent geheizt wird, fröstelt es sie, als sie sich die Decke bis zum Kinn zieht. Weil das Bett leer ist. Weil sie einsam ist.

Sie schaltet die Nachttischlampe aus und lauscht ihrem eigenen Atem in der Dunkelheit. Von ihrem Bett aus kann sie die beleuchtete Skipiste sehen, den Wald dahinter und … die Spitze eines Hausdaches. Und sie weiß natürlich, wem das Haus gehört.

Irene schließt die Augen. Muss sich zwingen, tief und gleichmäßig zu atmen.

*Es ist Manuelas Haus.*

# 22

*Cilla*

*Zwei Tage vor Weihnachten*

Ich sitze eingekuschelt auf dem Sofa in Zackes und Jonathans Skihütte. Es ist dunkel draußen, das ist es schon seit nachmittags um drei, aber das macht mir nichts aus. Denn im Kamin knistert ein Feuer, und aus der Sauna höre ich das fröhliche Lachen von Rosie und den Jungs. Ich habe mir noch nie etwas aus Sauna gemacht. Nicht einmal einer dieser magischen schwedischen Wintertage kann in mir das Bedürfnis erzeugen, erst ausgiebig zu saunieren und dann ein Eisbad zu nehmen.

In der ganzen Hütte duftet es nach karamellisiertem Zucker, denn wir haben den Nachmittag mit der Herstellung von Sahnebonbons verbracht. Wer denkt, dass es einfach ist, Bonbons herzustellen, der irrt sich gewaltig. Zum einen besteht immer das Risiko, dass die Paste anbrennt, zum anderen drohen einem Verbrennungen dritten Grades, wenn man dann die kochend heiße, sirupartige Masse in eine Million winzig kleiner Pappförmchen gießen will, die ungefähr dreihundert Meter weit wegwehen, wenn man einmal zu tief ausatmet. Aber alle Mühe war vergessen, als wir unsere hausgemachten Süßigkeiten kosteten, nachdem sie ein paar Stunden im Tiefkühlfach verbracht hatten. Sie waren so lecker, dass ich bestimmt fünfzehn davon vertilgt habe. Danach musste ich mehrere Liter Wasser trinken und augenblicklich einen Powernap machen.

Jetzt sitze ich also auf dem Sofa und arbeite. Auf dem Couchtisch (auch er gehört zur Kieferkrampfkategorie) stehen eine kleine Schüssel mit Trüffelchips sowie ein Glas eiskaltes Gingerbeer, mit ganz viel Ingwer, der wunderbar im Hals brennt. Das Leben könnte in der Tat schlimmer sein.

Es gibt nur ein klitzekleines Problem. Meine Deadline. Eine Deadline für einen Text, mit dem ich noch nicht einmal angefangen habe. Weil ich keine Ahnung habe, worüber ich schreiben soll. Mein Laptop liegt aufgeklappt vor mir, und ich suche verzweifelt in den unterschiedlichsten Foren, als mein Handy den Eingang einer Nachricht meldet.

*Hallo, meine süße Cilla. Ich hoffe, du hast eine schöne Zeit mit deinen Freunden in den Bergen. Sussi und ich genießen die Wärme hier in Südafrika sehr. Wir essen hervorragend und trinken kräftige Drinks. Habe im Aftonbladet gelesen, dass in Idre ein junger Mann ums Leben gekommen ist. Seid ihr da nicht in der Nähe? Was ist passiert? Ich gehe davon aus, dass es weder dein Freund Zacharias noch sein Lebensgefährte sein kann, weil dort ›junger‹ Mann stand? Du bist doch vorsichtig auf der Piste? Erinnere dich an meinen Arbeitskollegen, der einmal aus dem Lift gefallen ist und sich buchstäblich alle Knochen gebrochen hat! Erinnerst du dich daran? Mein Liebes, pass auf dich auf! Don't drink and fahr Ski. Versprichst du mir das? Und erkälte dich nicht. Zieh dir die nassen Sachen aus, wenn du zurück in der Hütte bist.*

*Grüße von Sussi.*

*Küsschen und frohe Weihnachten, Papa*

Ich muss lächeln. Mein süßer, immer besorgter Papa. Sein ganzes Leben lang macht er sich um alles Sorgen. Zumindest seit ich auf der Welt bin. Und meine Mutter sie für immer verlassen hat.

Ich schließe die Augen. Erinnere mich daran, wie wir Weihnachten gefeiert haben, als ich noch ein Kind war. Band Aid im Ohr und die weichen Pfefferkuchen meiner Mutter im Mund, die wie würzige Schneeflocken auf der Zunge schmolzen. Meine Mutter liebte Weihnachten, wie sie alles geliebt hat, was gemütlich war. Ich kann mich sehr genau an das letzte Weihnachten mit ihr erinnern, bevor sie starb. Obwohl ich noch so jung war, habe ich gespürt, dass etwas nicht stimmt. Sie vergaß den Braten im Ofen, das Salz an den Kartoffeln, schrie meinen Vater aus vollkommen nichtigen und verrückten Gründen an, und ab und zu sah ich ein Funkeln in ihren Augen, das ich vorher noch nie gesehen hatte. Das machte mir Angst. Erst später bekam ich eine Erklärung dafür: Alzheimer. Im Jahr darauf schlief meine geliebte Mutter für immer ein.

Nachdem ich die SMS beantwortet habe, lege ich mein Handy weg und merke, dass meine Gedanken mit der Nachricht meines Vaters beschäftigt sind. Was war mit dem jungen Mann, den Rosie im Wald gefunden hat? Ich öffne die Onlineausgabe vom *Aftonbladet* und lese den Artikel sorgfältig durch. Aber dort steht auch nicht viel mehr als das. Am frühen Morgen wurde ein junger Mann tot im Wald bei Idre Fjäll gefunden. (Den kleinen Seitenhieb meines Vaters auf Zackes Alter darf ich ihm auf keinen Fall vorenthalten. Das erzähle ich ihm nachher, wenn sie fertig sauniert haben.) Aber viel mehr ist da nicht zu finden. Ich scanne auch die anderen Tageszeitungen, aber entdecke keine Neuigkeiten.

Plötzlich kommt mir ein Geistesblitz. *Flashback*. Diese Seite, auf der alle Irren sich tummeln, eine Brutstätte der verschiedensten Verschwörungstheorien. Gleichzeitig aber manchmal auch eine überaus wertvolle Informationsquelle.

Und tatsächlich, ich finde einen Eintrag über den Todesfall. Er ist nicht besonders lang, hat auch nur ein paar Kommentare. Die Überschrift lautet »Mord in Idre Fjäll?«. Ich runzele die Stirn und nehme einen Schluck von meinem scharfen Ingwerdrink. *Mord.* Warum reden die von Mord? Haben die Nerds etwas in die Artikel hineininterpretiert, was mir entgangen ist? Der Tote ist ein junger Mann, wahrscheinlich geht man einfach nicht davon aus, dass er eines natürlichen Todes gestorben sein kann. Auf der anderen Seite hätte wahrscheinlich niemand – unabhängig vom Alter – einen Sturz aus dieser Höhe überlebt.

LennartUSA schreibt: *Hat jemand eine Ahnung, was in Idre passiert ist? Ich habe da eine Skihütte, war aber dieses Jahr nicht oben. Die Gegend ist sonst vollkommen ruhig.*

PowerLad antwortet: *Meine Süße hat auch eine Hütte da, wir sind gerade vor Ort. Was ich bisher gehört habe, kam er nicht aus der Gegend. Der Typ, den es erwischt hat, soll irgendwas mit der Familie Niemi zu tun haben.*

LennartUSA schreibt: *Niemi? Etwa DER Fredrik Niemi?*

PowerLad antwortet: *Jep. Seine Eltern haben sich hier am Nordhang eine Luxushütte hingestellt. Ob mit ihrem Geld oder mit seinem – wer weiß das schon?!*

Ich stelle mein Glas auf den Tisch und lege ein Scheit ins Feuer. Fredrik Niemi. Woher kenne ich diesen Namen? Als ich mich wieder aufs Sofa fallen lasse, höre ich lautes Gelächter aus der Sauna und das Geräusch, wenn jemand Wasser aufgießt. Himmel, dass die nicht verdampfen! Dann tippe ich den Namen ins Suchfeld: Fredrik Niemi.

Kaum tauchen die ersten Fotos auf, macht es klick. Logo. Der ist das. Der Teenager, der vor ein paar Jahren praktisch über Nacht berühmt wurde. Ein hochtalentierter Junge im Rollstuhl, dessen Finger in einer fast übernatürlichen Geschwindigkeit über die Tasten fliegen. So wie Susan Boyle und Paul Potts vor ihm zu Reichtum kamen, weil ihre Auftritte bei einer Talentshow innerhalb von wenigen Tagen im Netz mehrere Millionen Male aufgerufen wurden. Danach war ihr Erfolg ein Selbstläufer. Aber … wohnt er tatsächlich hier oben? In Idre?

Ich weite meine Suche aus. Die Fotos von ihm sind wirklich süß, ein hübscher Kerl, das kann man nicht anders sagen. Große, ausdrucksstarke Augen, hohe Wangenknochen, blondes, lockiges Haar. Etwas mager vielleicht, aber das ist vermutlich nicht weiter verwunderlich, wenn man bedenkt, dass er krank ist. Mir werden auch mehrere Zeitungsartikel vorgeschlagen. Viele der Überschriften ähneln sich: »Fredrik Niemi spricht über seine chronische Krankheit«. Allerdings kann man den Texten nicht wirklich entnehmen, um was für eine Krankheit es sich handelt. Ob es dafür einen Grund gibt, dass sich alle da so bedeckt halten? Er ist ganz offensichtlich an den Rollstuhl gefesselt, aber ansonsten sieht er kerngesund aus. Ich versuche es mit *Fredrik Niemi + Idre,* und jetzt kommt endlich etwas Interessantes.

*Streit um Luxusbau im Bergidyll.*

Es handelt sich um einen Artikel aus dem lokalen *Dalademokraten*, in dem es um einen Hausbau in Idre Fjäll geht, der von den Anwohnern offenbar nicht begrüßt wurde. Allen voran hatte sich ein älterer Herr darüber echauffiert. Laut Artikel wohnt er in einer kleinen Hütte ebenfalls am Hang, wo auch die Villa der Familie Niemi steht, aber etwa hundert Meter weiter unten.

*»Es ist eine Schande«, sagt Ragnar Östberg, der seit Anfang der Neunziger in seiner Hütte wohnt. »Dass die Bauarbeiten fast ein ganzes Jahr andauerten, ist das eine. Den lieben langen Tag wurde dort gesägt und gebohrt, ich habe jeden Tag Sägespäne von meinem Grundstück aufsammeln dürfen. Aber das Schlimmste ist, dass mir dieses protzige Haus die Sonne nimmt. Es ist, als würde meine Hütte ständig im Dunkeln stehen!«*

Ich kann mir ein Schmunzeln nicht verkneifen. Es ist so typisch für kleine lokale Tageszeitungen, über solche Konflikte zu berichten. Und daran ist ja auch nichts Verwerfliches, ein Lokalblatt soll auch das Geschehen in einer Gemeinde abbilden, die großen und die kleinen Dinge. Aber darin unterscheiden sie sich fundamental von den Beiträgen in *Dagens Nyheter* oder im *Aftonbladet* über Terroranschläge, bevorstehende Katastrophen und Überfälle. Ich muss an Jennie denken, mit der ich zusammen Journalismus studiert habe. Nachdem sie ihr Praktikum bei einer lokalen Zeitung auf Gotland absolviert hatte, stöhnte sie und schwor, dass sie sofort auf Jura umsatteln würde, wenn sie noch einen einzigen Artikel über ein entlaufenes Lamm verfassen müsse.

Der Artikel geht noch weiter und ist voller Beschimpfungen und Vorwürfe, die Luxusvilla sei eine »Schande für den Ort«. Über den Besitzer des Hauses hingegen steht so gut wie nichts, nur dass der Autor des Textes erfolglos versucht habe, mit ihm in Kontakt zu treten. Aber dann, endlich am Ende des Artikels, befindet sich ein Info-Kasten mit einem Foto.

*Patrick Jensen, Sohn des Immobilienmillionärs Ulf Jensen. Er führt das Unternehmen Out & About, eine Eventfirma, die schwedischen und ausländischen Touristen einzigartige Erlebnisse in der schwedischen Bergwelt anbietet.*

*Irene Niemi, seit 2012 mit Patrick Jensen verheiratet, ist die Mutter von Fredrik Niemi. Sie ist Teilhaberin von Out & About und arbeitet als Buchhalterin in der Firma.*

*Fredrik Niemi, das Wunderkind am Klavier, das 2015 – gerade mal fünfzehn Jahre jung – wie ein Blitz einschlug. Heute ist er siebzehn und überall schon aufgetreten – vom Sommerfestival auf Skansen bis hin zum Festakt der Nobelpreisverleihung.*

Ich erinnere mich wieder daran, dass ich das Klavier spielende Wunderkind in den vergangenen Jahren immer wieder mal gesehen habe. Beim Frühstücksfernsehen, beim Melodifestivalen, auf Veranstaltungsplakaten auf Södermalm. Ich will den Artikel wieder schließen, als mir ein Satz ins Auge springt. Der allerletzte. *Obwohl sein Leben ungewöhnlich dramatisch begann, hat Fredrik Niemi den Weg zurück in seine Heimat gefunden, nach Idre Fjäll.*

Ich nehme einen großen Schluck von meinem köstlichen Getränk (das fast alle ist – ein Umstand, der augenblicklich behoben werden muss) und sehe aus dem Augenwinkel, wie Rosie und die Jungs nacheinander die Sauna verlassen, um sich kalt abzuduschen und umzuziehen. *Obwohl sein Leben ungewöhnlich dramatisch begann?* Was hat das zu bedeuten? Ich spüre, wie die Zynikerin in mir zum Leben erwacht. Wahrscheinlich hat Fredrik, wie die meisten Promis, ein irgendwie geartetes »Trauma«, über das er gerne spricht. Vielleicht ein verloren gegangener Kuschelbär? Jeder weiß, was für schreckliche Konsequenzen so ein Verlust für ein Kind haben kann. Aber als ich *Fredrik Niemi + dramatische Kindheit* eingebe und die Ergebnisse überfliege, bleibt mir um ein Haar das Getränk im Hals stecken. Der erste Artikel, der auftaucht, ist vom *Expressen.*

*Fredrik Niemi spricht über seine Entführung.*

»Entführung?«, rufe ich laut auf, obwohl mich ohnehin niemand hört.

Der Artikel hat ein großes Foto von Fredrik als Aufmacher. Dunkler Hintergrund, ernster Gesichtsausdruck. Der Artikel scheint in Kooperation mit der Kinderrechtsorganisation BRIS entstanden zu sein, in dem mehrere Prominente über Ereignisse in ihrer Kindheit berichten.

*Das musikalische Genie Fredrik Niemi war nur wenige Monate alt, als ihn sein Vater entführte.*

*»Meine Mutter hatte gerade eine kleine Hütte in Idre gekauft«, sagt Fredrik. »Daran kann ich mich natürlich nicht erinnern, meine Mutter hat sie auch kurz danach wieder verkauft. Aber sie hat mir Fotos gezeigt.«*

*Das erste und einzige Weihnachtsfest, das in der Hütte gefeiert wurde, endete beinahe in einer Katastrophe. Fredriks Mutter Irene war im Haushalt zugange, als sie ausrutschte, sich den Kopf anschlug und für kurze Zeit das Bewusstsein verlor. Fredrik hatte in seinem Kinderstuhl gesessen, und als Irene wieder zu sich kam, war ihr Kind verschwunden.*

*»Das muss für meine Mutter so furchtbar gewesen sein, als sie entdeckte, dass ich weg bin«, sagt Fredrik.*

*Während sie bewusstlos am Boden lag, war ihr Ex-Mann, Fredriks Vater, durchs Fenster eingestiegen und hatte Fredrik mitgenommen. Dem vorangegangen waren eine komplizierte und zerstörerische Beziehung sowie eine kräftezehrende Scheidung, die damit endete, dass Irene das alleinige Sorgerecht zugesprochen bekam. Der Ex-Mann, der zu diesem Zeitpunkt Alkoholiker war, Drogen konsumierte und unter psychischen Problemen litt, wollte diese Entscheidung nicht akzeptieren.*

*»Die Hilfsbereitschaft war enorm«, sagt Fredrik. »Zumindest wurde mir das später so erzählt. Ganz Idre hat sich an der Suche nach mir beteiligt. Und nach meinem Vater. Sie haben uns erst nach drei Tagen gefunden. Mein Vater hatte aus Decken einen kleinen Unterschlupf unter einem Baum gebaut und ein Feuer angemacht. Trotzdem war ich stark unterkühlt und musste mehrere Wochen im Krankenhaus verbringen.«*

*Der Vater wurde verurteilt, kam in die geschlossene Psychiatrie und bekam das Verbot, Kontakt mit seinem Sohn aufzunehmen. Wir von der Redaktion haben vergeblich versucht, eine Stellungnahme vom Vater zu bekommen. Fredrik ist bis heute davon überzeugt, dass diese Ereignisse sein Leben nachhaltig beeinflusst haben.*

*»Ich kann mich natürlich an nichts mehr erinnern, ich war gerade mal ein halbes Jahr alt. Aber selbstverständlich hat das seine Spuren hinterlassen. Vielleicht haben diese drei Tage in der Kälte meine Krankheit ausgelöst. Vielleicht ist die Entführung der Grund dafür, dass ich heute im Rollstuhl sitze.«*

»Na, was geht?«

Ich zucke zusammen, als Rosie plötzlich vor mir steht.

»Um Gottes willen, hast du mich erschreckt!«

»Oh, tut mir leid. Was liest du denn da so Spannendes?«

»Das kann ich dir sagen. Aber … Hallöchen, wie siehst du denn aus? Spitzenklasse! Wie hübsch!«

Ich klappe den Laptop zu und lege ihn neben mich aufs Sofa, während ich Rosie von oben bis unten mustere. Ich glaube, ich habe sie noch nie so aufgebrezelt gesehen. Sie trägt zwar kein Kleid, vermutlich besitzt sie gar keins, aber sie hat ihr übliches Jeanshemd gegen ein schwarzes Top mit Spitze getauscht. Und sie hat sich geschminkt. Knallrote Lippen, Mascara und Eyeliner, der ihre neugierigen und klugen Augen betont.

»Findest du echt?« Rosie klingt unsicher. »Ich sehe nicht aus, als hätte ich …«

»Als hättest du?«

»Als hätte ich mich besonders angestrengt? Mich herausgeputzt?«

»Überhaupt nicht. Du siehst aus wie jemand, der zum Walfang aufbricht.«

Sie hebt eine Augenbraue und zieht eine Schnute.

»Rosie, natürlich sieht man, dass du dich herausgeputzt hast, weil du dich herausgeputzt *hast*! Daran ist doch nichts Merkwürdiges. Du siehst superhübsch aus. Eine richtige Perle bist du. Und das alles für …«

Da fällt es mir wie Schuppen von den Augen. *Na, logo.* Wie dämlich kann man eigentlich sein. Rosie hat mir sogar erzählt, wer sie gerettet hat, nachdem sie bei der Abfahrt die Bekanntschaft mit dem Baum gemacht hatte. Es war der Mann, den sie auch schon am frühen Morgen getroffen hatte. Der Wachtmeister. Nein, so heißt das ja nicht in den Bergen. Der Pistenwächter. Wie hieß er noch gleich?

»Du bist *jetzt* mit dem Pistenwächter auf ein Bier verabredet?«, sage ich.

»Ähm ... ja. Aber nur ein kurzes Bier. Er will sich bei mir wegen heute Morgen bedanken.«

»Ja, stimmt, das hattest du mir erzählt, aber ... Sag mal, Rosie, ist das ein Date?«

Sie reißt entsetzt die Augen auf, ihre Wangen werden feuerrot, was nichts mit dem Saunagang oder dem Bier zu tun hat, das die drei schon intus haben.

»Sei nicht albern«, sagt sie.

»Das ist ein Date.«

»Das ist kein Date, wir sind einfach zwei erwachsene Menschen, die ein Bier trinken gehen.«

»Dann ist es eindeutig ein Date!«

»Warum das denn?«

»Weil ... ihr seid ja gewissermaßen ...«

»Mann und Frau? Lieber Gott, Cilla. Man könnte meinen, du wärst die Ältere von uns beiden.«

Ich beiße mir auf die Zunge. Jetzt sind meine Wangen mindestens genauso rot wie ihre.

»Du hast ja recht. Verzeih. Ich bin ein richtiger Ü-30-Stoffel.«

Rosie lächelt.

»Ich wollte eigentlich nur sagen, dass du supertoll aussiehst, elegant und schick. Date hin oder her, er kann sich glücklich schätzen, dass er mit dir ein Bier trinken darf. Wie hieß er noch?«

»Frank.«

»Frank. Schöner Name. Rosie und Fr...«

»Pass bloß auf!«

Ich grinse und sehe ihr zu, wie sie herumwirbelt und Jacke und Schal zusammenklaubt. Bei den Schuhen gibt es keine Alternative. Sie zieht ihre Filzstiefel mit Spikes an, alles andere wäre auch Wahnsinn gewesen. Ganz gleich, welche Absichten Frank hat, auf hohen Absätzen durch Eis und Schnee zu stöckeln ist wider jede Vernunft.

»Wo trefft ihr euch denn?«

»In Pernilla Wibergs Hotel.«

»Wie schön. Dann werden wir mal sehen, ob wir dich da später loseisen können.«

Am frühen Nachmittag hatte Zacke einen mittleren Nervenzusammenbruch gehabt, als er das äußerst begrenzte Sortiment des hiesigen Supermarktes entdeckte. Ich werde vermutlich den legendären Satz von ihm auf ein Leinentuch sticken, es einrahmen lassen und den beiden als Einweihungsgeschenk vermachen: »Die haben nicht einmal frischen Estragon!« Nach besagtem Zusammenbruch beschlossen wir, es uns heute Abend richtig gut gehen zu lassen und im Hotelrestaurant essen zu gehen. Außerdem werden Jonathan und Zacke am nächsten Tag mit dem Bus in den größeren Supermarkt in Idre fahren, wo Zacke nach Lust und Laune einkaufen gehen darf.

»Das wird kein Problem sein. Der Tisch ist für acht Uhr reserviert, richtig?«, sagt Rosie.

»Genau. Außerdem, meine Liebe. Wir haben was zu besprechen beim Essen. Ich habe einiges herausbekommen, was unseren Todesfall anbetrifft.«

»Was? Erzähl!«

»Nein, später. Jetzt konzentrierst du dich erst einmal auf deinen neuen Freund.«

Rosie verdreht die Augen und wickelt sich den Schal um den Hals.

»Findest du den Weg?«

»Ha! Selbstverständlich! Noch ist ein Funken Leben in diesem alten Körper.«

Sie winkt mir zu und öffnet die Balkontür. Eine kleine Wolke aus Schneeflocken wirbelt durch die Luft und legt sich auf das Fensterblech.

»Das kannst du aber laut sagen«, murmele ich und greife nach meinem Glas.

# 23

*Idre Fjäll*

*Sebbe*

*Anderthalb Wochen vor Weihnachten*

»Willst du mich verarschen? Du hast *Die Hard* noch nie gesehen?«

Sebbe schüttelt ungläubig den Kopf und sieht von den Kartoffelpuffern hoch. Fredrik sitzt auf der anderen Seite der Kochinsel im Rollstuhl, hat die Arme vor der Brust verschränkt und lächelt ihn amüsiert an.

»Nein«, sagt er.

»Dann hast du den besten Film aller Zeiten noch nicht gesehen«, ruft Sebbe.

»Im Ernst?«

»Voller Ernst.«

»Versteh mich nicht falsch, Sebbe, aber ich würde mich als Filmnerd bezeichnen. Ich sehe verdammt viele Filme. Und soweit ich weiß, zählt *Die Hard* jetzt nicht gerade zu den Meisterwerken.«

»Sagt wer? Irgend so ein dämlicher Filmkritiker? Oder die

Oscar-Jury? *Trust me*, Fredrik, das ist der beste Film aller Zeiten. Wollen wir ihn uns heute Abend ansehen? Den gibt es bestimmt auf Netflix.«

»Klar. Aber du darfst nicht enttäuscht sein, wenn er mir nicht so gut gefällt wie dir. Ich mag Bruce Willis nicht besonders.«

»Wie kann man nur … Okay, klar. Aber du musst ihm wenigstens eine Chance geben!«

Fredrik nickt, Sebbe lächelt und wendet die Kartoffelpuffer, die in der Pfanne vor sich hin brutzeln.

Ein weiterer Abend geht ins Land, den Sebbe mit Fredrik allein in dem riesigen Glashaus verbringt. Ein weiterer Abend, an dem seine Eltern auf einer Veranstaltung sind und arbeiten. Ein weiterer Abend, an dem Sebbe kocht und Fredrik ihm in der Küche Gesellschaft leistet und sie sich unterhalten. Das ist inzwischen zur Routine geworden.

Eine ziemlich nette Routine, ehrlich gesagt.

Nachdem die großen Kartoffelpuffer fertig sind, legt Sebbe sie auf die beiden Teller und garniert sie jeweils mit einem dicken Klecks Crème fraîche, fein gehackten roten Zwiebeln und rotem Algenkaviar. Erst da stellt er fest, dass Fredrik nicht mehr in der Küche ist. Er ruft, dass das Essen fertig sei, und Sekunden später ist Fredrik wieder da. Aber er hat etwas mitgebracht.

»Was meinst du? Zum Essen?«

Sebbe kommt näher, um zu sehen, was Fredrik in den Händen hält. Es ist eine Flasche Rotwein mit einem verschnörkelten Etikett. Sebbe runzelt die Stirn.

»Wein?«

»Jep.«

»Aber … du bist erst siebzehn, Fredrik.«

Er hört selbst, wie doof und peinlich das klingt, wenn er das sagt. *Hallo, Opa!* Fredrik lächelt mit diesen tiefen Lachgrübchen in den Wangen. Sebbe schluckt, ist verunsichert, wie er mit dieser Situation umgehen soll. Schließlich ist er angestellt worden, um sich um diesen jungen Mann zu kümmern. Auch wenn seine Arbeit bisher eher aus Gesellschaft leisten denn aus Pflege bestand. Auf der anderen Seite ist er nicht Fredriks Vormund.

»Erlauben dir deine Eltern, Wein zu trinken?«

»Natürlich. Sie sind beides große Weinkenner und haben mir immer wieder ein Glas angeboten, seit ich sechzehn bin.«

Sebbe lächelt. Also schon seit fast einem Jahr. Für einen Siebzehnjährigen ist das wie ein ganzes Leben.

»Gegen einen Drink haben sie nichts einzuwenden.«

»Aber ist der nicht viel zu … teuer?«

Fredrik reicht ihm die Flasche, und Sebbe betrachtet das Etikett im Licht der Kerzen. Am Anfang haben sie immer bei voller Beleuchtung in der Küche gesessen, mittlerweile sind sie dazu übergegangen, bei Kerzenlicht zu essen. Oder anders gesagt, Fredrik hat angefangen, Kerzen anzuzünden, und es fühlt sich gar nicht komisch an, sondern einfach gemütlich. Sebbe entdeckt das Wort *Bourgogne.* Das hat er schon einmal im Fernsehen gehört. Er kennt sich mit Wein überhaupt nicht aus. Marc und er gehen immer nur Bier trinken, wenn sie in Stockholm ausgehen, und seine Eltern trinken im Sommer Rosé aus dem Fünfliter-Kanister. Aber das Wort *Bourgogne* kommt ihm bekannt vor. Und was das Etikett betrifft … es ist vergilbt, an den Rändern eingerissen und übersät mit französischen Wörtern. Sebbe kann kein einziges Wort Französisch.

Aber dann entdeckt er eine Jahreszahl. 2002.

»Sag mal … ist dieser Wein aus dem Jahr 2002?«

»Sieht so aus.«

»Aber dann ist der ja fünfzehn Jahre alt.«

»Fast so alt wie ich.«

Fredrik lächelt und hebt eine Augenbraue.

»Ich hingegen habe ja schon die zwanzig hinter mir gelassen«, sagt Sebbe und lacht.

»Okay, Boomer!«

»Aber, Fredrik, jetzt mal ehrlich, wir können keinen Wein trinken, der fünfzehn Jahre alt ist. Der ist doch bestimmt sauteuer?«

»Du solltest mal Patricks Weinkeller sehen. Da unten gibt es Weine aus den Sechzigern. Der wird den hier nicht vermissen, er wird gar nicht merken, dass wir ihn genommen haben.«

»Bist du sicher?«

Fredrik nickt eifrig. Gesagt, getan.

Zwei Stunden später hat Bruce Willis alle Terroristen ausgeschaltet, die an Weihnachten in einem Hochhaus Böses im Schilde führten. Sebbe und Fredrik liegen auf dem Sofa. Sebbe hat sich in einer Ecke unter einer grauen Wolldecke zusammengerollt, Fredrik liegt auf der Chaiselongue, damit er seine Beine ausstrecken kann. Das ist die einzige Körperhaltung, die gut für ihn ist, wenn er nicht im Rollstuhl sitzt.

Sie haben jeder ein großes Weinglas in der Hand und haben die Flasche Bourgogne leer gemacht. Sebbe weiß, dass er niemals genug Geld haben wird, um sich so eine

Flasche leisten zu können, jetzt nicht und auch in Zukunft nicht. Aber, *verdammt*, hat die gut geschmeckt. Üppig und voll und … ledrig. Ja, der Wein hat wie ein Ledergürtel geschmeckt. Aber ein guter Gürtel. Sebbe ist ein bisschen betrunken. Ihm ist ganz warm ums Herz. Sie haben viel gelacht während des Films, der an vielen Stellen vollkommen absurd ist, aber Fredrik trotzdem ganz gut gefallen zu haben scheint.

»Also …«, sagt Sebbe, als der Abspann läuft. »Wie fandest du ihn?«

»Der ist gut. Verdammt gut.«

»Und das sagst du nicht einfach nur so? Mir zuliebe?«

»Nein, versprochen. Also … er ist nicht oscarverdächtig, aber … er ist gut.«

»*Told you so.*«

Sie stoßen mit ihren gigantischen Weinkelchen an. Sebbe wirft einen Blick auf die moderne Uhr, die an der Wand hängt und eher wie eine lächerliche Kunstinstallation aussieht. Es ist elf Uhr. Und Fredriks Eltern sind noch nicht nach Hause gekommen.

»Bist du nicht manchmal einsam hier? So ganz ohne deine Eltern?«

»Und ob. Wenn wir auf Tournee sind, bin ich die ganze Zeit von Leuten umgeben. Alle wollen mit mir reden, meine Mutter ist immer an meiner Seite … Wenn wir dann nach Hause zurückkommen, genieße ich es am Anfang immer, wenn mich alle in Ruhe lassen. Aber natürlich will ich nicht die GANZE Zeit allein sein. Also ja, das ist manchmal ganz schön einsam.«

Sebbe nimmt noch einen Schluck.

»Deshalb spioniere ich meinen Nachbarn auch nach.«

Sebbe weiß, dass Fredrik es nicht ernst meint, aber vor seinem geistigen Auge tauchen die Bilder von jener Nacht auf. Als er die nackte Frau in ihrem Haus auf der anderen Seite des Hanges beobachtet hat. Und wie plötzlich ein Mann auftauchte, mit dem sie in der Küche Sex hatte. Ein Mann, den er wiedererkannt hat.

Patrick.

Fredriks Stiefvater.

Der Anblick der beiden hatte ihn so erschüttert, dass er ins Badezimmer geflohen war und dort bestimmt zehn Minuten saß und grübelte. Als er zurückkam, stand er eine ganze Weile unschlüssig im Zimmer. Zögerte. Dann sah er erneut durch das Teleskop. Aber jetzt war die Küche menschenleer. Weder die Frau noch Patrick waren zu sehen. Offensichtlich waren sie weitergezogen, ins Schlafzimmer.

War es denn wirklich Patrick gewesen?

In Sebbes Kopf hatten sich die Gedanken überschlagen, als er sich endlich wieder hingelegt hatte. Vielleicht hatte er sich getäuscht? Es war mitten in der Nacht und dunkel. Konnte er wirklich sicher sein? Vielleicht war das alles nur ein Produkt seiner Fantasie? Eine Was-wäre-wenn-Fantasie. *Was wäre, wenn Fredriks Stiefvater wirklich eine Affäre mit der Nachbarin hat? Während seine eigene Frau nur wenige Hundert Meter entfernt im ehelichen Bett liegt und schläft?*

Als er am nächsten Morgen aufwachte, hatte sich das alles wie ein schlechter Traum angefühlt. Als wäre es nicht in Wirklichkeit passiert. Sebbe hatte versucht, diese Nacht aus seinem Gedächtnis zu verdrängen. Aber nun hat er wieder schweißnasse Hände, nachdem er den teuren Wein in sich reingeschüttet hat. Er fühlt sich beschmutzt, dreckig.

Was er auch in der Tat ist. Sie waren am Nachmittag über eine Stunde spazieren, und er hat sich seither nicht mehr umgezogen.

»Ich gehe mich mal eben duschen«, sagt er und springt vom Sofa auf.

»Jetzt? Ich dachte, wir machen uns noch eine Flasche auf.«

»Vergiss es, ich habe nach wie vor das Sagen und bin für dich verantwortlich.«

Sebbe leert mit einem Zug sein Glas und lässt Fredrik grinsend auf dem Sofa zurück. Aus seinem Zimmer holt er sich eine frische Unterhose und ein T-Shirt aus seinem Koffer. Viel saubere Wäsche hat er nicht mehr, außerdem fehlen ihm ein paar T-Shirts. Sie sind weder im Koffer, noch liegen sie im Zimmer herum. Ob er sie irgendwo im Haus liegen gelassen hat? Im schlimmsten Fall wird ihm Fredrik bestimmt etwas ausleihen, sie haben in etwa dieselbe Größe.

Er schnappt sich sein Handtuch, geht ins Badezimmer und schließt hinter sich ab.

Warum er abschließt, weiß er nicht.

Die beiden sind allein im Haus, und Fredrik weiß, dass er duschen geht. Und dennoch. Intuitiv. Er zieht sich aus und stellt sich unter den gigantisch großen Duschkopf. Die Kacheln der Dusche in der Ecke des Badezimmers haben eine hellere Farbnuance als die anderen Kacheln. Das ganze Zimmer ist so riesig. Und Lichtjahre von seinem winzigen Badezimmer in seiner Wohnung in Stockholm entfernt, mit Schimmelflecken an der Wand und PVC-Boden. Dieser Raum ist wie eine Wohnung in sich. Mit Fußbodenheizung und schrägen Dachfenstern, hinter denen die dunkle Bergwelt wartet.

Sebbe dreht den Hahn auf und genießt die Wasserstrahlen, die über seinen Körper strömen. Der Wasserdruck in seiner eigenen Wohnung ist dagegen eine Beleidigung, es fühlt sich immer eher so an, als würde jemand einen bespucken. Bei den Niemis steht man unter einem Wasserfall. Das ist so unfassbar luxuriös. Und wunderschön.

Er lässt sich viel Zeit. Es gibt keinen Grund, sich zu beeilen. Ausgiebig reibt er sich die Haare mit Shampoo ein. Spült es sorgfältig aus. Dreht dabei das warme Wasser immer mehr auf. Der Raum wird ganz neblig vor Wasserdampf. Er summt vor sich hin, irgendein Lied aus dem Radio, aber er kann sich nicht erinnern, wie es heißt.

Seit drei Wochen ist er jetzt schon hier. Eine Woche hat er noch vor sich. Dann wird er in die Großstadt zurückkehren. Er vermisst die Stadt. Den Straßenlärm. Die Selbstverständlichkeit, mit der U-Bahn ins Zentrum zu fahren und in der Menschenmenge unterzutauchen. Shopping, To-go-Kaffeebecher, Busse, Sirenen und Abgase. Er vermisst den Nachhauseweg von den Bars auf Södermalm, zurück über die Skanstullsbron in Richtung Gullmarsplan, wo er sich meistens noch eine letzte Zigarette anzündet und über die Stadt sieht, in der er aufgewachsen ist und die er liebt.

Aber er wird auch Idre vermissen. Die Natur. Den Schnee. Und dieses Haus. Sebbe hat sich bisher nie viele Gedanken über Geld und Reichtum gemacht. Seine Eltern sind Kulturschaffende, und er ist in einer schönen, aber ziemlich heruntergekommenen Mietwohnung auf Kungsholmen groß geworden. Auf sein Gymnasium waren Leute aus ganz Stockholm gegangen. Natürlich hatte er schon mal mit reichen Leuten zu tun. Aber eben nicht auf diese Art und Weise. In so einem Haus. So einen einzigartigen Ausblick hat er noch nie gehabt. In so einer Küche, deren Kühlschrank auf magische Weise immer voll war, hat er noch nie Essen zubereitet. Er hat auch noch nie in einem Haus gewohnt, in dem alles klinisch sauber ist (was Miranda zu verdanken ist, einer Frau, die zweimal die Woche kommt – einmal, um zu putzen, einmal, um den Kühlschrank mit Köstlichkeiten aufzufüllen und die Wäsche zu waschen). Reich zu sein ist … sehr angenehm. Diese Erkenntnis überrascht Sebbe nicht weiter, ihm ist es nur nie so deutlich geworden wie jetzt.

Und – abgesehen von all den Annehmlichkeiten – wird er natürlich auch Fredrik vermissen.

Was seine Freunde wohl sagen werden, wenn er ihnen erzählt, dass er fast einen Monat lang der persönliche Assistent von DEM Fredrik Niemi gewesen ist. Wenn man das überhaupt so sagen kann. Genau genommen ist seine Funktion eher die eines … Kumpels gewesen. Wenn man denn als Kumpel eingestellt werden kann. Am Anfang war es etwas steif zwischen ihnen gewesen, wie es eben ist bei Typen in ihrem Alter, bis sie sich ein bisschen besser kennenlernten. Mittlerweile ist das alles viel einfacher geworden. Es fühlt sich viel selbstverständlicher an. Mehr als das sogar. Es ist easy. Lustig. Freundschaftlich. Es ist …

Sebbe spült sich den Balsam aus den Haaren, als er in der Bewegung innehält und erstarrt.

Zuerst weiß er nicht, warum. Er spürt nur, dass sich etwas im Raum verändert hat. Er spürt es am Wasserdampf, der anders durch die Luft wirbelt, er spürt es an seinen Nackenhaaren, die sich aufstellen, und ganz tief in seinem Bauch.

*Jemand beobachtet ihn.*

Sein erster Blick gilt dem schrägen Dachfenster, durch das er nur den Himmel und die dunklen Berge sieht. Da wird doch niemand hochgeklettert sein? Unmöglich. Außerdem sieht er nichts dort oben. Dann dreht er sich um und sieht zur Tür. Der Dampf verstellt ihm die Sicht, aber steht die Tür nicht einen Spalt weit offen? Die Tür, die er vor nicht einmal zehn Minuten eigenhändig abgeschlossen hat?

Sebbe kneift die Augen zusammen, blinzelt, streicht sich den nassen schwarzen Pony aus der Stirn.

»Hallo?«

Keine Antwort. Kein Schatten. Keine Bewegung. So schnell wie er kann, spült er sich den restlichen Balsam aus den Haaren und den Schaum vom Körper und stellt das Wasser aus.

Die Stille, die folgt, ist so bedrückend wie die feuchte Luft im Raum. Das einzige Geräusch, das er hört, sind die Wassertropfen, die auf den gekachelten Boden fallen.

Reglos bleibt er sekundenlang in der Duschkabine stehen. Vielleicht sind die Niemis nach Hause gekommen, vielleicht hat er die Badezimmertür doch nicht richtig abgeschlossen?

Er greift nach dem marineblauen Handtuch, das Irene Niemi ihm gegeben hatte und das Miranda in regelmäßigen Abständen ungefragt auswechselt und wäscht, und wickelt es sich um die Hüfte. Auf Zehenspitzen schleicht er an die Tür.

Sie ist zu. Der Wasserdampf hat sich gelegt, und er kann seine eigene Hand ganz deutlich sehen, als er sie ausstreckt, um die Türklinke herunterzudrücken.

Abgeschlossen.

# 24

## *Rosie*

*Zwei Tage vor Weihnachten*

Rosies Wangen sind fast lila, als sie das Foyer des Hotels betritt. Die Kälte ist wirklich unerbittlich, aber kaum hat sich die Tür hinter ihr geschlossen, wird ihr warm. In einem modernen Gaskamin in der Ecke lodert ein Feuer, und auf den Sitzgelegenheiten im Foyer sitzen die Hotelgäste in Funktionsunterwäsche und Polohemden und trinken Bier und Rotwein. Das muss die Bar sein, vermutet Rosie. Hinter einer großen Glastür zu ihrer Rechten befindet sich das Restaurant, wo sie mit den anderen nachher fürstlich speisen wird.

Aber davor muss sie diesen Frank finden.

Sie würde nicht direkt sagen, dass sie nervös ist, nein, Rosie gehört nicht zu denen, die sofort nervös werden. Ich bitte dich, schließlich ist sie eine pensionierte Polizistin. Da muss schon mehr passieren, als dass ein gut aussehender Mann auftaucht, damit Rosie Ångström feuchte Hände bekommt. Trotzdem … trotzdem hat sie so ein Gefühl im Bauch, das ihr fremd vorkommt.

Nein, es ist nicht fremd. Eher nostalgisch. Sie kennt das

Gefühl von früher, aber hat es seit sehr, sehr langer Zeit nicht mehr erlebt. Wahrscheinlich tut die Umgebung das Übrige. Schnee. Dunkelheit. Das knisternde Feuer im Kamin. Aus den Lautsprechern trällert Mariah Carey, was sie sich zu Weihnachten wünscht, in Rosies Kopf allerdings singt Frank Sinatra. So wie an jenem Abend vor fast fünfzig Jahren. Äußerst seltsam.

»Rosie?«

Sie zuckt zusammen, wird aus ihren Gedanken gerissen. Denn vollkommen unvermittelt steht er vor ihr.

»Frank! Hallo!«

Es folgt eine kurze Umarmung, dann senkt Rosie den Blick und sieht auf den Boden.

»Heute ganz ohne Hund?«

»Sie darf zu Hause bleiben und sich ein paar Stunden ausruhen.«

»Kann sie das denn?«

»Na klar. Lollo kann sich hervorragend allein beschäftigen.«

»Wunderbar. Ich auch.«

Frank lächelt sie schmunzelnd an.

»Ja, also … ich meine damit, dass … es ist gut, selbstständig zu sein.«

»Ganz deiner Meinung. So, liebe Rosie …«

Er hebt fragend eine Augenbraue.

»Ångström.«

»Ah, Rosie Ångström. Wozu darf ich dich denn einladen?«

»Alles über fünf Prozent. Was nimmst du?«

»Ich glaube, ein Bier. Ein IPA.«

»Dann schließe ich mich da an.«

Rosie setzt sich in einen der beiden Sessel, die vor dem Kamin stehen. IPA. Sie meint, das schon einmal getrunken zu haben, ist sich aber nicht sicher. Früher bestellte man ein Pils, und fertig war die Laube. Heute benötigt man quasi eine Zusatzausbildung, um in Stockholm ein Bier zu bestellen. Vor ein paar Wochen war sie mit Cilla auf ein *Afterwork-Bierchen* in einer Kneipe auf Södermalm verabredet gewesen (sie nennt es gerne so – *Afterwork*, obwohl sie schon seit mehr als zehn Jahren pensioniert ist). Die hatten dort zweihundert verschiedene Sorten Bier. Zweihundert! Und der Barkeeper, ein Hipster, dessen Bärtchen an die dunklen Zeiten im Deutschland der Dreißigerjahre erinnerte, wirkte fast beleidigt, als Rosie ein großes Starkbier bestellte. Rosie hatte sich sehr zurücknehmen müssen, um ihm nicht ins Gesicht zu schleudern, er solle doch lieber in einem Charlie-Chaplin-Film auf einer Bananenschale ausrutschen, als alte Frauen zu schikanieren.

»So, bitte sehr.«

Frank ist mit zwei großen Biergläsern mit schöner Schaumkrone zurückgekommen, die er auf dem kleinen Tisch zwischen ihnen abstellt. Rosie sieht ihn verstohlen an, als er sich zu ihr setzt. Er trägt heute schwarze Hosen, dazu ein kariertes Hemd und eine Fliege. Er hat sich tatsächlich eine Fliege umgebunden. Eine rote. Ist das sein üblicher Dress, oder hat er das ihr zuliebe gemacht?

»Skål, Rosie Ångström«, sagt Frank und hebt sein Glas. »Lass uns darauf anstoßen, dass der Tag nicht so dramatisch endet, wie er angefangen hat.«

Sie stoßen an, und Rosie nimmt einen großen Schluck.

Das Bier schmeckt bitter, fruchtig und wunderbar kühl, so vor dem lodernden Kamin. Perfekt. Trotz des etwas albernen Namens.

»Ja, dramatisch ist das richtige Wort«, sagt Rosie. »Und das ausgerechnet mir, dabei bin ich hierhergekommen, um die Ruhe der Berge zu genießen.«

»Bist du zum ersten Mal hier oben?«

»Ja. Ich war schon in Åre und im Vemdalen, aber noch nie in Idre. Wie lange wohnst du schon hier?«

»Seit fast zwanzig Jahren.«

»Oha. Und wie bist du hier gelandet?«

Frank nimmt einen Schluck und verzieht das Gesicht.

»Hilfe, ist das bitter.«

»Ja. Die modernen Biersorten, was?«

»Schwierig! Also, ich komme ursprünglich aus Rättvik.«

»Oh, von der Riviera der Provinz Dalarna also. Zumindest habe ich das mal so gehört.«

Frank lacht. Ein warmes und polterndes Lachen. Lange hat Rosie nicht mehr so ein Lachen gehört.

»Ich vernehme daraus, dass du noch nie dort gewesen bist?«

»Nein. Ich kenne mich hier in der Provinz nicht so gut aus. Bis auf Idre inzwischen.«

»Ich will mich nicht über meine Heimatstadt lustig machen. Rättvik ist eine sagenhaft schöne Stadt, zumindest im Sommer. Wenn die Saison vorbei ist, ist sie allerdings wie ausgestorben.«

»Was hast du beruflich in Rättvik gemacht?«

»Mal hier, mal da, ganz unterschiedliche Sachen.«

»Oh nein, bist du ein Ex-Knacki?«

Frank hat das Glas an der Lippe, lächelt ihr über den Rand zu.

»Nein. Du aber bist bei der Polizei gewesen, richtig?«

Rosie nickt.

»Mach dir keine Sorgen, ich bin kein Ex-Knacki. Ich hatte nur Schwierigkeiten, das Richtige für mich zu finden, was ich mit meinem Leben anfangen will. Mein Vater war Automechaniker, deshalb wurde ich das auch. Ich hatte meine eigene Werkstatt in Rättvik, wo ich Oldtimer und alte Mopeds repariert habe. Dann habe ich geheiratet und eine Familie gegründet. Die Einnahmen aus der Werkstatt reichten nicht, deshalb wurde ich Hausmeister in einer Schule.«

»Wie alt sind deine Kinder?«

»Beide schon über dreißig. Zwei Mädchen, eine lebt in Stockholm und arbeitet in der Werbung, die andere ist mit ihren Kindern in Rättvik geblieben.«

»Wow, du hast schon Enkelkinder. Die Nachspeise des Lebens, oder wie sagt man?«

»Ja, so kann man das nennen. Sie sind wunderbar.«

»Aber du bist nicht mehr verheiratet?«

Rosie schluckt ihre Nervosität herunter. Ihr sitzt doch nicht etwa ein verheirateter Mann gegenüber? Das wäre zwar kein Vergehen, zumal das hier noch nicht einmal ein richtiges Date ist. Aber wissen will man es schon, oder?

»Ganz genau. Wir sind seit bald zwanzig Jahren geschieden. Sie lebt nach wie vor in Rättvik. Im Zuge der Trennung hat es mich hierherverschlagen. Ich liebe Ski fahren, vor allem Langlauf. Ein Kollege aus der Schule hatte wahrscheinlich Mitleid mit mir und hat mich damals im Winter mal mitgenommen. Ich war frisch geschieden und einsam und … musste mal raus.«

Rosie nickt.

»Das klingt vertraut.«

»Ach ja?«

»Ja. Das ist auch einer der Gründe, warum ich hier bin. Meine Freundin Cilla hat mich hierhergelockt, damit ich mich nicht mit der Lichterkette aufknüpfe.«

»Wie umsichtig.«

»Da sagst du was. Und was hat dich dann dazu veranlasst hierzubleiben?«

»Das weiß ich nicht genau, Rosie.«

Rosie nimmt einen Schluck von dem bitteren IPA und überlegt, wie lange es her ist, dass ein Mann sie mit ihrem Namen angesprochen hat. Wie sonderbar. Kennt sie sonst keine Männer? Doch, aber die sehen alle nicht so aus wie Frank.

»In dem Winter damals bin ich viel spazieren gegangen. Also, wenn ich nicht gerade auf Skiern stand. Und ich habe mich augenblicklich in die Natur verliebt. Mir war schon klar, dass man hier oben nicht so viel anderes unternehmen kann, wenn die Skisaison vorbei ist. Aber das war mir egal. Ich wollte nur meine Ruhe. Freiheit. Also habe ich mir hier oben einen Job gesucht. Und das klappte auch auf Anhieb. In der Wintersaison bin ich Pistenwächter, und im Sommer arbeite ich hier als Barkeeper.«

Rosie sieht ihn ungläubig an.

»Hier? Im Hotel?«

Er lächelt, und erst jetzt bemerkt sie das eine Lachgrübchen. Sie hatte immer ein Faible für Lachgrübchen. Diese

Menschen sind einem oft sofort sympathisch. Sie wirken so echt.

»Jep. In den Sommermonaten. Deshalb bekomme ich auch bei jeder Bestellung Rabatt.«

»Ich mag Männer mit Rabatten.«

Frank lacht.

»Und zwar in mehrerlei Hinsicht«, fährt Rosie schmunzelnd fort. »Du musst wissen, ich habe eine kleine Laube außerhalb von Stockholm. In den Schären.«

»Verstehe, dann hast du einen grünen Daumen?«

»Ja, ich dachte, ich brauche eine Freizeitbeschäftigung nach der Pensionierung, und da ich nie so richtig in der Küche aufgegangen bin, war das genau das Richtige. Versteh mich nicht falsch – essen kann ich immer, aber bitte nicht kochen. Wahrscheinlich sind die dreiundsechzigtausend Portionen Spaghetti bolognese daran schuld, die ich zwanzig Jahre lang für meinen Sohn gekocht habe.«

»Da kann ich dir nur zustimmen. Als unsere Mädchen ausgezogen sind, haben meine Frau und ich uns geschworen, dass wir nie wieder einen Teller mit Fleischwurst Stroganoff sehen wollen.«

Ein Barkeeper, der Frank offenbar kennt, denn er klopft ihm im Vorbeigehen auf die Schulter, kniet sich vor den Gaskamin und verändert die Höhe der knisternden Flammen. Rosie merkt erst jetzt, dass sie noch ihren Schal um den Hals hat, und nimmt ihn ab. Der kratzt, weil es so warm geworden ist.

»Na ja … vielleicht sollte ich nicht die ganze Zeit von meiner Ex-Frau reden, wenn wir beide hier sitzen und Bier trinken«, sagt Frank etwas zerknirscht.

Rosie sieht ihn fragend an.

»Warum nicht?«

»Weil wir … ähm, ich weiß nicht, einfach so.«

*Weil wir auf einem Date sind?*, will ihn Rosie fragen. Aber das tut sie selbstverständlich nicht. Stattdessen nimmt sie einen großen Schluck Bier.

»Wir haben alle unser Päckchen zu tragen. So ist das Leben.«

»Wie sieht denn dein Päckchen aus?«

»Er liegt begraben unter dem Küchenfußboden im Gärdet.«

Frank lacht laut auf. *Oh, dieses wundervolle Lachen.*

»Quatsch«, sagt Rosie. »Ihn gibt es leider nicht mehr. Ich bin Witwe.«

»Oh. Mein Beileid.«

»Danke. Aber das ist schon lange her. Zehn Jahre, um genau zu sein. Dann … ja, dann feiern wir dieses Jahr eine Art Jubiläum.«

»Und, wie wirst du das feiern?«

»Bist du immer so ungefiltert bei Frauen, mit denen du ungefiltertes Bier trinkst?«

»Nur, wenn sie aussehen, als könnten sie es vertragen.«

Rosie lächelt und nickt.

»Apropos. Diese Frau, die was aushält, hat schon ihr IPA versenkt. Und jetzt bin ich dran und bestelle uns noch eine Runde.«

»Nein, lass mich …«

»Kommt nicht infrage. Ich habe mein ganzes Leben lang gearbeitet. Jetzt soll meine Pension der Bar von Idre mal was Gutes tun.«

Rosie schwingt sich aus dem weichen Sessel, so gut sich eine Siebzigjährige eben aus einem tiefen Sessel schwingen kann. Sie geht an die Bar und bestellt zwei IPA. Ihr geht es blendend, sie ist fröhlich, ein bisschen aufgedreht. Auf dem Weg ins Hotel hätte sie fast kehrtgemacht. Mit irgendeinem Fremden zum Dank Bier trinken gehen? Wer braucht denn so etwas? Es reicht doch, wenn er … einfach Danke sagt. Aber das hier ist viel besser. Richtig nett. Sie dreht sich um, bereit für einen kleinen Flirt mit Frank am Kamin, aber zu ihrer Verwunderung bemerkt sie, dass er nicht allein dort sitzt.

Eine Frau hat sich neben seinen Sessel gehockt.

Sie trägt sehr enge weiße Hosen, hat langes welliges Haar und Ohrringe, die so groß sind wie Zirkusringe.

Ja, da gibt es keine zweite Meinung.

Diese Frau ist überirdisch schön.

Arbeitet sie auch im Hotel? Nein, sie ist nicht der Typ, der in einem Hotel arbeitet. Sie gehört zu dem Typ Mensch, dem das Hotel *gehört*. Rosie mustert die Frau von oben bis unten und entdeckt die schwarzen High Heels, deren Absätze sich in den weichen Teppich bohren.

Es gibt also doch Frauen in Idre, die hohe Absätze tragen. Trotz Eis und Schnee. Beeindruckend.

»So, bitte sehr. Zwei IPA«, sagt der nette Barkeeper und reicht ihr die beiden vollen Gläser. Rosie zögert, bleibt noch eine Weile an der Bar stehen, traut sich nicht zurückzugehen.

Die beiden scheinen in ein ernstes Gespräch vertieft. Bei dem offensichtlich Emotionen involviert sind.

Die Frau schüttelt den Kopf und senkt den Blick, Frank legt seine Hand auf ihre Schulter. Streichelt sie. Rosie schluckt. Sie beschäftigt sich nicht viel mit ihrem Aussehen.

Was für einen Eindruck sie macht. Das hat sie vor vielen, vielen Jahren hinter sich gelassen. Aber sie fühlt sich auf einmal plump und weniger elegant. Obwohl sie sich geschminkt und fein gemacht hat.

Diese Frau ist wie ein Glas Champagner. Rosie fühlt sich wie ein IPA. Gelb, füllig und … bitter.

Frank umarmt sie, die Frau steht auf und verabschiedet sich von ihm. Rosie sieht ihr hinterher, wie sie durch die Bar geht und schließlich in der Tür zum Restaurant verschwindet. Ihre Absätze klackern auf dem Boden, sobald sie die Teppichlandschaft verlassen hat. Erst als sie außer Sichtweite ist, wagt Rosie es, zurück zum Kamin zu gehen.

»Hier kommt die Bierlieferung«, sagt sie fröhlich und setzt sich.

»Oh … Danke.«

Er hebt das Glas und nimmt einen großen Schluck. Rosie tut es ihm nach. Sie sieht, wie Franks Blick zu den Flammen des Kamins schwenkt, die sich in seinen großen Augen spiegeln. Hat er Tränen in den Augen? Auf jeden Fall hat sich seine Stimmung verändert. Das spürt Rosie sofort. Wie alt kann diese Frau sein? Vierzig? Die beiden können doch unmöglich … ein Liebespaar sein? Nun ja, unmöglich ist es natürlich nicht. Ganz und gar nicht. Es gibt Frauen, die auf ältere Männer stehen. Aber die beiden sehen aus, als würden sie aus zwei vollkommen unterschiedlichen Welten stammen. Allerdings ist auch das kein Hinderungsgrund. Gegensätze ziehen sich bekanntlich an.

Rosie schielt über ihre Schaumkrone zu Frank. Seine Körpergröße, der Bart und seine aufrechte Haltung … er ist attraktiv. Sieht gut aus.

Sie bricht das Schweigen.

»Alles in Ordnung?«

Frank dreht den Kopf zu ihr.

»Wie bitte? Oh, verzeih bitte. Ich habe mich davontragen lassen.«

»Mit wem hast du dich denn da gerade unterhalten?«

Rosie weiß, dass es vielleicht etwas zu direkt ist und wie bei einem Verhör klingt. Deshalb aktiviert sie sofort ihr lieblichstes Lächeln, um die Situation zu entschärfen.

»Eine alte Bekannte.«

»Deine Freundin?«

*Sie haben das Recht zu schweigen. Alles, was Sie sagen, kann und wird vor Gericht gegen Sie verwendet werden.*

Frank hebt eine Augenbraue.

»Freundin? Um Gottes willen, nein. Traust du mir Kindesentführung zu?«

Rosie kichert. Das ist fast wieder niedlich, dass eine Vierzigjährige bei ihm noch als Kind durchgeht. Dann sollte er mal ihre Kollegen kennenlernen, mit denen sie damals in den Achtzigern gearbeitet hat. Deren Freundinnen hatten ausgesehen, als hätten sie die aus dem Bällebad bei Ikea gefischt.

»Entschuldige. War nur neugierig.«

»Wir haben uns kennengelernt, als ich hier anfing zu arbeiten. Unter ziemlich dramatischen Umständen.«

»Echt? Warum, was ist passiert?«

»Kennst du Fredrik Niemi?«

Rosie denkt nach. Ist das vielleicht ein bekannter Politiker? Oder ein Prominenter aus Idre? Aber da taucht plötzlich ein Gesicht vor ihrem geistigen Auge auf.

»Ist das der Junge im Rollstuhl? Der Pianist?«

»Ganz genau der.«

»Ich habe seinen Namen in einer Frauenzeitschrift gelesen. Versteh mich nicht falsch, ich lese so etwas normalerweise nicht. Natürlich nicht! Aber die liegen ja immer beim Friseur rum, und man braucht ja schließlich was zum Blättern.«

Wieder taucht das Lachgrübchen auf.

»Auf jeden Fall ist das seine Mutter. Irene Niemi.«

»Niemi. Ist sie Finnin?«

»Sie wurde in Schweden geboren, aber ihr Vater ist Finnlandschwede, soweit ich weiß. Sie kommt aus Stockholm, obwohl, ursprünglich aus Nynäshamn. Aber seit ein paar Jahren sind sie fest hierhergezogen, in das schickste Haus an Dalarnas Längstem, so heißen der Hügel und die Skipiste. Sie sind ein bisschen so was wie unsere königliche Familie hier oben in Idre.«

»Irene und ihr Mann?«

»Genau. Patrick. Aber das war früher mal anders. Als ich hierherzog, hatte sich Irene gerade eine kleine Hütte gekauft, in der sie mit ihrem kleinen Sohn Weihnachten feiern wollte. Und bei ihrem ersten Besuch in der Hütte wurde Fredrik entführt.«

Rosie bleibt fast das bittere Bier im Hals stecken. Hat sie richtig gehört?

»Entführt?«

»Ich vermute mal, dass du die Geschichte nicht kennst?«

»Nein. Glaube nicht.«

»Alle Zeitungen waren damals voll davon. Aber die größte Aufmerksamkeit hat das Ganze natürlich hier vor

Ort bekommen. Eine wahrlich tragische Geschichte. In dem Jahr hatte sich Irene gerade von ihrem Mann Olle getrennt. Sie hatten eine schlimme Zeit hinter sich, was auch mit Olles psychischen Problemen zusammenhing. Mehrere Psychosen und so. Schließlich wurde er auch gewalttätig. Das Gericht hatte Irene das alleinige Sorgerecht zuerkannt, aber das wollte Olle nicht wahrhaben und ist an Weihnachten durch das Fenster geklettert und hat Fredrik entführt.«

»Hilfe! Was für eine schreckliche Geschichte.«

»Ja.«

Frank reibt sich die Nase und fährt fort.

»Drei Tage lang war er verschwunden. Die Suchaktion war enorm, ich habe mich auch beteiligt. Tagein, tagaus waren wir unterwegs. Wir wussten, dass Olle unberechenbar war. Alles hätte passieren können. Ich war es, der die beiden am Ende gefunden hat. Mitten im Wald. Olle hatte unter einem Baum einen kleinen Unterschlupf gebaut. Die Polizei hat ihn festgenommen, und Fredrik wurde sofort mit dem Helikopter ins Krankenhaus geflogen. Kannst du dir das vorstellen? So ein kleiner Knirps drei Tage lang in der Eiseskälte im Wald?«

»Es ist ein Wunder, dass er das überlebt hat!«

»Ja, das stimmt. Aber das hat ihn fürs Leben gezeichnet.«

»Sitzt er deshalb im Rollstuhl?«

»Das weiß ich nicht. Aber es kann schon sein, dass das damit zusammenhängt. Er leidet an Kinderrheuma, und seit ein paar Jahren hat sich sein Zustand offenbar verschlechtert.«

»Ich wusste nicht, dass Rheuma so gefährlich ist, einige meiner Freundinnen leiden darunter.«

»Der Verlauf kann offenbar sehr variieren. Einige haben so starke Schmerzen, dass sie permanent im Rollstuhl sitzen müssen. Für Fredrik war das keine leichte Zeit. Es ist ein Wunder, dass er trotzdem den Durchbruch als Musiker geschafft hat. Obwohl er noch so jung ist.«

»Ja, man konnte ihn kaum übersehen in den letzten Jahren.«

Frank nickt.

»Er ist ein netter Kerl. Vielleicht beschützt ihn Irene ein bisschen zu sehr. Er ist ihr Ein und Alles, was nicht verwundert, wenn man an die Umstände denkt. Die Bewohner von Idre bekommen ihn nicht so oft zu sehen, meistens nur einmal im Jahr, an ihrem Weihnachtsempfang.«

»Ach ja?«

»Ja. Manchmal frage ich mich, ob mich Irene jedes Jahr nur deshalb aufs Neue einlädt, weil sie denkt, dass sie mir was schuldet. Das tut sie aber nicht.«

»Macht dir das denn keinen Spaß, auf dem Weihnachtsempfang dabei zu sein?«

Frank wiegt den Kopf von einer Seite zur anderen, sein Nacken knackt.

»Doch, schon. Es ist nur so … du weißt schon, die sind alle so schick. Die beiden organisieren Events und haben unendlich viel Geld. Die Leute ziehen ihre Schuhe im Haus nicht aus und so einen Kram.«

Rosie kichert. *So einen Kram.* Dieser Mann gefällt ihr immer besser.

»Und es gibt dort weder Pfefferkuchen noch Glögg, sondern Champagner und Fischrogenhäppchen.«

»Oha, das klingt aber auch nicht schlecht.«

»Nein, das stimmt. Es macht nur nicht so viel Spaß, allein dorthin zu gehen. Alle anderen kommen als Paare. Natürlich. Was machst du morgen Abend?«

Rosie reißt die Augen auf und hustet aus Verlegenheit. Das Bier scheint schon wieder auf seinem Weg nach unten stecken geblieben zu sein.

»Wie bitte?«

»Willst du mein *Plus 1* sein?«

»Zum Luxusempfang?«

»Ja. Irene sagt jedes Mal, dass ich jemanden mitbringen soll, aber ich hatte nie jemanden zum Mitnehmen. Es dauert auch nicht lange. Nur ein bis zwei Stunden. Um fünf Uhr geht es los.«

»Du musst mich nicht einladen, Frank ...«

»Ich weiß. Ich denke da auch vor allem an mich. Dann muss ich nicht allein gehen.«

»Hm. Okay. Wenn es nicht so lang geht.«

Frank lächelt.

»Das tut es nicht. Danach gebe ich dich frei, damit du Zeit mit deinen Freunden verbringen kannst. Aber es könnte auch interessant für dich sein, Irene und den Rest der Familie persönlich kennenzulernen.«

»Ja? Inwiefern?«

Das Lächeln in Franks Gesicht verschwindet, auf einmal sieht er ernst aus. Er sieht Rosie tief in die Augen, und ihr läuft ein wohliger Schauer über den Rücken.

»Weil sie gerade erfahren haben, wer der Tote ist, den du heute Morgen gefunden hast. Es war Fredrik Niemis persönlicher Assistent.«

# 25

*Idre Fjäll*

*Sebbe*

*Anderthalb Wochen vor Weihnachten*

Sebbe blinzelt ein paar Mal. Er weiß nicht, wie spät es ist, aber es fühlt sich an wie mitten in der Nacht.

Der Raum ist in Dunkelheit getaucht. Was hat ihn bloß aufgeweckt? Er liegt ganz still und lauscht seinen eigenen Atemzügen. Er hört Fredriks leichtes Schnarchen von der anderen Seite des Raumes. Eine weitere Nacht vergeht, die er nicht in seinem Zimmer, sondern hier verbringt. Es ist eine Gewohnheit geworden. Und Fredriks Eltern haben es bisher mit keinem Wort kommentiert oder gar kritisiert.

Eine Weile starrt Sebbe reglos an die Decke. Er muss an sein Kinderzimmer denken. Wegen seiner großen Angst vor der Dunkelheit hatte ihm seine Mutter Sterne an die Decke geklebt, die nachts leuchteten. Wenn man erwachsen ist, kann man keine Sterne mehr an die Decke kleben. Wenn man erwachsen ist, muss man mit seinen Ängsten leben lernen. Auch mit der Angst vor der Dunkelheit.

Sebbe blinzelt noch ein paar Mal. Wenn er die Augen schließt, flimmert es. Was hat ihn nur geweckt? Irgendein Licht? Ja, stimmt. Genau. Jetzt erinnert er sich wieder. Es hat geflackert. Ein Lichtstrahl oder so.

Er stützt sich auf der Matratze ab und setzt sich auf. Sieht aus den großen Fenstern … und dort sieht er es. Ein Lichtstrahl flackert über den Hang. Sebbe stellt sich, nur in Unterhose bekleidet, vor die Glasscheibe. Sein Spiegelbild verrät ihm, dass seine Haare wirr vom Kopf abstehen. Sein Blick wandert über den pechschwarzen Wald auf der anderen Seite der Skipiste.

Fußspuren.

Er sieht Fußspuren, die einmal quer über die frisch planierte Piste führen. Dann erkennt er zwischen den Bäumen das zuckende Licht einer Taschenlampe, das kommt und geht, wie keuchende Atemzüge.

Hat ihn das Licht der Taschenlampe geweckt?

Wer ist das? Und wohin will die Person? Aber die Fragen werden schon kurz darauf beantwortet, denn das Licht steuert auf das Haus auf der anderen Seite des Hanges zu. Manuelas Haus, so hieß sie doch, oder? Sein Herz schlägt schneller. Ist das Patrick? Ist er schon wieder auf dem Weg zu einem weiteren Stelldichein mit seiner Geliebten? Die Haare in seinem Nacken stellen sich auf. Wie kann dieser Mann bloß so dreist sein und seine Frau mit einer anderen betrügen, die nur ein paar Hundert Meter entfernt wohnt? Sebbe sieht, wie die grüne Holzfassade von der Taschenlampe beleuchtet wird. Eine schwarze Gestalt öffnet eine Tür und schließt sie wieder hinter sich. Dann wird alles schwarz.

Verdammt.

Das Teleskop steht direkt neben ihm, kurzerhand kniet sich Sebbe hin und stellt das Bild scharf. Wie zuvor kann er direkt ins Wohnzimmer des Hauses sehen. Aber das Einzige, was er sehen kann, ist der blinkende Weihnachtsbaum. Sonst nichts. Und niemanden. Keinen Besucher, keine Gelieb…

Doch, jetzt. Da oben bewegt sich etwas.

Sebbe hält die Luft an. Denn jetzt kann er zwei Gestalten im oberen Stockwerk erkennen. Sie sind es. Er ist sich ganz sicher. Sie küssen sich. Leidenschaftlich. Man kann es wegen der Dunkelheit zwar kaum sehen, aber Sebbe stellt es sich so vor. Was sollten sie auch sonst tun? Eine Weile sitzt er wie versteinert vor dem Teleskop und beobachtet die beiden auf der anderen Seite des Waldes. Bis etwas ganz anderes seine Aufmerksamkeit erregt.

Atemzüge.

Zuerst kann er das Geräusch nicht zuordnen, aber dann begreift er, dass jemand hinter ihm steht und atmet. Und dann hört er die dazugehörige Stimme:

»Was machst du da?«

Sebbe zuckt zusammen, als hätte er einen elektrischen Zaun berührt. Langsam dreht er sich um. Und sieht in Fredriks Gesicht. Er muss aufgewacht sein und Sebbe bemerkt haben. Aber das ist nicht das, was Sebbe zu Tode erschreckt.

Der Grund für seine Fassungslosigkeit ist die Tatsache, dass sich der Rollstuhl unbenutzt am Fußende des Bettes befindet.

Und dass Fredrik vor ihm *steht*.

# 26

## *Cilla*

*Zwei Tage vor Weihnachten*

»Was meint ihr? Ein bisschen Schampus kann nicht schaden, oder?«

Zacke wirft theatralisch die Arme in die Luft, und Jonathan klopft ihm auf die Schulter.

»Sieh an, sieh an, wer da wieder zum Leben erwacht ist. Willkommen zurück, mein Schatz.«

»Danke. Ein Lebensmitteleinkauf in einem *richtigen Geschäft*, mehr braucht es nicht.«

Ich fühle mich bemüßigt, Zacke einen zurechtweisenden Klaps auf den Hinterkopf zu geben. Rosie kichert.

»Wie konntest du es nur wagen, mit diesem anspruchsvollen Anhängsel von Freund hier oben eine Skihütte zu kaufen, Jonathan?«

»Wer nicht wagt, der nicht gewinnt«, sagt er und lächelt. »Sonst hätten wir niemals etwas anderes zu Gesicht bekommen als Mariatorget.«

»Am Mariatorget gibt es nichts und gar nichts auszusetzen«, beschwert sich Zacke.

»Nein, natürlich nicht, aber die Welt ist groß, wie ich dir immer sage. Und dir gefallen doch die Berge, oder?«

»Ja … Idre hat schon seine Vorzüge. Aber jetzt wird bestellt!«

Zacke winkt die Kellnerin herbei, die sich als eine dunkelhaarige Schönheit entpuppt mit weichen Locken und einem winzigen Rotweinfleck auf ihrer schneeweißen Bluse.

»Guten Abend, herzlich willkommen«, sagt sie. »Sind Sie schon bereit, die Karte für heute Abend zu studieren?«

Wir nicken synchron, und die Frau teilt vier Speisekarten aus.

»Wunderbar. Mein Name ist Manuela, und ich bin Oberkellnerin und Sommelière des Hauses. Waren Sie schon einmal bei uns?«

»Nein! Wir sind zum ersten Mal in Idre«, antwortet Jonathan fröhlich. »Wir sind Zugezogene!«

Manuela strahlt übers ganze Gesicht.

»Nein, wirklich? Ist das wahr?«

»Allerdings. Wir haben gerade eine Skihütte hier ganz in der Nähe gekauft, bei Dalarnas Längstem.«

»Oh, wie schön. Herzlichen Glückwunsch, Idre ist im Winter einfach wundervoll. Ich wohne gar nicht weit weg von Ihnen, am selben Hang. In einem grünen Neubau.«

»Grün?«, fragt Rosie verwundert. »Ich dachte, hier oben sind alle Häuser schwarz und rot gestrichen?«

»Das stimmt. Aber man muss doch aus der Menge ein wenig hervorstechen. Wollen Sie vielleicht schon etwas trinken, während sie unsere Speisekarte studieren?«

»Sie können Gedanken lesen!«, ruft Zacke begeistert. »Etwas Schönes, Sprudelndes bitte.«

»Das uns nicht das letzte Hemd kostet«, wirft Rosie ein.

»Aber Prosecco ist ein absolutes No-Go.«

»Was ist denn an Prosecco falsch?«

Manuelas Lippen umspielt ein amüsiertes Lächeln, dann wendet sie sich gezielt an Jonathan, der bisher als Einziger seine Meinung noch nicht kundgetan hat.

»Ähm … ich mag ehrlich gesagt alles.«

»Sehr sympathisch«, sagt Rosie.

»Er will damit sagen«, pöbelt Zacke leise, »dass er über keine einzige Geschmacksknospe verfügt.«

»Wissen Sie was«, schlägt Manuela vor. »Ich habe einen ganz großartigen Franciacorta aus Italien. Das ist ein bisschen wie die italienische Antwort auf Champagner. Was die Preisklasse anbetrifft, liegt er zwar näher am Champagner als am Cava, ruft aber einen sehr humanen Preis auf. Fünfhundertzwanzig Kronen die Flasche.«

Zacke wirft einen Blick in die Runde.

»Was sagt ihr?«

»Klingt hervorragend«, sagt Rosie. »Alles, was aus Italien kommt, ist topp. Mein Credo!«

»Wundervoll«, sagt Manuela.

Sie verschwindet, um uns den Sprudel zu holen, und wir stürzen uns auf die Speisekarte. Sie ist nicht groß, aber sehr ansprechend. Pasteten und Aufschnitt zur Vorspeise, Rentierfilet und herzhafte Pilzsuppe zur Hauptspeise. Kurz darauf ist Manuela zurück, serviert herausragend köstliches Bitzelndes (wie immer nehme ich mir fest vor, mir das Etikett zu merken, wissend, dass ich es bereits morgen wieder vergessen haben werde) und nimmt unsere Bestellung auf. Aus den Lautsprechern kommt eine relaxte und coole Mischung aus alten Popballaden. Das Lied, das gerade spielt, kommt mir irgendwie bekannt vor, obwohl die Platte wahrscheinlich weit vor meiner Geburt erschienen ist. Chöre und sanfte Schlagzeugklänge. *I know nothing stays the same, but if you're willing to play the game …*

*Coming Around Again* von Carly Simon. Woher kenne ich den Song nur? Hat meine Mutter ihn damals gehört? Wahrscheinlich. Mein Vater ist nie ein besonders großer Fan von Musik gewesen, aber meine Mutter hat oft zu Hause Schallplatten aufgelegt.

Während ich einen Schluck von diesem köstlichen … wie hieß der jetzt noch gleich – Franziskus? Nein, so heißt der Papst. Francoscus? Verdammte Hacke. Ich wusste, dass ich das sofort wieder vergesse. Zacke wird mir das sagen können. Wie dem auch sei, während ich mir also einen Schluck von diesem köstlichen italienischen Fast-wie-Champagner genehmige, lasse ich mich auf eine kleine Zeitreise entführen. Zu den Klängen des Liedes lande ich Ende der Achtziger oder schon Anfang der Neunziger in unserem Wohnzimmer auf Kungsholmen. Die Wände haben gelbe Tapeten, es ist Freitag Abend und Sommer, und die Sonne scheint durch die hohen Fenster. Meine Mutter hat sich und mir eine Eisbombe gemacht. Das ist das absolut Beste, was es gibt auf der Welt. Ein großes Glas eiskalte Cola, in die eine ordentliche Kugel Vanilleeis kommt. Zuerst isst man den Schaum, dann trinkt man den Rest aus. Das ist eine Zuckeratombombe, die ich nur an Freitagen trinken durfte, die mich aber überglücklich machte. Die Ernährungsfanatiker von heute würden wahrscheinlich beim bloßen Anblick einer solchen Eisbombe einen Herzinfarkt bekommen. Aber, wie ich diese Freitagabende geliebt habe. Meine Mutter erzählte lustige Geschichten von der Arbeit und legte Schallplatten auf. Ich kann mich noch gut an das Knacken erinnern, kurz bevor das Lied begann. Meine Mutter liebte Balladen. Und sie liebte Carly Simon.

Wir haben nur knapp fünf Jahre miteinander verbracht, dann starb sie an Alzheimer. Mit siebenunddreißig. Der Arzt erzählte meinem Vater, dass sie das jüngste Opfer dieser Krankheit war, das er je behandelt habe. Bis heute weiß ich nicht, was mein Vater mit dieser Information anfangen sollte. Bei ihrer Beerdigung trug ich ein sonnengelbes Kleid, weil meine Mutter die Farbe Gelb geliebt hat. Und auf der Feier wurde auch ein Lied von Carly Simon gespielt. *Let the River Run.*

Ich beende meine Zeitreise und komme wieder bei meinem Glas und in der Gegenwart an. Mein Blick fällt auf Rosie, die ebenfalls sehr von ihrem Getränk eingenommen zu sein scheint. Jonathan und Zacke diskutieren derweil, was es an Weihnachten zu essen geben soll.

»Rosie?«

Sie hebt den Kopf.

»Ist alles okay bei dir?«

»Ähm … ja. Absolut. Hervorragend, dieser Tropfen!«

»Bist du sicher?«

»Ja, wie ich schon gesagt habe, alles aus Italien ist Weltklasse!«

»Nein, ich meine nicht das Getränk, ich meine, ob … alles in Ordnung ist?«

Sie lächelt.

»Selbstverständlich. Es war noch nie besser. Aber … ich habe Neuigkeiten.«

»Wirst du heiraten?«

Sie verdreht die Augen.

»Wir haben zwei Bier getrunken. Nein, es geht um den Toten, den ich heute Morgen gefunden habe.«

Ich stelle mein Glas ab und lehne mich über den Tisch.

»Ich weiß, wer das ist«, sagt sie.

»Was? Wer ist es?«

»Sagt dir Fredrik Niemi etwas?«

Mein Magen rebelliert. Ich weiß nicht genau, ob es an dem Alkoholpapst Franziskus dem Zwölften liegt oder an der Tatsache, dass ich einen Großteil des Nachmittags damit verbracht habe, alle Artikel über ihn zu lesen. Also über Fredrik Niemi.

»Ja«, rufe ich. »Bitte sag nicht, dass er der Tote ist.«

Rosie schüttelt den Kopf.

»Aber sein persönlicher Assistent. Sebbe Karlsson.«

»Woher weißt du das?«

»Frank hat es mir erzählt. Er kennt die Familie Niemi ganz gut. Denen gehört diese Luxusvilla in der Nähe von unserer Hütte. Wusstest du, dass Fredrik entführt wurde als …«

»Ja! Das weiß ich schon! Als Baby. Ist das nicht abgefahren?«

Rosie sieht mich überrascht an.

»Und woher weißt du das?«

»Weil ich das Internet über ihn leer gelesen habe. Ich hatte vor, dir das alles zu erzählen, aber ich wollte dich vor deinem Date nicht mit einem Haufen Stories vollquatschen.«

Rosie hebt einen Finger in die Luft.

»Vorsicht! Kein Date. Es waren zwei Biere.«

»Okay, verstanden, zwei Biere. Auf jeden Fall hat Fredrik

sich dazu in der Presse geäußert. Sein Vater hat ihn entführt, da war er gerade mal sechs Monate alt …«

»Ja, Frank hat mir davon erzählt. Fiese Sache. Man würde nie darauf kommen, wenn man diesen kleinen hübschen Knirps im Fernsehen sieht, dass er schon so etwas Schreckliches miterleben musste. Er ist so niedlich. Übrigens hat Frank ihn damals gefunden.«

Ich starre sie mit aufgerissenen Augen an.

»Ist das ein Witz?«

»Nein. Er hat ihn und seinen verrückten Vater unter einem Baum im Wald gefunden. Schlimm, oder? Er war unterkühlt. Es ist ein Wunder, dass der Kleine das überlebt hat. Aber als Folge dessen hat er später Kinderrheuma bekommen. Vom Unglück verfolgt, der Arme.«

»Himmel.«

»Ja. Seit Frank den Jungen gefunden hat, ist die Familie mit ihm in Kontakt geblieben. Als ich die nächste Runde bestellt habe, kam die Mutter von Fredrik Niemi zu ihm und hat ihm erzählt, wer der Tote ist. Fredriks knapp zwanzigjähriger persönlicher Assistent aus Stockholm.«

»Assistent? Wie meinst du das? Wie ein Sekretär, oder wie? Oder als Krankenpfleger?«

»Ich glaube eher als Krankenpfleger. Der Junge ist ja krank.«

»Glaubst du, dass er aus Versehen gestürzt ist? Dass es ein Unfall war?«

Rosie zuckt mit den Schultern.

»Ich weiß es nicht. Was glaubst du?«

Ich schweige. Denke nach. Nehme noch einen Schluck vom Päpstlichen.

»Keine Ahnung. Gehen wir mal davon aus, dass er wirklich aus Versehen von dort oben heruntergefallen ist … warum war er nachts im Wald unterwegs? Allein.«

»Vielleicht hat er einen Spaziergang gemacht?«

»Ein zwanzigjähriger Stockholmer? Allein unterwegs in den Bergen?«

»Höre ich da Vorurteile?«

»Ich komme auch aus Stockholm. Ich darf das so sagen.«

»Was ist an einem Spaziergang denn ungewöhnlich?«

»Dann hätte er sich doch an den Wanderweg gehalten, so wie du. Er war mitten im Wald, als er den Abhang hinuntergestürzt ist. Was hat er da mitten in der Wildnis getan?«

Rosie zuckt erneut mit den Schultern.

»Du wieder. Ich glaube, du bist auf der Suche nach einem neuen Fall für *Blutspur*, kann das sein?«

Ich grinse.

»Ist das so offensichtlich?«

»Ja, Cilla Storm. Das ist es. Es handelt sich hier wahrscheinlich einfach um einen tragischen Unfall.«

Ich ziehe eine Schnute und hebe mein Glas.

»Auf wessen Seite bist du eigentlich?«, murmele ich.

In der Sekunde brüllt Zacke: »Okay – Rotkohlsalat *mit* Grapefruit!«

Rosie und ich lachen herzlich über die Tatsache, dass die beiden die ganze Zeit über die Abfolge des Weihnachtsessens diskutiert haben, während wir – in altbekannter Manier – uns mit ungeklärten Todesfällen beschäftigen.

»Ihr seid unglaublich«, kichere ich. »Ich muss noch kurz aufs Klo, bevor die Vorspeise kommt.«

»Beeil dich«, sagt Zacke. »Ein kalter Kartoffelpuffer macht niemanden froh!«

»Ja, ja.«

Ich gehorche und laufe quer durchs Foyer, weil die Toiletten sich auf der anderen Seite der Lobby befinden. Dabei komme ich an den Leuten vorbei, die in den herrlich weichen Sesseln und Sofas vor dem Kamin sitzen und einen Drink in der Hand haben. Das sieht sehr gemütlich aus. Und hier saß Rosie also und hat mit einem wildfremden Mann Bier getrunken? Die Welt steht Kopf. Ich weiß, dass Rosie mehrfach betont hat, dass es kein Date war. Und ich weiß auch, dass Rosie grundsätzlich immer rote Wangen hat. Aber ich finde, sie werden besonders rot, wenn der Name Frank fällt.

In der Damentoilette erledige ich, wofür ich gekommen bin, und wasche mir anschließend die Hände. Da fällt mir eine kleine Tube ins Auge, die jemand liegen gelassen hat. Unter dem warmen Licht der Deckenlampe lese ich das Etikett. Es ist eine Handcreme. Normalerweise interessieren mich Marken nicht besonders, und ich kenne mich auch nicht damit aus. Aber ausgerechnet diese Handcreme kenne ich sehr genau. Antonia Fiorelli, meine Chefin, benutzt dieselbe. Und ich weiß, dass sie schweineteuer ist, weil ich sie schon in mehreren Modemagazinen in der Rubrik Schönheitstipps gesehen habe. Himmel. Wer kauft sich eine Handcreme für fünfhundert Kronen? Wie reich muss man sein, wenn man sich so etwas leisten kann? Für den Bruchteil einer Sekunde bin ich versucht, die Creme in meiner Handtasche verschwinden zu lassen. Meine Hände sind auch immer trocken, aber sie müssen sich mit der Eigenmarke meiner Apotheke begnügen. Aber ich lege sie zurück. Das tut man nicht. Anderer Leute Sachen mitnehmen. Auch wenn diese Creme ihrer Eigentümerin offenbar nicht so wichtig war.

Ich bin gerade im Begriff, die Türklinke der Damentoilette herunterzudrücken und diese zu verlassen, als ich in der Bewegung innehalte. Ich habe Stimmen gehört. Nein nicht Stimmen, eine Stimme. Da steht jemand direkt vor der Tür und telefoniert. Es ist ein angespanntes, erregtes Flüstern, die Person steht offenbar unter großem Druck.

Ich lehne mein Ohr an die Tür und lausche.

Kann aber nur Bruchstücke hören.

»Echt jetzt? … Ich kann das nicht länger mitmachen … nicht das erste Mal … dass du gesagt hast …«

Ich schlucke. Ich kann jetzt unmöglich die Tür öffnen. Also bleibe ich reglos stehen und versuche, so geräuschlos wie möglich zu atmen.

»Ich bin *überhaupt* nicht dramatisch«, sagt die Stimme jetzt. »Ich bin es leid. Ich habe es satt zu warten, ich will das alles nicht mehr. Mir geht es nicht gut damit. Alle meine Freunde sagen mir, dass ich nicht ganz dicht bin, hörst du? Sie sagen, dass es verrückt ist, noch länger zu warten. Und ich fang langsam an, ihnen zu glauben.«

Mein Herz rast. Wovon redet sie? Worauf wartet sie?

»Das ist nicht mehr zu ertragen. Aber ich kann jetzt nicht sprechen, ich muss zurück zur Arbeit. Ich habe dir gesagt, dass du mich nicht auf der Arbeit anrufen sollst!«

Ich mache einen Schritt zurück, befürchte, dass sie jeden Augenblick die Damentoilette betritt. Aber das tut sie zum Glück nicht. Ich höre noch, wie sie *Tschüss* in den Hörer zischt, dann wird es still. Ich warte noch ein paar Sekunden, dann öffne ich die Tür.

Es ist niemand da. Aber ich sehe eine Frau, die mit resoluten Schritten durch die Lobby Richtung Restaurant geht. Obwohl ich nur ihren Rücken, die hinten gebundene Schürze und die langen, wallenden schwarzen Haare sehen kann, gibt es keinen Zweifel, wer das ist.

Sie hat unsere Bestellung aufgenommen. Die Oberkellnerin. Wie hieß sie noch gleich?

Manuela?

*

Es ist eine sternklare Nacht. Ich hake mich bei Rosie ein und spaziere mit ihr die Auffahrt vom Hotel hinunter. Einen Moment lang befürchte ich, dass sie mir eine verpasst, weil ich weiß, dass sie sich auf keinen Fall hilfebedürftig fühlen will. Aber es ist glatt, und sie ist nun einmal siebzig plus. Ich lasse es nicht zu, dass sie sich aus lauter Stolz bei einem Sturz einen Oberschenkelhalsbruch zuzieht.

Das Essen war vorzüglich. Wunderbar knusprige Reibekuchen, hauchzartes Rentierfilet und ein Kartoffelbrei, der zu circa fünfzig Prozent aus Butter bestand. Dazu gab es einen Rotwein, der Musik im Mund erklingen ließ. Sogar Zacke war begeistert, was eine große Erleichterung ist, da er ab jetzt quasi ein Einwohner von Idre ist. Zumindest für ein paar Wochen im Jahr, bis es ihm gelungen ist, Jonathan davon zu überzeugen, sich stattdessen eine Wohnung in Palma zu kaufen. Sie gehen vor uns, Hand in Hand, und mir wird bei dem Anblick ganz warm ums Herz. Meine süßen Jungs. Die Melancholie folgt auf dem Fuß.

Denn ich muss an Adam denken.

Was er wohl gerade macht?

Wahrscheinlich arbeitet er. Das wäre keine Überraschung. Ich vermisse ihn, das spüre ich im ganzen Körper. Das Schönste am Verliebtsein ist dieses bittersüße Gefühl, sich nach dem anderen sehnen zu dürfen. Seit den anfänglichen Irrungen und Wirrungen im Herbst haben sich die Dinge zwischen uns eingespielt. Er übernachtet mal bei mir, ich übernachte bei ihm. Wir kochen zusammen, gehen aus und haben Lieblingsserien. Obwohl wir nicht zusammenwohnen, sind wir ein Paar.

Adam Ångström und ich.

Ein *Paar.*

Ist das nicht verrückt? Ich wäre nie im Leben darauf gekommen, dass ich mir so einen charmanten Traumpolizisten angeln würde, als ich ihm letztes Jahr zum ersten Mal auf Bullholmen begegnet bin. Wie kann man so viel Glück auf einmal haben? Heute ist es fast normal geworden, morgens neben seinen verwuschelten Haaren aufzuwachen. Das ist schon bemerkenswert. Vor ein paar Wochen fragte mich Zacke, ob wir bald zusammenziehen würden. Ich hatte keine Antwort parat. Mit Adam zusammenzuwohnen wäre natürlich herrlich. Mir würde erspart bleiben, Zahnbürste und Wechselwäsche hin und her zu schleppen, und ich müsste nicht jedes Mal nachdenken, in welchem Schrank die Töpfe stehen. Aber ich habe es nicht eilig. Ich liebe meine Wohnung auf Söder. Ich bin ein Teil davon geworden. Nachdem mich mein Ex-Freund Danne schnöde abserviert hatte, fühlte sich das zwar am Anfang eher wie Hohn an. Aber jetzt… jetzt ist sie mein Ein und Alles. Die Wohnung versteht mich, und ich verstehe die Wohnung. Ich liebe es, vormittags im Bett zu liegen, mir alle True-Crime-Dokumentarfilme anzusehen und einen Nachttisch zu haben, der übersät ist mit alten Kaffeebechern und angebissenen Broten. Und ich liebe es, spätnachts in meiner Küche zu sitzen und meine Texte zu schreiben. Im Hintergrund läuft leise Jazz, und ich muss auf niemanden Rücksicht nehmen. Ich liebe es, dass meine Bettwäsche blumig sein darf und an den Wänden romantische Bilder hängen. Ich kann alles machen, was Danne bescheuert und superhässlich fand. Ich liebe es, dass meine Wohnung wie ich sein darf.

Deshalb habe ich weder Eile noch Stress zusammenzuziehen. Vielleicht ziehen wir eines Tages zusammen, vielleicht aber auch nicht. Nein, falsch – wir werden bestimmt eines Tages zusammenziehen, aber wir werden sehen, wie und wann. Ich bin mir vollends bewusst, dass ich einen Workaholic in mein Leben gelassen habe. Und er weiß, dass er eine Freiberuflerin mit Hummeln im Hintern datet. Wir werden sehen, wie wir das verbinden können.

Trotzdem wünsche ich ihn mir an meine Seite. Damit wir Hand in Hand nach Hause gehen und in dem schmalen Bett in Zackes und Jonathans Hütte schlafen können. Damit wir Weihnachten zusammen feiern können.

Es wird noch viele Weihnachten geben.

Für die meisten Menschen.

Nur nicht für den persönlichen Assistenten von Fredrik Niemi.

*

Als ich eine halbe Stunde später in meinem Bett liege und von unten Rosies Schnarchen nach oben dringt, schnappe ich mir mein Handy.

Sebbe Karlsson.

Es stellt sich leider heraus, dass der gute Mann nicht der einzige Mensch im schönen Schweden mit diesem Namen ist. Bisher scheint auch noch keine Zeitung seinen Namen veröffentlicht zu haben. Noch nicht einmal *Flashback* weiß, wer der Tote von Idre ist. Ich weite meine Suche auf Facebook aus, sehe mir mehrere Profile an. Aber ich weiß leider nicht, wie Sebbe aussieht. Wahrscheinlich kennen nur seine Eltern die Identität des Toten, weil die Polizei – oder die Familie Niemi – sie informiert hat. Wie schrecklich.

Eine ganze Weile liege ich im Bett und starre an die Decke. Der arme Fredrik Niemi. Erst wird das Wunderkind als Kleinkind entführt, und jetzt verliert er seinen persönlichen Assistenten bei einem äußerst mysteriösen Sturz. Einige Menschen sind wirklich vom Unheil verfolgt. Vielleicht könnte ich, wie Rosie mir unterstellt hat, seine Geschichte tatsächlich für *Blutspur* nutzen. Wenn er darüber sprechen würde. Wenn er erzählen würde, was ihm damals zugestoßen ist. Das hat er zwar schon mal getan, aber in meinem Interview hätte er die Gelegenheit, alles auf den Tisch zu legen. Inwieweit ihn die Ereignisse in seiner frühen Kindheit geprägt haben. Auch wenn er sich nicht daran erinnern kann, müssen sie ihre Spuren hinterlassen haben.

Plötzlich kommt mir ein anderer Gedanke. Wie hieß sein Vater? Olle Niemi? Dann hätte er bei der Heirat den Mädchennamen seiner Frau angenommen und ihn auch nach der Scheidung behalten. Rosie hatte erwähnt, dass Irenes

Vater Finnlandschwede war. Der Name ist eher ungewöhnlich. Ich versuche mein Glück. Und habe einen Treffer. Gemeldet in Solna, Stockholm, einundfünfzig Jahre alt. Das könnte passen. Aber wie soll ich mit ihm in Kontakt kommen? Ich scrolle durch die Suchergebnisse und … da ist er! Olle Niemi ist Vertreter von Wärmepumpen der Firma IVT. Es gibt zwar kein Foto, aber das ist zweitrangig, da ich sowieso nicht weiß, wie er aussieht. Aber ich finde eine Mailadresse.

Ich zögere. Denke nach.

Dann tippe ich kurz entschlossen eine Nachricht an ihn.

Es kann klappen oder nach hinten losgehen.

*Hej Olle,*

*mein Name ist Cilla Storm, und ich bin Kriminalreporterin. Ich würde gerne mit Ihnen über Ihre Version der Geschichte mit Ihrem Sohn sprechen. Sie finden meine Kontaktdaten am Ende der Mail.*

*Mit freundlichen Grüßen*

*Cilla*

# 27

*Idre Fjäll*

*Sebbe*

*Anderthalb Wochen vor Weihnachten*

Er kann sich nicht bewegen. Sein ganzer Körper ist wie versteinert.

Sebbe starrt, noch immer vor dem Teleskop kniend, auf die Person, die nur wenige Zentimeter vor ihm steht.

»Wie …«

Die Worte wollen nicht über seine Lippen kommen. Er schluckt und spürt sein Herz, das wie verrückt in seiner Brust schlägt.

»Entschuldige«, sagt er, als er seine Stimme wiedergefunden hat, »du hast mir einen ganz schönen Schrecken eingejagt.«

Fredrik reagiert nicht. Er steht schweigend vor ihm, in Pyjamaoberteil und dunkelblauen Unterhosen und wiegt auf den Füßen vor und zurück. Er scheint kein Problem mit dem Gleichgewicht und auch keine Schmerzen zu haben. Er steht vor ihm und wartet. Als hätte er noch nie etwas anderes getan.

»Du kannst *stehen*?«

Fredrik nickt.

Sebbe richtet sich auf, jetzt befinden sie sich auf Augenhöhe.

»Ich wusste nicht, dass du frei stehen kannst. Ich dachte, dass dein … deine Schmerzen …«

»Offensichtlich nicht.«

Fredriks Stimme ist sanft. Flüsternd. Als wollte er niemanden im Haus wecken. Dabei ist schätzungsweise sowieso nur seine Mutter Irene da. Denn der Stiefvater ist bekanntermaßen auf Abenteuerausflug.

»Du kannst also … stehen?«

Fredrik nickt. »Und gehen.«

Sebbe schüttelt den Kopf.

»Aber … wie lange kannst du das schon?«

»Seit über einem Jahr. Das heißt …«

Er kommt auf Sebbe zu, der reflexartig zurückweicht.

»Ich bin nicht gefährlich«, sagt Fredrik mit der Andeutung eines Lächelns.

»Nein, ich weiß, es ist nur so, dass …«

»Es fing vor etwa einem Jahr an«, unterbricht ihn Fredrik. »Das heißt, *ich* fing damit vor einem Jahr an.«

»Was meinst du damit? Womit hast du anfangen?«

»Ich habe angefangen zu trainieren. Stehen zu lernen. Gehen zu lernen.«

»Wie bitte? Du hast also eines Tages einfach so festgestellt, dass du stehen kannst? Ohne Probleme? Ohne Schmerzen?«

»Ja, ungefähr so war das. Oder, nein … es war unter der Dusche, um genau zu sein.«

Sebbe verschränkt die Arme vor der Brust. Wie zum Schutz. Aber er weiß gar nicht, wovor er sich schützen muss. In der *Dusche*. Er sieht ihn noch vor sich. Fredrik stand in der Duschkabine, und Sebbe hatte ihn durch die geöffnete Tür beobachtet.

»Du kennst doch die Stützvorrichtung in der Dusche?«, flüstert Fredrik.

»Ja, die habe ich gesehen.«

»Meine Mutter will am liebsten, dass ich immer in meinem Rollstuhl sitze beim Duschen. Der kann das aushalten, darf nass werden, rostet nicht und so, aber … ich will nicht im Sitzen duschen. Ich fühle mich wie ein verdammtes … Gepäckstück. Deshalb haben sie mir diese Halterungen an die Wand montiert. Und an denen habe ich mich auch immer festgehalten. Aber dann, vor etwa einem Jahr, habe ich plötzlich gemerkt, dass ich die gar nicht brauchte. Ich hatte mir gerade die Haare mit Shampoo eingerieben, mit beiden Händen. Und da wurde mir klar, dass ich es kann. Ich musste mich nicht festhalten, um stehen zu können. Es ging auch so. Meine Beine waren kräftig genug.«

Das Letzte sagt er mit einem triumphierenden Lächeln. Sebbe ist aufgeschmissen, er weiß nicht, wie er sich verhalten soll.

»Und dann habe ich angefangen zu trainieren. Heimlich. Am Anfang habe ich es nur im Bett gemacht. Zuerst meine Beine. Das tat tierisch weh, kein Wunder, ich hatte sie ja so lange nicht mehr benutzt. Als wären sie gelähmt gewesen.«

»Aber das waren sie nicht.«

Er schüttelt den Kopf.

»Ich kann gehen, Sebbe. Stehen. Ich … brauche den da

eigentlich kaum noch«, sagt er und zeigt auf den Rollstuhl, der am Fußende seines Bettes steht.

»Wissen deine Eltern davon?«, flüstert Sebbe.

»Nein.«

»Warum nicht? Warum hast du ihnen nicht davon erzählt? Das sind doch … unglaubliche Neuigkeiten. Großartig. Oder?«

Das Lächeln erstirbt. Und Sebbe sieht Fredriks Gesichtsausdruck an, wie seine Stimmung umschlägt.

»Du kennst meine Eltern nicht.«

»Wie meinst du das?«

Fredrik nickt wortlos und fordert Sebbe damit auf, sich umzudrehen. Das tut er und sieht aus dem Fenster, auf den Hang, den Wald und … das Haus auf der anderen Seite. Er sieht Fredrik an.

»Du meinst …«

»Genau. Ich nehme an, dass du deswegen vor dem Teleskop gehockt und spioniert hast?«

»Also, ich habe nicht spion…«

»Keine Sorge, ich hätte das an deiner Stelle auch getan. Er ist so verdammt dämlich.«

Sebbe schluckt angestrengt.

»Patrick?«

»Ja.«

»Weiß deine Mutter denn davon?«

»Nein. Nicht, soweit ich weiß. Aber … es ist auch nicht das erste Mal, wenn du mich fragst.«

»Hatte er davor auch schon Affären?«

»Ich glaube schon. Ich habe Sachen auf seinem Dienstrechner gesehen. Mails und … Fotos. Aber ich wäre nie auf die Idee gekommen, dass er so weit geht und mit einer Nachbarin rummacht.«

Sebbe runzelt die Stirn, dann tippt er auf das Teleskop.

»Ich gehe mal davon aus, dass nicht er dir das hier gekauft hat?«

Fredrik grinst.

»Nein, das war meine Mutter. Sie hat es mir gekauft, nachdem die beiden ein Paar wurden. Vorher hatte sie kein Geld für solche Sachen. Willst du mal was Cooles sehen?«

»Was denn?«

Fredrik geht zur Tür und dreht den Schlüssel um. Sebbe fühlt sich schlagartig unwohl. Was passiert jetzt, weshalb muss die Tür abgeschlossen sein? Fredrik steht schon vor dem großen Kleiderschrank und öffnet ihn. Der war Sebbe bisher noch nicht weiter aufgefallen. Es ist alles andere als ein gewöhnlicher Kleiderschrank. Eher ein begehbarer Kleiderschrank, ein eigener Raum. Fredrik betätigt den Dimmer an der Wand, und von jetzt auf gleich badet das Zimmer in Licht. An den Wänden hängen Unmengen an Kleidungsstücken. Elegante Anzüge in allen erdenklichen Nuancen der Farbe Blau, bestimmt an die zwanzig weiße Hemden, weiche Wollpullover, die säuberlich übereinandergestapelt sind, sowie ein großer, goldgerahmter Spiegel. Sebbes gesamte Wohnung würde in dieses Ankleidezimmer passen. Er besitzt ungefähr ein Zehntel der Menge an Klamotten. Schon wieder meldet sich dieses unangenehme Gefühl – Neid? Sebbe hasst es. Denn er weiß, dass es keinen, überhaupt keinen Grund gibt, neidisch zu sein.

Er hatte eine tolle Kindheit, ist mit Eltern aufgewachsen, die ihn lieben. Er hat eine Schwester, die manchmal die größte Nervensäge sein kann, aber immer für ihn da ist, wenn er sie braucht. Er hat eine schöne Wohnung (winzig und schweineteuer – aber trotzdem seine), und er hat einen Job. Keinen, mit dem man einen Haufen Geld verdient, aber einen, der wichtig ist. Er *hilft* anderen Menschen.

Sebbe hatte noch nie ein Faible für übertriebenen Luxus, deshalb gehen Marc und er auch immer ins *Carmen* und trinken Bier. Denn da kostet ein Bier so viel, wie ein Bier kosten soll. Vierzig Tacken. Manchmal verabscheut er seine Generation – Kardashian-geschädigt, gleichzeitig oberflächlich und auf der verzweifelten Suche nach Identität. Die nur eins will, obwohl um sie herum die Welt in Flammen aufgeht: am Strand in Dubai liegen (eine Stadt, die im wahrsten Sinne des Wortes nur eine Kulisse für reiche Menschen im Wüstenstaub ist), Drinks genießen und ihre Erlebnisse in den sozialen Medien teilen. Sebbe hasst diese Welt. Er hasst sie.

Und trotzdem. *Trotzdem* ist er neidisch. Weil es Menschen gibt, die einfach so ein Leben führen dürfen. Die in einem Haus groß werden, in dem alle Kleider dieser Erde hängen. In einem Leben, in dem alles möglich ist. *Sogar, wie man sieht, dass man wieder laufen lernt.*

»Komm mit«, flüstert Fredrik und zieht Sebbe an der Hand hinter sich her.

Er schiebt ein paar der Jacketts zur Seite und greift nach einem Stock mit einem Haken am Ende, mit dem er eine … nein. Doch, tatsächlich. Mit dem er eine Dachluke öffnet. Sebbe ist fassungslos, er versteht die Welt nicht mehr. Fredrik lacht laut auf.

»Mach dir keinen Kopf. Nicht ich habe diese Geheimtür

eingebaut. Der Architekt, der dieses Haus entworfen hat, war das. Die führt hoch aufs Dach. Wahrscheinlich ist das eine Sicherheitstür oder ein Notausgang oder so.«

Die Dachluke öffnet sich, und eine Treppe gleitet hinunter. Kalte Luft strömt in den Raum, und Fredrik schnappt sich zwei dicke Wollpullover aus dem Regal und gibt Sebbe einen davon.

»Nimm den, es ist ziemlich kalt dort oben.«

Sebbe zieht ihn wortlos an. Dann wird er Zeuge, wie Fredrik seinen Fuß auf die unterste Stufe der Leiter stellt. Intuitiv streckt er seine Hand aus.

»Fredrik … bist du dir sicher, dass du das schaffst?«

Der dreht sich zu ihm um, lächelt ihn an.

»Natürlich! Es ist nicht das erste Mal. Wie gesagt, ich habe lange trainiert.«

Und damit klettert er die Stufen hoch und verschwindet im schwarzen Himmel. Zumindest sieht es so aus. Sebbe klettert hinterher und steht Sekunden später auf dem Dach des Hauses. Eiskalt ist es, der Wind kneift ihm in die Wangen, wie angetrunkene Tanten beim Familienfest.

»Hier entlang«, sagt Fredrik. Er hält eine kleine Taschenlampe in der Hand. Damit zeigt er auf den großen Schornstein am Ende des Daches. »Du musst leise gehen, damit wir niemanden aufwecken und uns niemand sieht.«

Sebbe weiß, wen er meint. Patrick. Obwohl der wahrscheinlich mit ganz anderen Dingen auf der anderen Seite des Hanges beschäftigt ist. Sie setzen sich neben den Schornstein, und wie auf Knopfdruck sind sie in einer geschützten Welt. Verborgen in ihrer kleinen Ecke. Das einzige Haus, von dem aus man sie mit viel Glück sehen könnte, ist eine kleine Skihütte weiter unten am Hang. Aber es ist dunkel. Und der Schornstein ist so groß, dass er sie beide fast ganz verdeckt.

»Schön, oder?«, sagt Fredrik.

»Ja. Unglaublich schön.«

Es ist wirklich unglaublich schön. Von dort oben kann man den gesamten Hang sehen. Sebbe weiß jetzt, dass der Hang *Dalarnas Längste* heißt und sich den Berg hinunter bis zum Skicenter Süd schlängelt. Weiter hinten sieht man die hohen Berge der Region. Noch ein Detail, das Geld einem ermöglicht, denkt Sebbe. Schöne Aussichten. Im wahrsten Sinne des Wortes.

»Bist du oft hier oben?«, flüstert Sebbe.

»Hm. Ab und zu. Jetzt ist es eigentlich zu kalt, aber dafür ist es so dunkel, dass mich niemand sehen kann.«

Sebbe schüttelt den Kopf.

»Was ich nicht verstehe, Fredrik, ist, wie konntest du das für dich behalten? Warum hast du niemandem erzählt, dass du … gehen kannst? Das ist doch total krass. Ein medizinisches Wunder oder so. Kannst du dir erklären, warum du auf einmal wieder gehen kannst?«

»Nun ja, ich *konnte* ja schon immer gehen. Es hat nur wahnsinnig wehgetan. Aber die Schmerzen haben dann irgendwann nachgelassen. Das tut so verdammt gut. Seit ich zehn bin oder so hatte ich jeden Tag Schmerzen. Und jetzt wache ich morgens nicht mehr plötzlich auf, weil mein ganzer Körper wehtut. Ich wache ohne Schmerzen auf.«

»Das ist echt unglaublich.«

»Ja.«

»Deine Mutter würde sich doch wahnsinnig darüber

freuen, meinst du nicht? Dass du keine Schmerzen mehr hast. Ich habe ein bisschen was über Rheuma gelesen, und auch wenn es nicht heilbar ist, gibt es viele Möglichkeiten. Stell dir vor, dass du nicht mehr im Rollstuhl sitzen müsstest? Das wäre doch der Hammer!«

Fredrik sitzt schweigend neben ihm. Nickt nur leicht mit dem Kopf. Sebbe fragt sich, ob er etwas Falsches gesagt hat. Ob er ihn zu sehr gedrängt hat. Er kennt sich mit der Krankheit nicht gut aus, hat nur ein bisschen im Netz recherchiert. Bis vor ein paar Wochen hatte er gedacht, dass nur alte Leute Rheuma haben. Keine musikalisch hochbegabten Teenager.

»Ich glaube nicht, dass sie das so freuen wird«, sagt er nach einer langen Pause.

Sebbe weiß nicht, was er dazu sagen soll. Er stellt sich Irene vor, diese schöne eisblonde Frau. Eine reiche Frau. Eine betrogene Frau.

»Sie will mich gerne immer bei sich haben.«

Sebbe ist kurz davor, in schallendes Gelächter auszubrechen.

»Jetzt komm schon. Ich glaube nicht, dass deine Mutter dich für immer im Rollstuhl sitzen haben will, nur damit sie dich im Auge behalten kann?«

»Du kennst sie nicht.«

Fredrik sieht Sebbe in die Augen, dem es eiskalt den Rücken hinunterläuft. Das hat vielleicht mit den Minusgraden zu tun, immerhin sitzen sie mitten in der Nacht unter freiem Himmel. Oder es hat mit dem zu tun, was Fredrik eben gesagt hat.

*Du kennst sie nicht.*

Aber Sebbe kommt nicht mehr dazu, sich darüber Gedanken zu machen, denn Fredrik lehnt sich zu ihm rüber. Und küsst ihn auf den Mund.

# 28

*Idre Fjäll*

*Irene*

*Anderthalb Wochen vor Weihnachten*

*Es ist kalt. Irene friert fürchterlich, als hätte jemand ein Fenster offen stehen lassen. Die Härchen auf ihren Armen stehen zu Berge, die Füße fühlen sich an wie zwei Eisblöcke.*

*Aus dem kleinen roten Radio schallt Musik. Sie hat das Radio auf dem Weg hierher im Baumarkt gekauft. Für dreihundert Kronen. Das war viel mehr, als sie zur Verfügung hatte, aber Weihnachten ohne Musik … das war undenkbar.*

O helga natt, o helga stund för världen …

*Sie öffnet die Augen, ihr Kopf tut weh. Zaghaft sieht sie sich in der kleinen Hütte um, die komplett in Kiefernholz eingerichtet ist, versucht, sich zu orientieren. Was ist passiert? Wo ist sie? Wo ist …*

*Da fällt ihr Blick auf den leeren Hochstuhl. Mühsam steht sie auf. Die blanke Panik packt sie. Sie hat den Impuls, sich zu übergeben. Die Kälte im Raum verwandelt sich in eine fiebrige Hitze. Sie stürmt zu dem Stuhl, packt ihn mit den Händen und schüttelt ihn, als würde sie sich vergewissern wollen, dass er auch tatsächlich leer ist. Und das ist er.*

*Fredrik ist nicht mehr da.*

*Sie stolpert zu dem geöffneten Fenster, sieht hinaus in den großen, dunklen, kalten Wald, der hinter der Hütte anfängt. Dann sieht sie die Fußspuren …*

Irene sitzt senkrecht im Bett. Ihr Herz pocht. Sie vergräbt die Hände in dem feuchten Laken unter ihr. Atmet tief und gleichmäßig. *Nur ein Traum.* Das war nur ein Traum.

Wie immer.

Ihr Blick zur anderen Hälfte des Bettes verschafft ihr Gewissheit, sie ist leer.

Wie immer.

Sie schlägt die Bettdecke zur Seite und steht auf, öffnet das große Schlafzimmerfenster. Sie braucht jetzt frische Luft, die sie abkühlt. Ihr Körper ist vom nächtlichen Albtraum heiß und klebrig. Reglos steht sie am geöffneten Fenster, genießt die kalte Luft auf ihrem Körper. Sie versucht, den Ausblick zu genießen, die Schönheit der Natur. Aber ihre Augen werden wie magnetisch von einer einzigen Sache angezogen, dem Haus auf der anderen Seite des Hanges. Das grüne. Manuelas Haus.

Sie kneift die Augen zusammen, konzentriert sich auf die Fenster des Hauses. Sucht nach Bewegungen. Aber das Haus ist dunkel. Vielleicht ist er heute Nacht gar nicht bei ihr. Vielleicht ist er wirklich noch bei der Arbeit, so wie er gesagt hatte. Aber Irene vertraut ihm nicht mehr. Sie vertraut ihm schon seit Jahren nicht mehr. Manuela ist nicht die Erste, die er neben ihr hatte. Ob sie das auch weiß? Oder glaubt sie, dass sie die andere, die einzige Frau ist? Im Singular? *Hah.*

Irene lacht laut auf, ganz allein in ihrem Schlafzimmer. Zum Schreien. Aber so ist es bestimmt. Manuela geht vermutlich auch davon aus, dass sie einzigartig ist. Weil der Mensch so funktioniert. Man glaubt, dass man der erste Mensch auf der ganzen Welt ist, der sich verliebt, der neues Leben hervorbringt, der ein Haus baut, der einen nahestehenden Menschen verliert, der sein Kind liebt … Der Mensch glaubt immer, dass er alles neu erfunden hat. Dabei ist alles schon einmal da gewesen. Und wird auch immer wieder genauso geschehen. Irene reibt sich die Stirn. Wann ist sie bloß so eine Zynikerin geworden? Seit ihr Mann sie hinter ihrem Rücken mit anderen Frauen betrügt?

Sie schließt das Fenster und geht hoch in den ersten Stock in die Küche. Sie braucht etwas Kaltes zu trinken. Wie verrückt, dass sie in einem so großen Haus lebt, dass sie ein Stück gehen muss, um in die Küche zu gelangen. Das ist eine deutliche Steigerung gegenüber dem Reihenhaus in Nynäshamn, wo sie aufgewachsen ist.

Wann fing Patrick eigentlich an, anderen Frauen nachzusteigen? Das ging schon damals los, als sie noch in Stockholm wohnten. Aber nicht von Anfang an. Die ersten Jahre war er über beide Ohren verliebt. Sowohl in sie als auch in Fredrik. Oder zumindest in sein Talent. *Dieser Junge wird eines Tages vor richtig großem Publikum spielen*, hatte er immer prophezeit. Irene hatte nie verstanden, ob das als Ermutigung gedacht war oder eher die Funktion eines Mantras hatte. Die ersten Jahre in Stockholm waren traumhaft gewesen. Sie genoss es, umsorgt und geliebt zu werden. Auf eine Weise, wie sie es noch nie in ihrem Leben erfahren hatte. Patrick kümmerte sich hingebungsvoll um sie, das hatte ihr Ex-Mann nie getan. Und in ihrer Kindheit war sie eher diejenige gewesen, die sich um ihre Eltern gekümmert hatte, als andersherum.

Aber das Wunder hielt nicht lange an. Irene erinnert sich noch genau an den Tag, als es passierte. Sie saßen in einem feinen Restaurant in Stockholm. Nur sie drei, was sie zu diesem Zeitpunkt oft taten. Patrick, Fredrik und sie. Patrick war auf dem Weg zur Toilette mit einer Frau zusammengeprallt, hatte dabei ihren Drink verschüttet und ihr dann beim Aufwischen geholfen. Daran war weiter nichts Auffälliges, aber Irene hatte die beiden von Weitem beobachtet und jedes Detail dieser Begegnung registriert. Die sanfte Röte der Wangen, sein Lächeln, ihr Lachen, seine Hand auf ihrer Schulter … In diesem Moment hatte sie erkannt, dass sich etwas verändert hatte. Dass sie nicht mehr die einzige Frau in seinem Leben war. Sie wusste es, es war nicht zu übersehen gewesen.

Wahrscheinlich hatte sie gehofft, dass es in Idre besser werden würde. Genau genommen hatte Patrick den Umzug vorgeschlagen, allerdings aus einem ganz anderen Grund. Die Wahrheit war nämlich, dass sein Unternehmen schon seit einer Weile vor dem Aus gestanden hatte. Er brauchte einen Neustart. Er schlug vor, gemeinsam eine Firma zu gründen. Etwas Neues, Einzigartiges. Vielleicht in den Bergen? Irene hatte sich schon bei ihrem ersten Besuch mit ihrem Ex-Mann in Idre verliebt. Zwei Jahre nach ihrer Hochzeit mit Patrick brachte die Speditionsfirma ihre Sachen hierher. Die ersten Jahre wohnten sie in einem kleineren Haus. Ehrlich gesagt sind die meisten Häuser wesentlich kleiner als das, in dem sie jetzt wohnen. Aber es war trotzdem gemütlich in ihrer ersten Bleibe. Manchmal vermisste Irene sie, es hatte sich mehr wie ein Zuhause angefühlt. In der Zeit aber wurde Fredriks Krankheit schlimmer. Deshalb war es ein Segen, dass sie bei dem Entwurf des neuen Hauses auf seine speziellen Bedürfnisse Rücksicht nehmen konnten.

Falls Irene gehofft hatte, dass Patricks Interesse an anderen Frauen durch den Umzug nachlassen würde, hatte sie sich kräftig getäuscht. Es stellte sich nämlich heraus, dass es auch in Idre sehr gut aussehende Frauen gab. Oder Männer wie Patrick finden einfach überall Frauen, die ihnen gefallen. Wahrscheinlich ist es so banal wie einfach.

Irene füllt sich ein Glas mit eiskaltem Wasser aus der Leitung. Während sie trinkt, hört sie ein Geräusch. Sie hebt den Kopf, sieht an die Decke. Es klingt, als würde jemand dort oben herumlaufen. Was nichts Ungewöhnliches ist, schließlich wohnen dort oben im Moment zwei Jungs. War es die richtige Entscheidung, Sebbe zu engagieren? Vielleicht wurden dadurch die Albträume wieder ausgelöst? Irene gefällt es überhaupt nicht, die Verantwortung abzugeben, nicht diejenige zu sein, die tagein, tagaus über Fredrik wacht. Aber er ist siebzehn. Und er wollte das unbedingt. Ja, das ging alles von ihm aus. Auch wenn er das so explizit nicht gesagt hatte, aber sie hatte es ihm angesehen, als Patrick und sie ihm eröffnet hatten, dass der Dezember sehr anstrengend werden würde.

Sie hatte ihm seine Einsamkeit angesehen, das hatte ihr fast das Herz zerrissen. Patrick hatte schließlich eine Entscheidung getroffen und Nägel mit Köpfen gemacht. *Dieses Jahr holen wir uns in der Weihnachtszeit einfach einen Assistenten ins Haus. Einen jungen Mann. Etwa in seinem Alter. Damit er sich mit einem Gleichaltrigen austauschen kann.* Irene hatte zunächst protestiert. Immerhin war es nicht ganz ungefährlich, einen Wildfremden ins Haus zu lassen, damit der sich um ihr krankes Kind kümmert. Aber Patrick hatte darauf bestanden, und am Ende hatte Irene eingewilligt. Es war nicht anders machbar.

Und Sebbe ist ein feiner Kerl. Ein netter junger Mann aus Stockholm. Die beiden scheinen gut miteinander auszukommen, Fredrik und er.

Trotzdem gefällt es Irene nicht. Überhaupt nicht.

Sie füllt das Glas ein zweites Mal voll und trinkt es in gierigen Schlucken aus.

In gut einer Woche ist Weihnachten, dann reist Sebbe wieder ab. Dann sind sie wieder zu dritt. Die drei Musketiere, wie Patrick sie früher genannt hatte. Das ist lange her.

*Ihre Familie.*

Wenn man sie noch als solche bezeichnen konnte.

# 29

*Cilla*

*Ein Tag vor Weihnachten*

»Wow! Die Aussicht ist fantastisch!«

Rosie seufzt entzückt, und ich kann ihr nur in allem Recht geben.

Wir vier sitzen in einer Sofaecke vom Toppstugan, dem Restaurant auf dem Berggipfel. Von dem großen braunen Holzhaus aus führen unzählige Pisten zurück ins Tal. Es ist eiskalt und windig draußen, aber drinnen ist es warm, gemütlich und schön. Im Kamin brennt ein Feuer, und durch die hohen Fenster hat man Sicht auf die umliegenden Berge. Die Sonne steht hoch am Himmel und lässt den Schnee wie Millionen von Diamanten glitzern. Eine kleine Liveband spielt Weihnachtshits, aber ihre Musik wird übertönt von dem Knirschen der Skistiefel auf dem Steinfußboden und den Stimmen der vielen Gäste, die sich angeregt unterhalten und lachen. Zwischen elf und drei Uhr bietet das Restaurant ein Pizzabuffet an, da wir aber ziemlich spät gefrühstückt haben, begnügen wir uns mit einem großen Becher Kaffee.

Ich mache ein Foto mit meinem Handy und schicke es Adam mit den Worten:

*Eine verdiente Kaffeepause nach drei Abfahrten.*

Er antwortet umgehend:

*Kaffee? Kein Bier? Ist meine Mutter nicht dabei?*

Ich grinse. Und schicke ihm gleich eine Antwort retour, gefolgt von einem Smiley:

*Doch! Wir machen einen Detox-Vormittag ;-)*

Mein Daumen schwebt einen Augenblick über dem Display.

*Ich vermisse dich.*

Ich sehe die blauen Punkte pulsieren. Er schreibt eine Antwort. Das dauert allerdings etwas zu lange für meinen Geschmack. Ich spüre ein gespanntes Kribbeln, während ich ungeduldig warte.

*Ich vermisse dich auch, Cilla. Sieh mal hier.*

Er hat ein Foto mitgeschickt, aber es dauert sehr lange, um es hochzuladen. Plötzlich spüre ich den Reflex, das Display verbergen zu wollen, damit weder Rosie noch die Jungs sehen können, was Adam mir sendet. Nicht, dass Adam mir jemals (zu meinem großen Bedauern) etwas Unanständiges geschickt hätte, aber man weiß ja nie …

Als ich das Foto endlich öffnen kann, muss ich unweigerlich lächeln. Darauf ist ein weiteres Foto zu sehen, das eingerahmt auf einem Schreibtisch steht. Adams Schreibtisch, an seinem Arbeitsplatz bei der Polizei von Nacka. Neben einer wahnsinnig hässlichen Schreibtischlampe, einem leeren Kaffeebecher und einem hohen Stapel Unterlagen. Auf dem Foto bin ich. Aber bitte, was ist das denn für eine Aufnahme? Ich erinnere mich daran, wann er das Foto gemacht hat. Vor ein paar Wochen, als wir das Wochenende auf Bullholmen verbracht haben. Ich sitze auf dem Sofa, habe einen dicken Strickpulli an und lächle hinter einem dampfenden Teebecher in die Kamera. Meine Haare stehen wie eine blonde Explosion in alle Himmelsrichtungen ab, und mein Gesicht lässt sich nur mit einem Wort beschreiben: natürlich. Und zwar nicht im Sinn von »natürlich geschminkt« wie bei erfolgreichen Geschäftsfrauen, sondern wie im Polizeibericht: »Sie wurde um 07:44 Uhr im Värtahamnen in naturbelassenem Zustand aus dem Wasser gezogen – die Polizei vermutet, dass sie dort seit den frühen Neunzigern gelegen hat.«

Adam muss es aus einem mir vollkommen unbegreiflichen Grund gut finden. Denn er hat es eingerahmt und auf den Tisch gestellt. Mir wird ganz warm im Bauch, denn für einen Adam Ångström ist das hier quasi ein Heiratsantrag.

– *Wie süß von dir! Es sieht aus, als würde es mir bei euch gefallen!*

– *Lieber auf dem Schreibtisch als in der Zelle. Du bist die Süße hier.*

– *Ich sehe doch aus wie ein Fisch!*

– *Der sexyste Fisch in town!*

»Was kicherst du denn hier so?«

Ich zucke zusammen, als ich Rosies Stimme direkt neben mir höre.

»'tschuldige. Ich texte mit Adam.«

»Oh, mit meinem wunderbaren Sohn. Grüß ihn von mir. Er darf sich auch ruhig mal bei mir melden, damit ich nicht allein und einsam sterben muss.«

»Die Rolle als Märtyrerin steht dir so was von gut, Rosie.«

»Danke. Das gehört eindeutig zu den Vorteilen am Älterwerden. Ich habe schon meine erste Henkersschlinge fertig geknüpft.«

Ich kichere, nehme einen großen Schluck von meinem Kaffee und beobachte über den Becherrand Zacke und Jonathan. Die sehen so niedlich zusammen aus. Zacke hat seinen Kopf auf Jonathans Brust gelegt und scheint eingeschlafen zu sein.

»Drei Abfahrten gehen ganz schön in die Knochen, was?«, sage ich.

»Da sagst du was«, flüstert Jonathan. »Aber wahrscheinlich haben ihm die Vorbereitungen für das Festmahl morgen den Rest gegeben.«

»Warum das denn? Wir helfen doch alle gerne mit? Außerdem erwartet doch niemand etwas Extravagantes.«

»Erzähl das mal unserem Jamie Oliver hier. Er hat sich sogar geweigert, fertigen Rote-Bete-Salat zu kaufen.«

»Ich habe gehört, wie du mich genannt hast«, murmelt Zacke.

»Ich liebe Rote-Beete-Salat«, ruft Rosie begeistert.

»Ich auch«, nicke ich.

»Wie steht Jamie denn zu einer letzten Runde, bevor die Sonne untergeht?«

Zacke nickt, rührt sich aber nicht von der Stelle.

»Wie soll ich den nur wieder auf die Beine bekommen?«, seufzt Jonathan.

»Sag einfach, dass du dieses Jahr einen veganen Weihnachtsschinken haben willst.«

Wir schaffen noch ein paar Abfahrten an diesem Nachmittag. Es ist zwar erst halb drei, aber die Sonne hat schon fast aufgegeben und wird in Kürze hinter den Bergen versinken. Ich weiß nicht genau, wie oft wir insgesamt gefahren sind, vielleicht achtmal? Die Füße und Oberschenkel brennen. Ich bin alles andere als in Topform und sehne mich danach, endlich die schweren Skistiefel ausziehen zu dürfen.

»*Alright*, zurück zur Hütte«, ruft Jonathan und übernimmt die Führung.

Wir fahren ihm hinterher. Genau wie gestern merke ich, wie viel Spaß Ski fahren macht. Die Hänge hinunterzusausen und die kalte Luft im Gesicht zu spüren ist eine perfekte Mischung aus Adrenalin und Achtsamkeit. Ich kann zwar nicht so schön mit der Hüfte schwingen wie Jonathan (und zu meiner Überraschung fährt auch Zacke wie ein Profi), aber es wird mit jeder Abfahrt besser. Ich bin jetzt auch nicht mehr das Ärgernis aller Skifahrer und Snowboarder, weil ich die gesamte Piste queren muss, um die Richtung zu ändern. Es geht also voran, kann man sagen.

»Da unten nach rechts!«, höre ich Zacke rufen, als wir parallel zu einem Waldweg sind.

Rosie und ich antworten, was er aber nicht mehr hört. Wir sind auch viel zu sehr damit beschäftigt, nicht die Kontrolle zu verlieren und sicherzustellen, dass sich die Skier nicht kreuzen und wir kopfüber den Hang hinunterstürzen. Wir gelangen in ein Tal, das wesentlich leerer ist als die anderen Pisten. Auf einmal fühlt es sich an, als wären Rosie, die Jungs und ich die einzigen Skifahrer weit und breit.

Apropos Jungs … Ich kann sie nirgendwo sehen. Rosie ist direkt hinter mir.

Vor uns teilt sich die Piste vor einem größeren Waldstück. Ich versuche, über die Schulter zu blicken.

»Rosie? Hat er rechts oder links gesagt?«

»Was?«

»Sollen wir nach rechts oder nach links?«

»Ähm … ich glaube links!«

Himmel, mein Hirn ist wie ein Rubbellos. Die Gewinnchancen stehen schlecht, nur jedes zwanzigste Los gewinnt. Wir fahren also nach links. Und sind plötzlich mitten im Wald. Keine Hütten. Dabei sollten hier eigentlich welche sein. Die süße, kleine Hütte der Jungs müsste jeden Augenblick auf der rechten Seite auftauchen. Aber das tut sie nicht. Nach einer Weile gebe ich Rosie ein Zeichen anzuhalten. Was … uns nur mäßig gut gelingt.

Irgendwie bringen wir es fertig, gleichzeitig an die Seite zu fahren, und in der nächsten Sekunde kreuzen sich schon meine Skier, mein Ellenbogen ist in ihrem Gesicht und ihre Schulter an meinem Hals und …

Aua, mitten in …

Und dann stürzen wir.

*

»Rosie, bist du am Leben?«

Ich stecke in einer Schneewehe, meine Beine sind in Rosies verhakt.

»Ich bin zu alt für so was …«

Ich kann nicht anders und muss lachen. Der kalte, feuchte Schnee dringt überraschend schnell durch meine Thermohose, deshalb setze ich mich vorsichtig auf. Unsere Skier haben sich zum Glück beim Sturz aus der Halterung gelöst und sind sternförmig um uns herum verstreut. Rosie liegt neben mir und starrt in den Himmel.

»Hast du dir wehgetan?«

»Nein, ich bin weich gelandet.«

»Ja, ich auch. Wir sind direkt in diese Schneewehe gefahren.«

Rosie tätschelt die Schneewehe unter ihr.

»Vielen Dank, dass du unser Leben gerettet hast.«

Ich stelle mich mühsam auf die Füße oder vielmehr Skistiefel und strecke eine Hand aus, um Rosie hochzuziehen, die sich stöhnend aufrichtet. Wir sehen uns um, dann einander an.

»Wo zum Teufel sind wir?«, rufen wir gleichzeitig.

Ich hole mein Handy aus der Jackentasche, nur um festzustellen, dass es tot ist. Wahrscheinlich hat ihm die Kälte den Garaus gemacht. Oder unsere dramatische Landung. iPhones sind hervorragende Produkte, solange man in gemäßigten Breitengraden mit konstant hohen Temperaturen lebt und mindestens jeden Donnerstag ein Software-Update macht.

»Verdammt. Mein Handy ist tot.«

»Warte, ich sehe mal nach, ob meins noch geht.«

Rosie holt ihr Handy aus der Tasche, ein Relikt aus dem Anfang des 21. Jahrhunderts, und atmet erleichtert auf.

»Meins lebt noch! Du siehst, manchmal lohnt es sich, so ein altes Ding zu haben. Das gibt niemals auf, ich glaube, ich habe es seit 2009 nicht mehr aufgeladen.«

»Großartig. Dann ruf jemanden an, der uns helfen kann.«

»Soll ich Zacke anrufen?«

»Nein. Ich habe doch gesagt, jemanden, der uns *helfen* kann. Ich hatte da an Frank gedacht.«

Rosie hebt eine Augenbraue.

»Frank? Ich soll Frank anrufen?«

»Ja. Natürlich! Niemand kennt sich hier so gut aus wie er.«

»Aber was soll ich ihm denn sagen? *Wir stehen auf irgendeiner Skipiste, umgeben von Wald. Wo sind wir?* Das ist doch die Millionenfrage.«

Ich kratze mich am Kopf. Rosie hat recht. Wie sollte er herausfinden, wo wir sind? Vielleicht könnte er den Anruf orten? Aber … Frank ist nicht beim FBI, sondern bei der Pistenwacht.

»Okay. Wir wissen aber, wo wir hergekommen sind.«

Ich zeige den Hang hinauf.

»Wir müssen also einfach nur … dorthin zurückgehen.«

Damit zeige ich auf den Wald.

»Heißt das, wir müssen den riesigen Wald durchqueren?«, fragt Rosie erschöpft.

»Ich glaube nicht, dass es sehr weit ist. Wenn wir es bis zu dem anderen Hang schaffen, können wir vielleicht die Hütte sehen. Was meinst du?«

»Einen Versuch ist es wert.«

Gesagt, getan, wir stecken unsere Skier ineinander, schultern sie und machen uns auf den Weg an Kiefern und Tannen vorbei durch den tiefen Schnee. Mit Skistiefeln zu laufen ist kein Spaß, schon gar nicht im Wald, wo der Untergrund alles andere als eben ist und so viel Schnee liegt. Ich spüre, wie mir der Schweiß schon nach wenigen Metern in Strömen über den Rücken läuft, und höre Rosie hinter mir keuchen.

»Hilfe, ist das eine Plackerei«, stöhnt sie nach gerade mal zehn Minuten Wanderung.

»Ich weiß. Aber ich glaube, es ist nicht mehr so weit.«

»Was ist, wenn wir uns verlaufen, die Sonne untergeht und die Wölfe kommen…«

»Wölfe? Hier gibt es doch keine Wölfe?«

»Das kann man nie wissen. Dann kommen eben Rentiere. Wir sind noch keine zwei Tage hier, und es gab schon den ersten Toten.«

»Ja, das war ein *Unfall*, Rosie. Der arme Kerl ist gestürzt. Er ist wohl kaum von einem Rentier ermordet worden.«

Rosie brummt etwas Unverständliches. Ich zucke zusammen, als ganz in der Nähe ein schwarzer Vogel mit den Flügeln schlägt und wegfliegt. Er schwebt über uns im Himmel, der eine zartrosa Farbe angenommen hat. Ein untrügliches Anzeichen dafür, dass die Dämmerung hereinbricht.

Ich spüre eine zunehmende Unruhe in mir aufsteigen.

Was, wenn ich mich verlaufen und uns beide in die Wildnis geführt habe? Man kann nicht behaupten, dass ich in Geografie eine Expertin bin, und mein Orientierungssinn ist mehr als begrenzt. Es passiert auch heute noch, dass ich mich bei einem Sonntagsspaziergang auf Söder verlaufe und mich Google Maps wieder nach Hause bringen muss.

Was, wenn wir uns so in dem dunklen Wald verlaufen, dass wir nicht mehr rausfinden? Und erfrieren?

Meine Katastrophengedanken werden jäh unterbrochen, als ich eine fremde Stimme höre. Ich bleibe so abrupt stehen, dass Rosie gegen mich prallt.

»Aua!«

»Entschuldige! Aber… ich glaube, ich habe was gehört.«

Wir lauschen angestrengt und … richtig. Wir hören Schritte und Stimmen. Ist das unsere Rettung? Sie haben hierhergefunden, vielleicht kennen die den Weg zurück?

»Rosie, wir schaffen das.«

»Ja, das klingt gut. Aber von wo kommen die Stimmen?«

Ich drehe mich um meine Achse, sehe aber nur Schnee und Bäume. Nein, dort hinten. Ich zeige in die Richtung. Etwa fünfzig Meter von uns entfernt kommen zwei Gestalten mit schnellen Schritten auf uns zu. Rosie nickt. Wir gehen ihnen entgegen, aber nach wenigen Schritten bleibe ich wieder abrupt stehen.

»Aua. Schon wieder.«

»Verzeih, Rosie [illegible]«

Ich verstumme, spitze die Ohren. Die Stimmen sind jetzt viel klarer zu vernehmen. Und jetzt erkenne ich auch, dass die beiden nicht nett miteinander plaudern. Vor allem eine weibliche Stimme kann ich hören. Ihre Besitzerin ist sehr wütend.

*Du hast es mir schon tausendmal versprochen. Warum sollte ich dir ausgerechnet jetzt vertrauen?*

Die andere Stimme, ein Mann, stöhnt auf. *Bleib stehen, Liebling.*

»Hallo …«, will Rosie sich bemerkbar machen, als ich ihr Handgelenk packe und ihr signalisiere, leise zu sein.

Verwirrt sieht sie mich an, während ich meinen dicken Fäustling auf meine Lippen lege. Ich zeige auf das streitende Paar, und gemeinsam lassen wir uns hinter einem Baum in den Schnee sinken. Mit ein bisschen Glück werden wir zwischen den Schneehaufen unsichtbar.

*– Manuela – das kannst du nicht von mir …*

– *Du sagst mir nicht, was ich von dir verlangen kann und was nicht. Ich gehe seit einem Jahr mit dir ins Bett, warum habe ich kein Recht, irgendwelche Forderungen zu stellen?*

– *Sei still, verdammt, dich könnte jemand hören!*

Der Mann faucht sie förmlich an. Er macht mir ein bisschen Angst. Die Stimme der Frau kommt mir irgendwie bekannt vor. Obwohl Rosie und ich uns tief in den Schnee ducken, um nicht entdeckt zu werden, versuche ich, die Gesichter der beiden zu sehen. Ich kenne sie. Aber woher? Dunkles Haar, zum größten Teil unter einer rosa Mütze verborgen. UGG-Stiefel. Weiße Skihose.

*Manuela, mein Schatz.*

Manuela.

Gestern Abend beim Essen im Hotel. Rosie und ich wechseln Blicke und nicken uns zu, sie hat sie auch erkannt. Allerdings habe ich Rosie noch nicht erzählt, was ich vor der Tür der Damentoilette mit angehört habe.

Keine zwanzig Meter von uns entfernt bleiben die beiden stehen. Nein, *sie* bleibt stehen. Ihr dunkles Haar peitscht durch die Luft, als sie den Kopf in den Nacken wirft. Dann setzt sie ihren Zeigefinger auf die Brust des Mannes, der ebenfalls eine sehr elegante Erscheinung ist. Kamelfarbener Mantel. Dunkles, welliges Haar und die Kategorie Dreitagebart, die man hauptsächlich bei Models sieht. Und auch er kommt mir bekannt vor. Aber woher bloß?

Ich kann meinen Herzschlag hören. Was, wenn das die anderen auch hören können? Wenn die uns jetzt entdecken? Rosie und ich drücken uns noch tiefer in den Schnee, und ich flehe alle höheren Mächte an, dass sie uns nicht sehen. Es war vielleicht nicht besonders smart, sich zu verstecken.

Vielleicht hätten wir uns einfach zu erkennen geben sollen. Wenn sie uns jetzt entdecken, wäre das … hochnotpeinlich.

– *Weißt du was, Patrick? Ich habe genug davon. Ich dachte, ich schaffe das, aber ich kann nicht mehr. Es ist an der Zeit für mich, einen Schlussstrich zu ziehen.*

– *Ich werde es tun. Ich verspreche es dir.*

– *Werde?*

– *Ich habe mich entschieden, Manuela. Ich wähle dich. Dich und keine andere.*

Er geht auf sie zu, streckt seine Hand aus und streichelt ihre Wange. Sie schweigt, dann fängt sie plötzlich an zu weinen. Nicht laut, aber ich sehe, wie ihre Schultern zucken. Sie hat den Kopf gesenkt, sieht zu Boden. Sie haben beide ihre Stimmen gesenkt, aber ich kann sie trotzdem verstehen.

– *Ich halte das nicht mehr aus …*

– *Du musst. Es ist bald vorbei.*

– *Warum ist es das nicht schon längst?*

– *Du weißt warum. Wegen …*

Er flüstert fast.

– *Wegen Irene. Wegen unserer gemeinsamen Firma. Wegen Fredrik. Und weil sein verdammter Assistent tot ist. Alle drehen durch, Manuela. Ich kann jetzt nicht alle Zelte abbrechen. Wir müssen noch ein bisschen warten, aber ich verspreche dir …*

– *Du hast mir schon so vieles versprochen.*

– *Ich habe meine Versprechen noch nie gebrochen. Es dauert nur länger als erwartet.*

Manuela seufzt tief, wischt sich die Tränen aus dem Gesicht. Dann dreht sie sich abrupt um und stapft durch den Wald davon. Nach ein paar Metern aber sieht sie über die Schulter und starrt Patrick wütend an.

– *Wenn du es ihr nicht bis Weihnachten gesagt hast, werde ich dich verlassen. Für immer.*

– *Manuela, was soll das?*

– *Du hast mich verstanden.*

Mit diesen Worten lässt sie ihn allein im Wald zurück. Nun ja, so richtig allein ist er genau genommen nicht. Ich kann mich nicht noch kleiner machen und spüre Rosies angestrengten Atem in meinem Nacken. Das macht mich nervös. Ich weiß, dass es ihr viel schwerer fällt, sich so lange zu ducken. Kein Wunder, sie ist schließlich vierzig Jahre älter als ich. Was, wenn sie zusammenbricht und Patrick uns entdeckt? *Oh Gott, was würde dann passieren? Durchhalten, Rosie, durchhalten!*

Patrick steht wie versteinert da und starrt mindestens eine Minute lang in den Himmel. Mit jeder kleinen Atemwolke stößt er seinen Frust und seine Panik aus. Und dann, endlich, nach einer Ewigkeit, dreht er sich um und geht in die Richtung zurück, aus der die beiden gekommen sind. Erst als sein Rücken nicht mehr zu sehen ist, können Rosie und ich entspannen. Wir stehen gleichzeitig auf, und ich schwöre, es hat in allen vier Knien ordentlich geknackt.

»Ich werde mich nie wieder ducken«, stöhnt Rosie.

Ich sehe sie mit aufgerissenen Augen an.

»Weißt du, wovon wir da eben Zeugen waren?«

»Ja, ich weiß«, sagt Rosie und schüttelt den Kopf. »Die Oberkellnerin und Fredrik Niemis Stiefvater.«

»Du hast ihn erkannt?«

»Nein, noch nie gesehen. Aber mir wurde das klar, als er von Irene und Fredrik und der Firma geredet hat. Kennst du ihn vom Sehen?«

»Nur von einem Foto.«

»Ojemine. Eine Affäre. Wie lange das wohl schon so geht?«

»Und wie viele davon wohl wissen? Meinst du, Irene weiß es?«

Rosie zuckt mit den Schultern.

»Ich habe sie gestern nur kurz gesehen, als sie mit Frank sprach. Sie wirkt kühl. Fast kalt. Es ist nicht unmöglich, dass sie davon weiß, aber die Familie nicht zerstören will. Die Firma läuft ja wie geschmiert.«

»Was machen die noch gleich? Was mit Events, oder?«

»Ja, zumindest hat Frank das gesagt. Exklusive Events in den Bergen. Die verdienen Millionen damit.«

»Da kann man verstehen, warum Patrick vorsichtig sein will.«

Rosie nickt. Dann plötzlich reißt sie die Augen auf.

»Himmel, verdammt.«

»Was ist denn?«

»Ich soll heute Abend ja mitkommen zu einem Empfang bei denen. Mit Frank.«

Jetzt ist es wieder an mir, die Augen aufzureißen.

»Bitte was?«

»Frank geht jedes Jahr zu einer Art Wohltätigkeitsempfang, der immer vor Weihnachten stattfindet. Er ist eingeladen, weil er damals Fredrik im Wald gefunden hat. Und er hat mich gefragt, ob ich nicht sein … also, ob wir …«

Ich strahle übers ganze Gesicht.

»Du sollst sein Date sein?«

»Kein Date, sondern … seine Begleitung eben.«

»Also ein Date.«

»Kein Date.«

»Doch, das ist quasi ein Date.«

Rosie seufzt.

»Nimm dich in Acht, Cilla …«

»Frank und Rosie. Sogar eure Namen passen gut zusammen. Und er ist sehr schick. Dieser Holzfällerstil steht ihm gut, dann der graue Bart. Und er trägt eine Baskenmütze. Was meinst du, warum trägt er immer eine Baskenmütze?«

»Hör auf.«

»Es ist auch ganz schön sexy, dass er bei der Pistenwacht ist, oder?«

»Okay, jetzt gehe ich. Tschüss.«

Rosie nimmt den Weg, den Patrick gegangen ist, und ich folge ihr mit den Skiern auf der Schulter. Hoffentlich finden wir den Weg nach Hause, denn es wird bald dunkel werden. Sehr dunkel.

# 30

*Idre Fjäll*

*Sebbe*

*Anderthalb Wochen vor Weihnachten*

Sebbe zuckt zurück. Gleichzeitig scheint der dicke Wollpullover seine wärmende Funktion aufgegeben zu haben. Es ist eiskalt dort oben auf dem Dach. Er blinzelt nervös. Fredrik sitzt neben ihm. Der siebzehnjährige Pianostar, der auf wundersame Weise wieder laufen kann.

Und der ihn vor zwei Sekunden geküsst hat.

Fredrik wirkt aufgewühlt, und Sebbe ist verstummt, weiß nicht, was er sagen soll. Wie geht man mit so einer Situation um? So etwas ist ihm noch nie passiert.

»Oha.«

Das ist alles, was ihm einfällt. Er sieht zu Fredrik, der sich in derselben Sekunde vorbeugt und ihn erneut küssen will. Aber dieses Mal berühren seine Lippen Sebbes nicht, denn dieser ist aufgesprungen. Er muss sich am Schornstein festhalten, das Dach ist spiegelglatt. *Das wäre jetzt so typisch, wenn ich hier vom Dach der Luxusvilla falle.*

Auch Fredrik ist aufgestanden, hebt die Hand.

»Sebbe, bitte warte.«

»Ich glaube, wir sollten wieder runtergehen. Wir müssen wieder rein.«

»Aber …«

Sebbe geht, ohne zu zögern, auf die Dachluke zu und klettert die Leiter hinunter in den luxuriösen, begehbaren Kleiderschrank. Bevor sein Kopf in der Öffnung verschwindet, wendet er sich an seinen Schützling.

»Kommst du allein runter?«

Fredrik nickt, und Sebbe geht vom Kleiderschrank in Fredriks Zimmer, schnappt sich Kopfkissen und Decke von dem Bett, auf dem er die letzten Tage geschlafen hat, und vergisst auch sein Handy nicht.

»Sebbe.«

Fredrik steht im Zimmer, breitbeinig. Er *steht.* Auf gesunden, starken Beinen. Was soll das alles? Was geht hier ab?

»Entschuldige bitte. Ich weiß nicht, warum ich … Ich habe gedacht, dass du …«

»Dass ich was? Was hast du gedacht?«

»Dass du … mich magst.«

»Das tue ich auch, aber nicht so.«

»Du hast eine Woche lang bei mir im Zimmer geschlafen.«

»Weil ich dein persönlicher Assistent bin, das ist mein Job.«

Sebbe spürt und hört, wie aufgebracht er ist. So hat er noch nie mit Fredrik gesprochen. Und der wird mit jedem Wort immer kleiner.

»Und ich bin dein Kumpel, dein Freund. Aber … du kannst so etwas nicht einfach machen.«

»Entschuldige. Kannst du bitte bleiben?«

Sebbe senkt den Blick, sieht auf Kissen und Decke in seinen Händen.

»Nein, ich will in meinem Zimmer schlafen. Geh ins Bett, Fredrik. Du musst deine Beine ausruhen.«

»Mit denen ist alles in Ordnung.«

Aber Sebbe schüttelt den Kopf und lässt Fredrik allein zurück. Das Letzte, was er hört, ist ein Flüstern. *Es tut mir leid, Sebbe.*

Zwei Stunden später ist Sebbe noch immer hellwach. Er kann nicht einschlafen.

Er liegt in seinem Zimmer, in dem er auch die letzte Woche hätte verbringen sollen, und starrt an die schwarze Decke. Er hat noch nie einen Mann geküsst. Genau genommen hat auch nicht er ihn geküsst. Fredrik hat *ihn* geküsst. Und das fühlt sich komisch an. Alles daran ist komisch. Zum einen, weil er ein Typ ist, aber auch, weil er noch so jung ist. Sie trennen zwar nur vier Jahre, aber in ihrem Alter ist das ein himmelweiter Unterschied. Außerdem ist Sebbe sein Assistent. Alles daran ist falsch. Wie konnte es nur dazu kommen? Hat Sebbe ihm unbewusst signalisiert, dass er Interesse hat? Das kann er sich nicht vorstellen. Erinnerungsfetzen der vergangenen zwei, drei Wochen jagen ihm durch den Kopf. Er sieht, wie sie gemeinsam gekocht, Filme gesehen, viel gelacht und in einem Zimmer geschlafen haben. Dann erinnert er sich an die Sache mit der Dusche. Der Abend, an dem Fredrik die Badezimmertür hatte offen stehen lassen. Und Sebbe ihn in der Dusche hatte stehen sehen. Nackt.

War das Absicht gewesen?

Wollte Fredrik, dass Sebbe ihn sieht?

*Himmel.*

Sebbe schließt die Augen.

In weniger als einer Woche ist dieser kranke Wahnsinn vorbei. Dann hat er seine vier Wochen hier absolviert, und dann ist Schluss damit. Am Freitagabend, den zweiundzwanzigsten Dezember, wird er nach Hause fahren. Denn dann ist Weihnachten.

Es sticht im Magen, und plötzlich überkommt ihn eine tiefe Sehnsucht nach Stockholm. Verkehr, Straßenlaternen, ein Bier im *Carmen*, Marc, seine Familie … Er will so schnell wie möglich weg von hier. Mit diesem Haus stimmt etwas nicht. Mit der ganzen Familie. Bisher konnte er nicht genau sagen, was es ist, aber gespürt hatte er es vom ersten Tag an. In der Familie Niemi stimmt etwas nicht.

Ganz gewaltig nicht.

# 31

## *Rosie*

*Ein Tag vor Weihnachten*

»Okay. Bist du bereit?«

Rosie ist nervös. Sie steht vor dem Spiegel im Flur der Skihütte und dreht sich um die eigene Achse, mustert ihr Spiegelbild. Sie trägt ein Kleid, das einzige Kleid, das sie mit in die Ferien genommen hat. Vorgesehen war natürlich, es morgen an Weihnachten anzuziehen. Sie hatte ja nicht ahnen können, dass sie auf einen Empfang eingeladen werden würde. Von einem Pistenwächter. Den sie kennengelernt hat, nachdem sie auf eine Leiche im Wald gestoßen ist. Himmel, wie schräg kann dieser Aufenthalt in Idre noch werden? Es fühlt sich jetzt schon an wie die ultimative Ausgabe der Komödie *Sällskapsresan.* Aber die *Death Edition.*

»So bereit, wie es geht«, sagt Rosie. Cilla steht lächelnd neben ihr und nickt ihr aufmunternd zu.

Die Jungs haben den kleinen runden Kamin im Wohnzimmer angemacht. Es knistert hinter dem beschlagenen Sichtfenster, und das warme, weiche Licht fällt sanft auf den Boden, die Holzwände und das weiche Sofa. Wo Rosie jetzt sitzen könnte. In Jogginghose. Stattdessen steht sie aufgebrezelt im Flur mit gebürsteten Haaren und Zähnen und muss gleich vor die Tür, in die Eiseskälte.

»Vergiss nicht, was wir besprochen haben«, erinnert sie Cilla.

*Ausschau halten.*

Rosie kichert, während sie sich die Handschuhe anzieht.

»Ausschau. Ich werde mein Bestes geben. Aber es kann natürlich auch sein, dass wir … du weißt schon.«

Cilla hebt eine Augenbraue.

»Was meinst du?«

»Dass wir das tun, was wir immer tun. Uns verrennen, uns Dinge zusammenreimen, die nicht da sind. Die keinen Bezug zur Realität haben, wie mein werter Sohn immer zu sagen pflegt.«

»Dein werter Sohn ist zauberhaft, aber er hat sich schon mehr als einmal geirrt.«

Rosie nickt.

»Der Punkt geht an dich. Aber wie dem auch sei, ich bezweifle, dass mir die Niemis ausgerechnet heute einen Einblick in ihr verborgenes Inneres gewähren werden. Es ist ein Stehempfang. Und die sind doch bekanntermaßen eher etwas steif und oberflächlich, stimmt's?«

»Vermutlich, aber du bist bei ihnen im Haus. Diese Gelegenheit ist zu gut, um sie ungenutzt zu lassen. Sag einfach, dass du auf die Toilette musst, und dann schnüffelst du ein bisschen herum. Sooft du kannst.«

»Klar, das wird auch niemandem komisch vorkommen, wenn so eine alte Schachtel zehnmal die Stunde aufs stille Örtchen muss.«

Cilla grinst.

»Und für Frank ist das bestimmt auch super, ein Date mit einer Tante zu haben, die an Inkontinenz leidet«, legt Rosie noch einen drauf.

»Aha, dann ist das also ein Date?«

»Vergiss, was ich eben gesagt habe.«

Da klingelt es an der Tür. Rosie und Cilla zucken beide zusammen, dann sehen sie sich an und brechen in schallendes Gelächter aus. Als Rosie die Tür öffnet, steht Frank davor. Was für ein Anblick. So ganz anders als am Abend zuvor. Da hatte er Skijacke und derbe Stiefel getragen, jetzt steht er in schwarzem Mantel vor ihr und ... mit Lederschuhen an den Füßen.

»Hallo!«, begrüßt ihn Rosie, ein My zu laut. »Du siehst aber schick aus.«

Frank lächelt, was die Lachfalten an seinen Augen zum Leben erweckt.

»Na ja, die Niemis laden zum Fest. Da kommt man nicht ungeduscht. Du aber erst ... du siehst toll aus. Wunderschön.«

Rosie spürt Panik in sich aufsteigen, hofft inbrünstig, dass sie nicht feuerrot wird. Sie senkt den Blick und kratzt sich am Hinterkopf.

»Oh, danke. Ich habe mir meinen Weihnachtsdress übergeworfen, nichts Besonderes.«

»Guten Abend«, grüßt Frank und winkt Cilla zu. »Cilla, stimmt's?«

»Ganz genau. Cilla Storm. Wie schön, dich wiederzusehen.«

»Gleichfalls. Ist das hier deine Skihütte?«

»Oh nein. Die gehört meinem Freund und seinem Lebensgefährten. Sie haben sie gerade erst gekauft. Rosie und ich haben sie nur bei ihrer Premiere in der Hütte begleitet.«

Frank nickt.

»Richtig, ich erinnere mich dunkel, etwas mitbekommen zu haben. Hübsche Hütte. Gemütlich. Charmant. Ich habe eine Zeit lang bei der Vermietung von solchen Hütten geholfen.«

»Ach wirklich?«

»Ja, am Anfang, als ich nach Idre kam. Da gab es einen großen Run auf die Hütten. Damit kann man eine gute Stange Geld verdienen. Sag mir gerne Bescheid, wenn deine Freunde da Hilfe brauchen. Ich stehe jederzeit zur Verfügung.«

»Wow, was für ein tolles Angebot. Das werde ich ihnen gleich sagen.«

Frank lächelt, dann rückt er seine graue Baskenmütze zurecht.

»Alles klar. Rosie, bist du so weit?«

»Aber sowas von!«

Rosie schlüpft in ihre Schuhe (die sie von Cilla geliehen hat, weil sie keine hohen Schuhe mit nach Idre genommen hat). Kurz bevor die beiden die Tür hinter sich zuziehen wollen, steckt Cilla den Kopf nach draußen.

»Sag, Frank, was machst du eigentlich morgen Abend?«

»Morgen? An Weihnachten?«

»Ganz genau.«

»Ich bin kein großer Weihnachtsfan, ich lasse es eher ruhig angehen.«

Cilla nickt und streicht sich eine blonde Locke aus dem Gesicht.

»Verstanden. Wie mein Vater, ihn zieht es an Weihnachten immer in die Wärme. Aber wenn du es dir anders überlegst, bist du herzlich willkommen, mit uns Weihnachten zu feiern. Nur wir, Rosie, ich und meine Freunde. Ganz unkompliziert und einfach. Nein, das stimmt nicht ganz. Mein Freund Zacke hat versucht, SALMA-Lachs an der Fleischtheke in Älvdalen zu bestellen. Aber es wird sehr gemütlich und lecker werden.«

»Oh …«

Frank weiß offensichtlich nicht, was er sagen soll. Verlegen hebt er seine Baskenmütze an und nickt.

»Vielen Dank für die Einladung. Ich schaue mal.«

»Absolut. Ich wollte es nur angeboten haben.«

Rosie wirft Cilla zum Abschied noch einen wütenden Blick zu. Aber die reagiert nur mit einem fröhlichen Augenzwinkern.

*

»Herzlich willkommen, Frank!«

Irene öffnet die Tür des imposanten, fast komplett gläsernen Hauses am Hang. Die Eigentümer, oder ihre Angestellten, haben die Auffahrt zu dem beeindruckenden Portal mit Fackeln gesäumt, das mit einem großen Adventskranz und Lichterketten geschmückt ist. Rosie hat sich hinter Franks Rücken versteckt und tritt nervös auf der Stelle. Sie wurde noch nie in ein so prunkvolles Haus eingeladen. Genau genommen wurde sie das auch nicht. Sie ist *Plus eins* auf dieser Veranstaltung. Allerdings ist sie das bisher auch noch nie gewesen.

Nachdem Irene Frank zur Begrüßung umarmt hat, streckt sie Rosie ihre Hand hin. Die ist schmal und mit vielen Diamanten bestückt, die im Schein der Lichterketten funkeln. Ihre Hand sieht aus wie ein kleiner Weihnachtsbaum. Ein sehr exklusiv geschmückter Weihnachtsbaum.

»Guten Abend. Ich bin Irene Niemi. Herzlich willkommen.«

»Rosie Ångström. Vielen Dank, Frank hat mich gebeten mitzukommen.«

»Aber natürlich, sehr gerne. Wir sind so froh, Frank mal in weiblicher Begleitung zu sehen. All die Jahre ist er immer allein gekommen.«

Rosie lächelt und betritt die beeindruckende Eingangshalle. Verlegen streift sie den Schnee von ihren Schuhen und muss daran denken, dass auf einem normalen Fest der Fußboden normalerweise voller Schuhe wäre, die auf einem großen Haufen liegen würden. Aber hier liegt gar nichts herum, es ist geradezu klinisch sauber. Das versetzt Rosies Selbstbewusstsein vor lauter Euphorie einen regelrechten Boost. Sie muss sich zügeln. Bloß nichts umkippen, verschütten. Was würde wohl passieren, wenn sie die Schuhe ausziehen würde, wie ein ganz normaler Gast? Würde sie von einem Geheimagenten der Oberschicht erschossen werden, oder was? Rosie grinst bei dem Gedanken.

»Kommt mit in den ersten Stock. Dort gibt es Schnittchen und Champagner. Bedient euch gerne.«

Rosie und Frank gehen hinter Irene die Treppe hinauf. Sie trägt ein silbernes Kleid, das sich wie ein treuer Diener an ihren Körper anschmiegt. Ihr Rücken ist frei und braun gebrannt, was entweder einem Solarium oder einer Woche auf den Kanaren zu verdanken ist. Auf dem Weg nach oben betrachtet Rosie die Gemälde an den Wänden. Bei reichen Leuten hängen Gemälde, keine Fotos, stellt sie fest. Auf einem der Gemälde ist die ganze Familie versammelt. Ein Ölgemälde. *Mamma mia.* In der Mitte sitzt das Wunderkind Fredrik in seinem Rollstuhl. Er trägt einen dunkelblauen Anzug, eine Locke fällt ihm ins Gesicht. Flankiert wird er von Irene, die ihre eisblonden Haare zu einem strengen, fast aggressiven Dutt hochgebunden hat, und dem wohlhabenden und eleganten Eventmogul Patrick. Sowohl Irene als auch Patrick strahlen eine große Selbstsicherheit aus, sie sind angekommen. Fredrik aber tut das nicht. Man darf zwar nicht vergessen, dass er ein gehandicaptes Kind ist und im Rollstuhl sitzen muss, trotzdem ist da etwas an seiner Körpersprache, das Rosie im Herzen wehtut. Er sieht so zerbrechlich aus. Unglücklich.

Einsam. Ein einsames Kind.

»So, bitte sehr«, sagt Irene und drückt Rosie und Frank ein Glas Champagner in die Hand. »Mischt euch unter die Leute. Und habt *Spaß.*«

Ihre Worte klingen eher wie ein Befehl denn wie eine Einladung. Als hätte sie gesagt »Lasst uns die Falklandinseln zurückerobern!«. Rosie nickt und lächelt. Sie ist kein Mensch, den man schnell verunsichern kann, aber diese Frau löst etwas in ihr aus. Macht sie nervös. Sie nimmt einen großen Schluck. Das ist tatsächlich echter Champagner. *Mmh, lecker.* Immer wieder gut.

»Was für ein Haus!«, sagt Rosie, als Irene sich anderen Gästen zugewandt hat.

»Da sagst du was. Das hat lange gedauert, bis es stand.«

»Wirklich.«

»Ja.«

Frank kommt etwas näher, damit die anderen sie nicht hören können. Sie sind umgeben von gut angezogenen Leuten, die sich in kleinen Grüppchen zusammengefunden haben und sich angeregt unterhalten. Aus den Lautsprechern, die gekonnt im Raum platziert sind, strömt leise Jazzmusik. Ausgelassenes Lachen und vereinzelte Satzfetzen fliegen vorbei. *Wie war es auf den Seychellen? Die Fotos waren ja unglaublich schön. Sixten hat gerade auf der Manillaschule angefangen, und bisher geht es ihm dort hervorragend.* Rosie fühlt sich wie in einer Folge von *Dallas*, die allerdings im Schweden der Gegenwart angesiedelt ist.

»Du musst wissen, Irene hat nicht immer so ein Leben geführt und kommt aus bescheidenen Verhältnissen. Sie hatte schon immer eine enge Verbindung zu Idre. Deshalb hat sie sich auch direkt nach der Scheidung eine Hütte hier oben gekauft.«

»War das eher die Größenordnung wie die Hütte, in der ich gerade bin?«, fragt Rosie.

»Ja, genau. Obwohl, noch schlichter würde ich sagen. Eine klassische Skihütte. Die würde hier ohne Schwierigkeiten in die Eingangshalle passen.«

»Wie ist es denn eigentlich … hierzu gekommen?«

Rosie deutet diskret mit der Hand in den Raum mit den eleganten Partygästen und auf die riesigen Fenster, die wie der Rahmen eines edlen Gemäldes die Berge dahinter einfassen. Die Frauen tragen lange Kleider, die Männer Anzug und glänzende Lederschuhe. Die Schnittchen liegen auf silbernen Tellern, und die Kunst an den Wänden ist unerschwinglich teuer.

»Das hat Patrick ermöglicht«, sagt Frank. »Das heißt, das stimmt nicht, Irene hat genauso hart gearbeitet, damit die Firma so erfolgreich wurde.«

»Wo haben die beiden sich denn kennengelernt?«

»Das ist etwa zehn Jahre her. Patrick hatte damals auch eine Skihütte hier oben, aber eine schickere, weil er aus einer reichen Familie stammt. Wo genau die beiden sich kennengelernt haben, weiß ich nicht. Aber das war in Stockholm. Zu der Zeit hat Irene noch als Krankenschwester gearbeitet, wenn ich mich richtig erinnere. Patrick hatte damals eine erfolgreiche Eventfirma in der Stadt. Vielleicht hat es sie beide in die Natur gezogen? Irene hat Idre immer geliebt, trotz der schrecklichen Ereignisse mit ihrem Ex-Mann. Die schwedischen Berge haben einen ganz eigenen Charme, ich habe mich auch auf den ersten Blick verliebt. Hier oben herrscht eine besondere Stille.«

Frank nimmt einen Schluck Champagner, und Rosie fragt sich, wie dieses göttliche Getränk wohl mit seinem Kautabak harmoniert. Aber sie findet es charmant.

»Und jetzt haben sie so eine Firma hier oben gegründet?«, fragt Rosie. »Die sind doch bestimmt beliebt, weil sie einen Haufen Touristen nach Idre locken, oder?«

»Ja, das stimmt schon. Aber die Leute hier oben können manchmal ganz schön beschränkt sein. Es kommen viele Deutsche und Russen, und die Einwohner wollen ihre schöne Natur nicht mit allen teilen. Schon gar nicht mit ›Touristen, die alles zumüllen und nur Party machen, als wären wir hier in Åre‹.«

Bei den letzten Worten zeichnet Frank Gänsefüßchen in die Luft, und Rosie lacht.

»Aber das Schlimmste war der Hausbau. Das hat die Einwohner sehr verärgert.«

Rosie nickt interessiert, obwohl sie die Details schon längst kennt. Cilla hat alles im Netz gelesen, was sie darüber finden konnte. Aber es ist besser, Frank in dem Glauben zu lassen, sie wisse von nichts, damit er keinen Verdacht schöpft, dass sie in Wirklichkeit im Haus der Familie herumschnüffeln will, der er seit so vielen Jahren nahesteht. Rosie kann Cillas Stimme hören: *Ausschau halten.* Aber wenn sie sich hier so umsieht, wird das kein leichtes Unterfangen werden.

»Wie, so eine Luxusvilla macht einen nicht beliebt bei den Leuten?«, sagt Rosie mit einem Lächeln.

»Das Gegenteil war der Fall. Es war vielen ein Dorn im Auge. Die einen haben sich beschwert, weil es ihnen die Aussicht versperrte, die anderen, weil es ihnen die Sonne nahm. Ich bin in einer geschlossenen Facebook-Gruppe für die Einwohner von Idre und kann nur sagen, da gab es viel Zwietracht und Hass.«

»Wirklich?«

»Hm. Es gab sogar Morddrohungen.«

Rosie reißt die Augen auf. Und muss sofort an den toten Assistenten Sebbe Karlsson denken. Die würden doch nicht … nein, niemals. Wer hätte etwas von seinem Tod? Man würde dann doch eher jemanden aus der Familie angreifen?

»Das Verhalten der Menschen im Internet«, sagt Rosie kopfschüttelnd. »Wie die sich manchmal aufführen.«

»Da sagst du was. Deshalb ziehe ich es vor, Menschen so kennenzulernen«, sagt Frank und hebt sein Glas, um mit Rosie anzustoßen.

»Du meinst auf Luxusempfängen?«

Frank lacht.

»Genau. Mit wunderbaren ehemaligen Polizistinnen aus Stockholm.«

Rosie wird rot. Himmel, dieser Mann macht sie nervös. Vor allem, wenn er sagt, dass er sie nett und schön findet. Frank Berg sieht sehr gut aus. Ein gestandener Mann in seinen besten Jahren (mehr oder weniger) mit Schwielen an den Händen und Haaren auf dem Kopf. Er ist viel zu gut für sie. Rosie weiß es. Das ist keine falsche Bescheidenheit, sondern schlicht die Wahrheit. Frank *ist* zu gut. Sie kennen sich ja kaum – seit zwei Tagen erst. Sie haben eine Leiche gefunden, ein paar Bier getrunken und sind auf einem Empfang zusammen. So weit, so gut. Rosie weiß, dass sie viele gute Eigenschaften hat. Sie kann Leute zum Lachen bringen, sie ist loyal und hat einen guten Job gemacht, als Polizistin und als Mutter. Außerdem ist sie genügsam und steht Veränderungen positiv und optimistisch gegenüber. Sie nimmt vieles auf die leichte Schulter. Und ist nebenbei bemerkt ziemlich gut in *Trivial Pursuit*.

Aber eins ist sie nicht. Schön. Das ist sie nie gewesen. Ihre Eltern, die ihr Bestes gegeben haben, aber eben auch Kinder ihrer Zeit waren, nannten sie Pummel, weil sie ein bisschen untersetzt war. Und wenn sie mit ihren Freundinnen im Östersund der Sechzigerjahre tanzen ging, wurde sie nie aufgefordert, immer nur die anderen. Aber Rosie hat trotzdem getanzt. Weil, so ist Rosie Ångström. Sie hatte auch hier und da einen echten Tanzpartner, aber nie einen der beliebten.

Und dann kam der Tag, an dem sie Lennart kennenlernte.

Den Mann, mit dem sie den Großteil ihres Lebens verbringen sollte. Britt, ihre beste Freundin aus Östersund, hatte vor zu heiraten. Die Hochzeit fand auf dem traditionsreichen Dampfschiff *S/S Thomée* statt, mit dem die Hochzeitsgesellschaft an jenem schönen, lauen Sommerabend auf dem Storsjön herumgefahren wurde. Britt und ihr frischgebackener Ehemann liebten Frank Sinatra, deshalb wurde den ganzen Abend seine Musik gespielt. Nach ein paar Gläsern Wein entdeckte sie Lennart in der Menge, und Lennart entdeckte Rosie. Als sich ihre Blicke trafen, wussten sie beide, dass sie ihr Leben miteinander verbringen würden. Und so kam es, bis zu jenem Tag vor knapp zehn Jahren, als Lennart starb.

Lennart war ohne Frage der wunderbarste Mann auf der Welt, aber er hatte Rosie zeit seines Lebens nie gesagt, dass er sie schön findet. Das hat ihr noch nie jemand gesagt. Deshalb hatte sie Panik bekommen, als Frank sie vorhin als wunderschön bezeichnet hat.

»Genau genommen stamme ich aus Östersund«, stottert sie.

Frank lacht leise.

»Okay. Dann eben wunderbare Frauen aus *Östersund*. Damit sind wir hier nicht gerade gesegnet.«

»Nicht?«

»Nein. Obwohl ich Idre heiß und innig liebe, ist es hier oben manchmal ziemlich einsam.«

Rosie schluckt und nickt verlegen. Sie hebt an, um etwas zu antworten, als jemand mit einem Löffel gegen ein Glas schlägt.

*Puh.*

Alle Gäste sehen zu Irene und Patrick, die mitten im Raum stehen. Es kribbelt Rosie im Bauch, als sie den eleganten Mann erkennt, den sie noch vor wenigen Stunden bei der Auseinandersetzung mit seiner Geliebten belauscht hat. Eine absurde Situation. *Ob sie es weiß?* Rosie kann an nichts anderes denken, während sie Irene in ihrem silbernen Kleid ansieht.

»Liebe Freunde«, sagt Irene da und hebt ihr Glas. »Ich freue mich, dass ihr alle zu unserem alljährlichen Champagnerempfang gekommen seid. Patrick und ich haben gestern lange nachgedacht, ob wir ihn überhaupt stattfinden lassen wollen. Ich vermute, dass alle von euch wissen, was passiert ist.«

Rosie läuft es eiskalt den Rücken hinunter, die Stimmung wirkt schlagartig gedrückt.

»Der junge Mann, der gestern Morgen tot aufgefunden wurde, hieß Sebbe und war die letzten Wochen bei uns, um Fredrik in der Zeit zu unterstützen, die für uns beruflich besonders hektisch ist. Und Sebbe war ein echter Gewinn. Deshalb waren wir schockiert und unendlich traurig, als wir von diesem tragischen Unfall erfahren haben. Er war erst einundzwanzig Jahre alt. Es ist nach wie vor … unglaublich, einfach nicht zu fassen. Wir … wir wissen auch nach wie vor nicht, warum er nachts im Wald unterwegs war.«

Irene schüttelt bedrückt den Kopf, gedämpftes Murmeln erfüllt den Raum.

»Wie ihr sicher bemerkt habt, ist auch Fredrik heute Abend nicht dabei. Normalerweise spielt er uns immer etwas vor.«

Sie zeigt auf den weißen Flügel, der in einer Ecke des Raumes steht.

»Aber er hat keine Kraft dafür, was wir alle, denke ich, sehr gut nachvollziehen können.«

Sie greift nach Patricks Hand.

»Aber wir hatten trotzdem das große Bedürfnis, unsere Tradition aufrechtzuerhalten. Zum einen, weil es so gemütlich ist, dass wir alle noch einmal zusammenkommen, bevor Weihnachten uns mit voller Kraft in Beschlag nimmt. Zum anderen aber auch, weil das unsere Gelegenheit ist, unserem geliebten Idre etwas zurückzugeben. Wie ihr wisst, spenden Patrick und ich jedes Jahr hunderttausend Kronen an ein gemeinnütziges Projekt. In den vergangenen Jahren waren es ein Kinderheim in Indien und Fördervereine. Aber dieses Jahr geht das Geld an eine Organisation, die uns beiden sehr am Herzen liegt. Wir haben beschlossen, die Summe an STARK zu geben, einen Verein, der sich um junge Menschen mit Rheuma kümmert. Die sitzen in Mora, und wir wollen euch alle bitten, ihnen eine Spende zukommen zu lassen, wenn ihr etwas entbehren könnt. Geht auf deren Webseite und spendet, was ihr könnt. Oder unterstützt sie auf einem anderen Weg. Sie können jede Hilfe gebrauchen!«

Spontaner Applaus brandet auf, und Rosie muss sich schrecklich zusammenreißen, um nicht die Augen zu verdrehen. Für wen hält sich diese Frau eigentlich? Für Oprah Winfrey aus Idre? Verteilt sie als Nächstes Autos an ihre Gäste? Oder Scooter, was hier oben angebrachter wäre?

»Wie ihr alle wisst, liegt mir diese Arbeit besonders am Herzen, weil ich selbst einen Sohn habe, der die meiste Zeit seines Lebens unter dieser Krankheit zu leiden hat. Deshalb ist es mir ein großes Anliegen, diese wunderbaren Kämpfer bei ihrer Arbeit zu unterstützen. Aber genug davon. Ich weiß, dass auf euch alle zu Hause noch Weihnachtsschinken, Pfefferkuchen und Geschenke warten, die verpackt werden müssen. Genießt jetzt die Schnittchen und den Champagner. Ich hoffe, wir sehen uns alle im nächsten Jahr wieder. Frohe Weihnachten.«

Als Irene ihr Glas hebt, tun es ihr alle nach. Kurz darauf ist alles wieder beim Alten, es haben sich kleine Grüppchen gebildet. Irene und Patrick verschwinden im Küchenbereich. Patrick hat kein Wort gesagt, ob das immer so ist? Rosie will Frank fragen, aber da kommt eine Frau auf ihn zu und umarmt ihn. Die beiden scheinen sich zu kennen, sie arbeitet im Hotel. Rosie nutzt die Gelegenheit und signalisiert Frank, dass sie auf die Toilette geht.

Das Badezimmer, das am Ende eines langen Flures liegt, ist alles andere als Standard. Es ist eher ein Spa, das über einen Jacuzzi, einen Sternenhimmel an der Decke, riesige Fenster mit Aussicht auf den Hang, eine Dusche mit einem Duschkopf, der größer ist als das Bermudadreieck, und zwei Waschbecken mit dazugehörigem Spiegel verfügt. Rosie setzt sich auf die Toilette. Sie kann das Gefühl nicht abschütteln, nicht hierherzugehören. Sie fühlt sich unwohl in so einem Ambiente, bei reichen Leuten. Nicht, dass sie das schon so oft erlebt hat. Aber immer ist da diese Angst, etwas dreckig oder kaputt zu machen. Sie wäscht sich die Hände in einem der Waschbecken und vermutet, dass es Irenes Hälfte ist, weil eine wunderschöne Haarbürste unter dem Spiegel auf dieser Seite liegt. Nachdem sie sich die Hände abgetrocknet hat, wirft sie einen kurzen Blick über die Schulter. Die Tür ist abgeschlossen. Sie zögert einen Moment. Dann öffnet sie die Tür vom Spiegelschrank und lässt ihren geschulten Blick über die Reihen wandern. Parfum, Deo, Wattepads, ein Epilierer. Im untersten Fach stehen viele weiße Pappschachteln nebeneinander aufgereiht.

Tabletten.

Sie nimmt eine der Schachteln in die Hand und inspiziert sie. Wie so oft besteht der Name aus einer unverständlichen Zusammensetzung aus Buchstaben. Es scheint sich auf jeden Fall um Kortisontabletten zu handeln, was nicht weiter überrascht, denn auch Rheumakranke nehmen Kortison. Rosie zieht eine der Blisterpackungen aus der Schachtel. Lennart hatte auch Rheuma und in den letzten fünf Jahren vor seinem Tod große Probleme damit gehabt. Deshalb erinnert sie sich auch an die Tabletten, die er genommen hat.

Aber … die sahen nicht so aus wie diese hier.

Lennarts waren groß und weiß. So wie Tabletten klassischerweise aussehen.

Diese hier aber sind klein und rot. Die sehen gefährlich aus. Natürlich können Kortisontabletten auch so aussehen. Trotzdem. Merkwürdig.

Rosie bekommt fast einen Herzinfarkt, als es plötzlich an der Tür rüttelt. *Verdammt.* Sie steckt die Tabletten zurück, schließt den Schrank und öffnet die Toilettentür. Eine ebenfalls tadellos gekleidete Gazelle steht davor und lächelt. Rosie lässt sie herein. Die Gute hat es offenbar eilig, ihr halbes Krabbenschnittchen wieder auszuspucken, das sie versehentlich zu sich genommen hat. Unschlüssig bleibt Rosie im Flur stehen. Links geht es zurück in den großen Wohnraum mit den anderen Gästen, gegenüber ist eine Treppe.

Eine Treppe, die in den oberen Stock führt.

Cillas Worte klingeln ihr in den Ohren. *Ausschau halten!*

Leise schleicht sie die Treppe hoch. Hier oben ist es nicht so weitläufig wie unten, aber die Decken sind genauso hoch. Neben der Treppe befindet sich ein Aufzug. Rosie fragt sich verwundert, warum hier ein Aufzug ist, als ihr Fredriks Rollstuhl einfällt. *Klar!* In diesem Stockwerk gibt es ein großes Badezimmer, an das zu beiden Seiten Zimmer anschließen. Auf der Tür zur Linken steht ein Name. Fredrik. Rosie bekommt schlagartig schweißnasse Hände. Die Tür ist angelehnt, vorsichtig steckt sie ihren Kopf hindurch und sieht hinein.

Aber es ist leer. Fredrik ist nicht in seinem Zimmer. Aber wo ist er dann?

Sie betritt den Raum. Was für ein Zimmer für einen Siebzehnjährigen. Das war so groß wie eine ganze Wohnung. In Stockholm würde man dieses Zimmer für mehrere Millionen verkaufen können. Aber ansonsten sieht es aus wie alle Zimmer von Teenagern. An den Wänden hängen Plakate, auf dem Boden liegen überall Klamotten. Das Einzige, was ein bisschen hervorsticht, ist das Instrument, das am Fenster steht, durch das man die Skipiste und den Wald dahinter sehen kann.

Es ist ein Teleskop.

Das sieht sehr teuer aus.

Interessiert sich Fredrik für Astronomie?

Rosie stellt sich ans Fenster und genießt die Aussicht. Wie lange ist sie nicht mehr im Norden des Landes gewesen? Zwar zählt Dalarna eher zu Mittelschweden, aber dennoch unterscheidet es sich sehr von Stockholm und Umgebung. Es war hier eher so wie in Östersund, wo sie aufgewachsen ist. Da sieht sie im Wald auf der anderen Seite des Hanges

Rauch aufsteigen. Brennt es? Nein, der Rauch kommt aus einem Schornstein. Dort steht ein Haus. Mit grüner Fassade. Obwohl die Bäume den Blick etwas versperren, kann man das Gebäude von hier aus hervorragend sehen. Ihr Blick fällt erneut auf das Teleskop. Man könnte damit auch jemanden beobachten …

Rosie trifft die Erkenntnis wie ein Blitz. Ihr bricht der kalte Schweiß aus.

*Ich wohne gar nicht weit weg von Ihnen, am selben Hang. In einem grünen Neubau.*

Jetzt fällt es Rosie wieder ein.

Gestern beim Abendessen im Hotel.

Manuela.

Ein Neubau am Hang. Damit ist eindeutig nicht das Haus gemeint, in dem sie sich gerade befindet. Wie viele Neubauten wird es hier geben? Rosie hat keine Ahnung. Aber davon sind bestimmt nicht viele grün. Sie berührt das kalte Metall des Teleskops. Ob Fredrik es häufig benutzt? Und wenn er das tut – sieht er auch hinüber zu Manuelas Haus?

Hat *Sebbe* Manuelas Haus gesehen?

*Hilfe. Himmel.*

»Was machen Sie in meinem Zimmer?«

Rosie entfährt ein Schrei. Sie dreht sich um. Die Tür steht jetzt sperrangelweit offen, und Fredrik sitzt in seinem Rollstuhl und sieht sie mit gerunzelter Stirn an. Es hat etwas Surreales, plötzlich dem Jungen gegenüberzustehen, den sie in unzähligen Fernsehbeiträgen gesehen und über den sie in unzähligen Artikeln gelesen hat. Er trägt eine schwarze Jeans und ein interessantes T-Shirt mit … einer Schildkröte drauf. Rosie erinnert sich an das Programm für Kinder, das im Fernsehen lief, als Adam klein war. Wie hieß das noch – *Turtles*? Rosie spürt ihren Herzschlag.

»Oh … ähm … ich … Entschuldigung … Ich muss mich wohl verlaufen haben.«

»Der Empfang ist unten, das wissen Sie schon?«

Rosie nickt und will sich an Fredrik vorbeischieben. Aber sein Rollstuhl versperrt den Weg, deshalb bleibt sie direkt vor ihm stehen.

»Was haben Sie gesucht?«, fragt er.

»Ich habe gar nichts gesucht. Ich schwöre, ich … Doch, ich habe die Toilette gesucht. Und dann habe ich dieses Teleskop gesehen. Wow! Das ist so fantastisch. Ich liebe Astrologie und Sterne und …«

Rosie räuspert sich.

»Ähm … Horoskope.«

»Unten im ersten Stock gibt es auch eine Toilette.«

»Oh, großartig. Okay. Danke. Kannst du mich bitte vorbeilassen?«

Fredrik rührt sich nicht vom Fleck. Sagt auch nichts. Rosie beruhigt sich, in dem sie sich wie ein Mantra aufsagt: *Das ist ein siebzehnjähriger Junge im Rollstuhl. Kein Grund, nervös zu werden.* Nach einer unerträglichen Weile macht er endlich Platz. Am Treppenabsatz angekommen dreht Rosie sich noch einmal zu Fredrik um, der ins Zimmer gerollt ist.

»Du, Fredrik.«

Er sieht sie mit leerem Blick an. »Ja?«

»Es tut mir sehr leid, was deinem Assistenten passiert ist.«

Keine Antwort. Fredrik schließt mit ausdruckslosem Gesicht die Tür. Rosie geht nach unten.

Irgendetwas stimmt mit diesem Jungen nicht.

# 32

*Sebbe*

*Drei Tage vor Weihnachten*

Morgen ist es vorbei. Morgen ist das hier *endlich* vorbei.

Der Blick auf sein Handydisplay verrät ihm, dass es schon kurz nach acht ist, aber in seinem Zimmer ist es noch dunkel. So wie die Berge und der Wald vor dem Fenster. Er sieht auch, dass er zwei SMS bekommen hat. Die eine ist von Marc, die andere von seiner Mutter. Marc schreibt, dass er sich darauf freut, mit ihm ein Bier trinken zu gehen. Das tut Sebbe auch. Allerdings sehnt er sich gar nicht so sehr nach dem Bier, sondern eher nach der netten Gesellschaft. Dann fliegt er über die Nachricht von seiner Mutter.

> *Hallo, mein Schatz, ich freue mich auf dich. Wir machen es uns richtig gemütlich. Sogar Lisa hat dich vermisst und freut sich. Wir überlegen uns noch ein paar Veggiesachen für dich. Umarmung, Mama.*

Sebbe wird ganz warm ums Herz. Wie oft hat er schon mit seiner Familie gestritten, weil sie nicht akzeptieren können, dass er weder Fleisch noch Fisch isst. Und wie oft hat er sich mit seiner kleinen Schwester Lisa über ungefähr alles gestritten. Wie sehr er sie alle vermisst. Er vermisst sie so sehr, dass es wehtut. Er muss nur noch einen Tag aushalten.

Nur noch einen Tag.

An diesem Abend, dem einundzwanzigsten Dezember, sind Sebbe und Fredrik allein im Haus. Die drei letzten Abende waren Patrick und Irene zu Hause gewesen. Vor einer Woche noch hätte Sebbe lieber Zeit mit seinem Schützling allein verbracht, jetzt aber war er froh, wenn noch jemand im Haus war. Sein Blick auf Fredrik hatte sich im Laufe der Zeit geändert, er sah ihn jetzt mit anderen Augen. Am Anfang war er ein Siebzehnjähriger, der seine Hilfe benötigte. Oder eher seine Gesellschaft. Aber das hatte sich massiv verändert. Sein Bild von Fredrik hatte sich gewandelt. Er war ein selbstbewusster Junge, der nicht nur gehen konnte, wenn er wollte, sondern ihn auch einfach so geküsst hatte, als sie vor etwa einer Woche zusammen auf dem Dach gesessen hatten. Der Kuss an sich hatte ihm nichts ausgemacht. Er war ihm deshalb nicht böse oder so. Aber er ist auf keinen Fall schwul und hat vor allem kein Interesse … an Fredrik.

Sebbe steht in der Küche und kocht. Es ist halb acht, und in der Pfanne brutzelt Sojahack in Olivenöl. Fredrik ist auch zum Vegetarier geworden, das hatte er seinen Eltern verkündet, als die gestern Hähnchenfilet machen wollten. *Und wie lange bist du das schon?*, hatten sie ihn gefragt. Fredrik hatte darauf nichts erwidert, aber Sebbe kannte die Antwort. *Seit ich hier bin.* Fredrik hatte ihre Routine aufrechterhalten wollen, jeden Abend nach dem Essen zusammen einen Film anzusehen, und Sebbe hatte natürlich zugestimmt. Schließlich war das hier sein Job. Er konnte nicht einfach in seinem Zimmer verschwinden und die Tür schließen, obwohl er nichts lieber getan hätte. Es hat auch nicht mehr so viel Spaß gemacht wie am Anfang. Die Atmosphäre zwischen ihnen war steif. Komisch. Unecht.

»Hallo!«

Sebbe zuckt zusammen, als er die Stimme hinter sich hört. Fredrik ist in die Küche gekommen. Im Rollstuhl. Er holt sich eine Limo aus dem Kühlschrank, öffnet sie und gießt sich etwas davon in ein Glas.

»Hallo«, sagt Sebbe. »Shit, hast du mich erschreckt.«

»Habe ich das? Das tut mir leid.«

»Alles gut.«

»Was gibt es heute zu essen?«

»Spaghetti bolognese. Mit Sojahack.«

Fredrik nickt.

»Kinderessen.«

Sebbe schnaubt.

»Wenn du meinst.«

Er öffnet eine Dose Tomaten und schüttet den Inhalt in die Pfanne. Dem folgen Tomatenmark, Oregano, Salz und Pfeffer.

»Sebbe.«

»Hm.«

»Bist du sauer auf mich?«

Sebbe fühlt sich sofort mies und schuldig. *Verdammt, er ist doch erst siebzehn. Gib ihm eine zweite Chance.*

»Was? Nein, überhaupt nicht.«

»Das fühlt sich aber so an.«

Als Sebbe sich zu Fredrik umdreht, hat dieser den Kopf gesenkt. Starrt auf seine Beine. Fingert an seinem Limoglas herum. Er sieht schüchtern und verlegen aus, überhaupt nicht vorlaut und aufdringlich. Seine Ausstrahlung hat sich komplett geändert. Mit einem Seufzer legt Sebbe den Bratenwender aus der Hand.

»Ich bin nicht sauer auf dich, Fredrik. Ehrlich. Aber… es fühlt sich leider ein bisschen schräg und angespannt an zwischen uns seit der Sache auf dem Dach.«

»Dem Kuss?«

»Ja.«

»Dafür will ich mich entschuldigen.«

»Das musst du nicht. Aber, du musst verstehen, ich bin nicht auf diese Weise an dir interessiert.«

Fredrik hebt den Kopf und sieht Sebbe aus großen Augen an.

»Ich dachte, du magst mich«, flüstert er.

»Das tue ich auch. Als Kumpel, als Freund.«

»Aber du hast bei mir im Zimmer übernachtet.«

»Auch das, als *Freund*, Fredrik. Da war sonst kein Hintergedanke.«

Fredrik nickt.

»Ich vermisse, wie es vorher war. Am Anfang.«

Sebbe lächelt und kratzt sich am Hinterkopf.

»Ja, verstehe. Das war auch cool, aber… du weißt ja, dass ich morgen abreise und nach Stockholm zurückfahre.«

Fredrik rollt auf ihn zu.

»Ich finde, du solltest bleiben, über Weihnachten.«

»Das kann ich nicht.«

»Ich habe meine Eltern gefragt. Heute Morgen. Die mögen dich, Sebbe. Sie fänden es auch gut, wenn du über Weihnachten bleibst.«

Sebbe runzelt die Stirn. *Die mögen dich.* Sebbe hat kein einziges Gespräch mit den beiden geführt, das länger als drei Minuten war. Sie sind ständig außer Haus. Arbeiten. Und wenn Irene mal zu Hause ist, kümmert sie sich ausschließlich um ihren Sohn. Außerdem kann sich Sebbe nichts Schlimmeres vorstellen, als mit der Familie Niemi Weihnachten zu feiern. Niemals im Leben würde er das machen. Er fühlt sich in dieser Luxusvilla einfach nicht wohl. Er will nur noch nach Hause, nach Hause, nach Hause.

»Das ist supernett von ihnen, Fredrik. Und auch von dir. Aber ich habe meiner Familie versprochen, an Weihnachten zu Hause zu sein. Ich fahre morgen nach Stockholm zurück.«

Sebbe bemerkt, wie sich Fredriks Gesichtsausdruck verändert. Seine Augen glänzen. Sebbe ist wie angewurzelt, kann sich nur mit großer Mühe umdrehen. Er schnappt sich den Bratenwender und rührt in der Bolognese. *Rühren, rühren, rühren.*

»Ich habe Angst, dass sie mich umbringen wird.«

Sebbe hält mitten in der Bewegung inne. Fredrik hat zwar geflüstert, aber er hat jedes Wort gehört. Und ist wie erstarrt.

»Was hast du gesagt?«

Ihre Blicke treffen sich.

»Ich habe gesagt, dass ich Angst habe, dass sie mich umbringen wird«, flüstert Fredrik erneut.

»Wer denn?«

»Meine Mutter.«

# 33

*Cilla*

*Ein Tag vor Weihnachten*

Wir sind dabei, den Tisch mit Köstlichkeiten zu decken. Käse, Schinken und Braten sowie einen Grünkohlsalat mit Parmesan und Walnüssen, als die Tür aufgerissen wird und Rosie in die Hütte gestürmt kommt.

»Was für ein perfektes Timing«, rufe ich fröhlich und greife nach der Weinkaraffe.

»Appappapp!«, sagt Zacke streng und legt seine Hand auf meinen Arm. »Der Wein hat noch nicht genug geatmet.«

»Aber wie lange dauert es denn noch?«

»Das ist ein Brunello, Cilla-Schatz. Nicht wir bestimmen, wann er so weit ist, das macht der Wein selbst.«

Jonathan verdreht die Augen, schiebt Zackes Arm weg, nimmt die Karaffe und schenkt mir ein Glas ein.

»Und der Preis für den *Prätentiösesten Mann des Jahres* geht an … Zacharias Johnson!«

»Entschuldige bitte, wenn ich euch nur das Beste anbieten will!«

Ich lächle Zacke zu, danke aber Jonathan insgeheim für

seine Intervention. Es ist fast halb acht, und ich freue mich schon seit heute Nachmittag auf ein Glas Wein. Im Sommer und an den Weihnachtsfeiertagen scheint der Körper sich sonderbarerweise automatisch darauf einzustellen, ab fünfzehn Uhr mit Wein versorgt zu werden.

»Cilla!«

Rosie hat sich die Jacke vom Körper gerissen und die Stiefel ausgezogen und kommt in die Küche gerannt.

»Herzlich willkommen«, sagt Jonathan. »Wie war dein Empfang im Luxushaus?«

»Sehr luxuriös. Aber ich …«

»Was gab es für Häppchen?«, fragt Zacke.

»Ähm … Schnittchen mit Krabben, Avocadococktails und so einen Käsecracker mit geräuchertem Rentierfleisch. Aber was ich eigentlich erzählen will, ist …«

»Und was habt ihr getrunken?«

»Champagner. Aber ich …«

»Und gab es einen Kuss vom Pistenwächter?«, sage ich und zwinkere ihr zu.

Rosie sieht aus, als würde sie gleich explodieren.

»ICH HABE FREDRIK NIEMI KENNENGELERNT! UND ER HAT EIN TELESKOP IN SEINEM ZIMMER STEHEN!«

Es wird schlagartig mucksmäuschenstill in der Hütte. Wir wechseln verdutzte Blicke, während aus meinen Lautsprechern das nächste schwedische Weihnachtslied erklingt.

»Du hast was?«, frage ich.

»Ich war in seinem Zimmer. Aus Versehen. Beziehungsweise, nein, nicht aus Versehen. Auf jeden Fall hat er mich dabei erwischt. Aber vorher konnte ich mir sein gigantisches

Teleskop ansehen, das vor dem Fenster steht. Und wisst ihr, was man damit sehr deutlich sehen kann? Die Skipiste und ein Haus auf der anderen Seite des Hanges. Einen grünen, ziemlich schicken Neubau.«

Ich runzele die Stirn.

»Grün? Wer baut denn mitten in den Bergen ein grün…«

Dann weiß ich es. Und reiße die Augen auf.

»Oh nein. Manuela?«

Rosie nickt.

»Ganz genau.«

»Man kann also aus seinem Zimmer das Haus von Manuela *sehen*?«

»Wenn es ihr Haus ist, ja. Und zwar sehr gut. Vor allem mit einem Teleskop.«

»Was, wenn Fredrik die beiden zusammen gesehen hat?«

Rosie verschränkt die Arme vor der Brust.

»Was, wenn *Sebbe* die beiden gesehen hat?«

*Verdammt.* Ich habe schon mein Handy gezückt und Manuelas Namen in die Suchmaske eingetippt.

»Wie heißt sie wohl mit Nachnamen?«, überlegt Rosie.

»Ich suche nach ›Manuela + Idre‹.«

Und wie erwartet gibt es hier oben nicht so viele Manuelas. Genau genommen nur eine.

»Manuela Perez. Stavbacken 2.«

»Sieh bei Google Maps nach, wo das liegt«, ruft Rosie eifrig.

Das tue ich, und siehe da, das Haus liegt keine zweihundert Meter von unserer Hütte entfernt. Auf der anderen Seite des Hanges. Ich finde sogar Bilder im Netz, wahrscheinlich von einem Lokalblatt hochgeladen. Und tatsächlich ist das Haus knallgrün. Ich halte Rosie das Handy hin.

»Ist es dieses hier?«

Rosie kneift die Augen zusammen, dann nickt sie.

»Hilfe, Cilla, was ist, wenn wir gerade einen Zusammenhang erkannt haben, den bisher noch niemand gesehen hat?«

»Du meinst, dass Sebbes Tod in Wirklichkeit Mord war? Und Patrick der Mörder ist?«

»Oder Manuela.«

Wir verstummen. Das schwedische Weihnachtslied wird von einem anderen Klassiker abgelöst. *Driving Home for Christmas* von Chris Rea. Der absolute Favorit meines Vaters. Altherren-Rock mit Glockengeläut. Erst jetzt bemerke ich Zacke und Jonathan, die wie versteinert am Küchentisch sitzen und uns entsetzt anstarren. Zacke hat ein Stück Trüffelsalami in der Hand.

»Darf ich mal kurz stören?«, sagt er nüchtern. »Wovon zum Teufel redet ihr da?«

*

Als ich später in mein Stockbett klettere, höre ich Rosie unter mir schon laut im Schlaf atmen. Im Wohnzimmer knistert ein Feuer im Kamin. Zacke und Jonathan sind noch wach und trinken Wein. Das ist eines der Dinge, die ich an den beiden liebe. Mit ihnen zusammen zu sein ist wie früher als Kind, wenn die Eltern Freunde zu Besuch hatten. Nichts war schöner, als nach dem Essen ins Bett zu gehen, während die anderen noch dasaßen und man mit dem Gemurmel und Gelächter im Hintergrund einschlief. So ähnlich ist es jetzt auch. Obwohl wir quasi gleich alt sind und Zacke sich manchmal wahnsinnig kindisch benimmt, ist er wie ein Ersatzpapa für mich. Ein gut aussehender Vater mit einem sehr gut aussehenden Liebsten. Aber vor allem ist er eine Vaterfigur, gibt mir Geborgenheit. Ob ich wohl jemals so eine Rolle im Leben eines anderen Menschen spielen werde? Vor dem Fenster fällt der Schnee leise zu Boden.

Morgen ist Weihnachten.

Es wird gemütlich und heimelig werden.

Am Marktplatz haben wir einen Stand gesehen, der auch kleine Weihnachtsbäume verkauft. Vielleicht gehen wir da morgen hin und suchen uns ein schönes Exemplar aus, das wir dann schmücken können. Zacke freut sich auf die Schlemmerei, und ich bin glücklich, die Feiertage mit meiner kleinen Familie, bestehend aus den Jungs und Rosie, verbringen zu dürfen.

Nur eine Person fehlt in dieser Runde. Und das ist Adam. Ich muss an das Foto denken, das er mir vorhin geschickt hat. Von mir auf seinem Schreibtisch. Ich bin mit einem Mann zusammen, der seine Arbeit liebt. Der sie sehr ernst nimmt und ihr einen großen Platz in seinem Leben einräumt. Und eigentlich habe ich damit überhaupt kein Problem. Aber wenn ich die beiden Jungs im Wohnzimmer lachen und kichern höre, spüre ich ein Ziehen im Bauch. Ich wünschte mir, dass Adam und ich auf dem Sofa kuscheln, lachen und Wein trinken könnten.

Ich zucke zusammen, als mein Handy ein Geräusch von sich gibt. Verdammt, ich habe vergessen, es auf lautlos zu stellen. Aber Rosie schnarcht weiter, sie scheint nicht aufgewacht zu sein. Insgeheim hoffe ich, dass ich eine SMS von

Adam bekommen habe. Aber dann sehe ich, dass es eine Mail ist. Ich öffne sie und spüre augenblicklich, wie mir das Blut in den Kopf schießt und mein Herz wie verrückt schlägt.

*Hallo, Cilla Storm.*
*Ich habe schon oft Interviewanfragen von Journalisten bekommen und immer abgelehnt. Als das mit meinem Sohn war, ging es mir sehr schlecht. Die Scheidung von Irene hat viel Kraft gekostet, außerdem hatte ich mit psychischen Problemen zu kämpfen. Heute geht es mir viel besser, zum Glück. Ich habe akzeptiert, dass mir der Kontakt mit meinem Sohn für immer untersagt ist, deshalb fällt es mir besonders schwer, darüber zu sprechen. Aber nachdem ich ein bisschen darüber nachgedacht habe, bin ich zu dem Entschluss gekommen, dass ich gerne mit Ihnen reden würde.*

*Dabei geht es mir nicht in erster Linie darum, dass meine Stimme Gehör findet, ich mache mir vielmehr Sorgen um Fredrik. Ich habe in den letzten Jahren seinen Werdegang beobachtet. Sie wissen schon, im Fernsehen und in den Zeitungen, seit er berühmt ist. So habe ich auch mitverfolgt, dass er immer kränker wurde.*

*Ich weiß, dass ich meinem Sohn etwas Schlimmes angetan habe. Das kann ich nicht mehr ungeschehen machen.*

*Aber ich befürchte, dass ihm Irene einen viel größeren Schaden zufügt.*

*Ich glaube, dass sie gefährlich ist. Das meine ich wortwörtlich. Das war sie schon damals in unserer Ehe, und das ist sie erst recht heute.*

*Deshalb bin ich bereit, Ihnen zu helfen.*

*Herzlich*
*Olle*

Ich lese die Mail mehrmals durch.

Was genau meint er damit?

In meinem Kopf rasen die Gedanken wie wild. Einerseits ist die Mail großartig. Fredriks Vater, der sich und seinen Sohn damals in Lebensgefahr gebracht hat, ist bereit zu einem Interview. Das könnte eine spannende Folge für *Blutspur* werden. Über einen kleinen Jungen, der sich zu einem Wunderkind entwickelt hat, obwohl sein Leben ungewöhnlich dramatisch begann. Das vom Unheil verfolgte Wunderkind. Aber was meint er damit, dass Irene ihm einen viel größeren Schaden zufügt?

*Ich glaube, dass sie gefährlich ist. Das meine ich wortwörtlich.*

Ich kenne die Frau nicht, anders als Rosie, und sie hat sie eher als etwas unterkühlt, distanziert beschrieben. Aber gefährlich? In welcher Hinsicht gefährlich? So eine durchgeknallte Stage-Mom? Wie die in den amerikanischen Soaps, die ihre Kinder zu Höchstleistungen antreiben, damit aus ihnen berühmte Stars und Sternchen werden? Gibt es überhaupt schwedische Stage-Moms? Meint er das damit? Dass Fredrik eigentlich zu krank ist, um den Druck auszuhalten, der das Leben als öffentliche Person mit sich bringt?

Ich beschließe, Olle umgehend zurückzuschreiben.

*Hallo, Olle.*

*Vielen Dank für Ihre schnelle Antwort, über die ich mich sehr gefreut habe. Darf ich Sie morgen Vormittag anrufen? Ich weiß, es ist Weihnachten, aber ich habe eine Deadline, die ich einhalten muss.*

*Aber eine Frage muss ich Ihnen jetzt schon vorab schicken.*

*Was genau meinen Sie mit Ihrer Äußerung über Irene? Inwiefern ist sie gefährlich?*

*Beste Grüße*

*Cilla*

Ich liege im Bett und wackle mit den Zehen. Die Neugierde hält mich wach. Sekunden später bekomme ich eine Push-Nachricht vom *Aftonbladet* mit der neuesten Schlagzeile: *Tod in einer Idylle. Der junge Stockholmer Sebbe (21) tödlich in den Bergen verunglückt.* Mein Herz bleibt fast stehen vor Anspannung. Ich klicke auf den Artikel und sehe direkt in sein Gesicht. Das Foto ist in einer Bar aufgenommen worden. Er sieht hübsch aus. Groß, dunkles Haar, markantes Kinn. Intensiver Blick in die Kamera. Ein typischer Stockholmer Junge eben. Ich spüre das Bedürfnis, Rosie zu wecken und mit ihr darüber zu sprechen. Sie schläft erst seit einer Viertelstunde oder so. Das hier ist doch wesentlich interessanter als Schlaf, oder? Aber dann überlege ich es mir anders. Morgen ist Weihnachten, und wir haben genug Zeit, ausführlich über alles zu reden.

Aber dann gibt mein Handy wieder ein Geräusch von sich. Eine neue Mail. Ich bin gewappnet, aber nichts hätte mich auf die Nachricht von Olle vorbereiten können.

*Googeln Sie mal Münchhausen-by-proxy-Syndrom. Dann werden Sie wissen, was ich damit meine.*

Mein Herz schlägt so laut, ich kann gar nicht denken. Mir schnürt sich der Hals zu.

Jetzt besteht kein Zweifel mehr.

»Rosie, wach auf!«, schreie ich.

# 34

*Irene*

*Ein Tag vor Weihnachten*

Vorsichtig öffnet Irene Niemi den großen Karton, der zwar nur ein Jahr lang im Abstellraum gestanden hat, dafür aber trotzdem eine dicke Schicht Staub angesammelt hat. Sie klappt den Deckel auf und betrachtet den funkelnden und glitzernden Inhalt. Obwohl sie mittlerweile genug Geld zur Verfügung hat, um sich neuen – und viel *feineren* – Baumschmuck kaufen zu können, hat sie den Schmuck aus Fredriks Kindheit aufgehoben.

Das ist lauter billiges Zeug, das sie damals auf dem Weg nach Idre im Baumarkt gekauft hatte. Das hat etwas Nostalgisches.

Als Erstes wickelt sie die Lichterkette um den umwerfend schönen Weihnachtsbaum, der am Vormittag von einer lokalen Firma geliefert worden ist. Morgen ist Weihnachten, und Irene würde nicht auf die Idee kommen, einen Tag früher den Baum zu schmücken. Das ist Tradition. Und Traditionen sind wichtig. Nachdem die Lichterkette installiert ist und sie ihre Funktionstüchtigkeit getestet hat, werden die Zweige mit Lametta verziert, dann folgen die roten und dunkelblauen Christbaumkugeln.

Dabei denkt sie an die Weihnachten ihrer Kindheit. Die waren immer recht schön gewesen. An diesen Tagen rissen sich ihre Eltern zusammen. Sie strengten sich an, den Anschein einer ganz normalen Familie zu geben, obwohl sie alles andere als das waren. Am Weihnachtsabend putzte sich Irenes Mutter heraus, und ihr Anblick raubte ihr fast den Atem. Sie sah so … gesund aus. Obwohl ihr die Krankheit an Weihnachten natürlich genauso viele Qualen bereitete wie an allen anderen Tagen des Jahres.

Als Irene zwölf Jahre alt war, brach bei ihrer Mutter die Krankheit Morbus Menière aus, eine relativ seltene Erkrankung des Innenohres, die mit Schwindelattacken einhergeht, aber auch zu Tinnitus und Gehörverlust führen kann. Einige Betroffene können damit ein fast normales Leben verbringen, andere leiden sehr darunter. Irenes Mutter gehörte zu den Letzteren, sie war arbeitsunfähig und wurde langzeitkrankgeschrieben. Sie lag oft im Bett und kämpfte gegen Übelkeit, die durch den Schwindel ausgelöst wurde. Am Anfang hatte Irene große Angst vor den Symptomen der Krankheit gehabt, weil sie ihre liebevolle und kümmernde Mutter nicht wiedererkannte. Von heute auf morgen musste sich Irene um sie kümmern statt andersherum. Zunächst fiel es ihr schwer, sich darauf einzulassen. Statt sich mit ihren Freundinnen zu verabreden, ging Irene nach der Schule sofort nach Hause, und mit dreizehn bestand ihr Leben hauptsächlich aus der Pflege ihrer Mutter. Sie zu trösten, mit ihr zu reden, ihr Essen zu kochen, wenn ihr Vater erst spät von der Arbeit kam, sie zu waschen, ihr Erbrochenes wegzuwischen …

Was aber zu Beginn unangenehm und anstrengend gewesen war, wurde im Laufe der Zeit zum Alltag. Es war normal. Irene ging es gut mit dieser schweren Aufgabe. Vielleicht lag es an der Aufmerksamkeit, die sie im Gegenzug bekam. Irene hatte nie die Rolle des Lieblingskindes genossen, die war ihrer älteren Schwester vorbehalten. Aber von einem Tag auf den anderen war Irene für ihre Mutter lebenswichtig geworden. Und dieses Gefühl war unschlagbar. Wie wunderbar es war, gelobt, gebraucht, geliebt zu werden.

So war es auch am Anfang ihrer Beziehung zu Patrick, zumindest die ersten Jahre. Er löste diese Gefühle in ihr aus. Was sie von ihm als Person hielt, war zweitrangig, solange sie gebraucht wurde. Unersetzlich war.

Irene tritt einen Schritt zurück, mustert ihr großes, funkelndes Werk. Der Baum ist schön geworden. Man sieht zwar, dass der Schmuck schon alt ist, Patrick wird es garantiert kommentieren. Aber Irene will es so haben. Sie will, dass der Weihnachtsbaum immer gleich aussieht, und zwar genau so.

Zufrieden mit dem Ergebnis geht sie in die Küche und gießt sich ein Glas eiskaltes Mineralwasser ein. Trinkt es gierig aus. Da hört sie ein Geräusch aus dem Stockwerk über ihr. *Pling, pling, pling, pling…* Das ist Fredriks Keyboard. Aber es klingt nicht wie sonst. Es ist nur ein Ton, immer und immer wieder derselbe Ton.

Er will spielen, kann es aber nicht. Was niemanden überrascht, immerhin ist sein Assistent gestern tot aufgefunden worden. Eine Tragödie und ein großer Schock für die ganze Familie. Irene ist es allerdings nach wie vor schleierhaft, warum er nachts so spät noch unterwegs war.

Dass er im Dunkeln den Abhang hinuntergestürzt ist, ist leider nicht abwegig. Es war ein Leichtes, sich in den dunklen Wäldern zu verlaufen, vor allem, wenn man sich in der Gegend nicht auskannte. Aber was hatte Sebbe dort draußen gewollt? Er hatte nicht einmal sein Handy und auch keine Taschenlampe dabei.

Es hatte fast so ausgesehen, als sei er … vor etwas weggelaufen.

Die Polizei war heute da und hatte sie befragt. Aber was gab es da zu sagen? Niemand von ihnen wusste, was mit Sebbe los gewesen ist. Warum er einfach das Haus verlassen hatte.

Und Fredrik ging es besonders schlecht. *Mein geliebter Junge.*

Seine Trauer zerreißt ihr schier das Herz.

Der helle Klang des hohen Tones hält an. *Pling, pling, pling, pling* …

Er hat nicht mit ihr reden wollen, seit Sebbe gefunden wurde. Er war am Boden zerstört. Sie hätten diesen Burschen aus Stockholm niemals einstellen dürfen. Irene hatte es von Anfang an gewusst. Aber Patrick hatte darauf bestanden, was sich jetzt als ein riesiger Fehler herausstellte. Sie werden in Zukunft keinen Assistenten mehr anheuern, hat Irene beschlossen, da kann Patrick sagen, was er will. Fredrik braucht viel Unterstützung, und die kann ihm niemand anderes geben außer seiner Mutter. Die ihn am meisten liebt, die alles für ihn tut. Niemand kann Fredrik so helfen, wie sie es kann. Das weiß Irene genau.

Patrick ist der Ansicht, dass sie ihren Sohn zu sehr verwöhnt hat. Dabei war das doch nicht verwunderlich. Fredrik ist schwach und braucht Hilfe, seit sein leiblicher Vater leichtfertig sein Leben in dem eiskalten Wald aufs Spiel gesetzt hat.

Die Krankheit ist schlimmer geworden, seit sie nach Idre gezogen sind. Die Schmerzen wurden stärker, die Diagnose Rheuma wurde bittere Wahrheit. Am Ende landete er sogar im Rollstuhl. Ihr geliebtes Kind. Aber vielleicht war das nicht unbedingt das Schlechteste. Irene stimmt ihrem Gedanken nickend zu. Ja, so ist es. Die Welt hatte angefangen, ihren verlockenden Reiz auf Fredrik auszuüben. Der Rollstuhl verhinderte das Schlimmste und sorgte dafür, dass er bei ihr blieb. Bei seiner Mutter. Sodass sie ihm ihre Liebe schenken konnte.

Sie trinkt ihr Glas aus und nickt erneut. *Keinen neuen Assistenten. Keine Fremden mehr im Haus. Nie wieder.*

Ganz gleich, mit wie vielen Frauen Patrick noch fremdgehen wird, ein Mensch wird immer ihre Fürsorge und Liebe brauchen. Ein Mensch, der auf sie angewiesen ist. Den sie bedingungslos lieben kann und der ohne sie nicht zurechtkommt.

Ihr geliebter Sohn.

Ihr Fredrik.

Sie stellt das Glas in die Spüle. Das Geräusch von oben ist verstummt. Sie seufzt.

»Fredrik?«

Keine Antwort. Vielleicht hat er sich hingelegt, um sich auszuruhen? Er liegt manchmal den ganzen Tag im Bett. Vielleicht sollte sie hochgehen? Sich mit ihm unterhalten, ihn umarmen. Vielleicht braucht er stärkere Tabletten?

Irene geht langsam die Treppe hoch und bleibt vor Fredriks Zimmertür stehen.

»Fredrik, mein Schatz? Wie geht es dir?«

Keine Antwort. Unschlüssig tritt sie auf der Stelle.

»Fredrik … Ich habe den Weihnachtsbaum geschmückt. Magst du runterkommen und ihn dir ansehen? Liebling?«

Die anhaltende Stille macht sie nervös, es kribbelt ihr im Nacken. Vorsichtig öffnet sie die Tür und … steht in einem leeren Zimmer. Sie sieht sich suchend um.

Ist verwirrt.

»Fredrik, wo bi…«

Ein Windzug streicht ihr durchs Haar. Steht hier ein Fenster auf? Nein. Alle verschlossen. Es wird langsam dunkel draußen. Der Tag verabschiedet sich.

Das einzige Licht kommt aus dem begehbaren Kleiderschrank. Wie komisch, der kalte Windzug scheint von dort zu kommen.

»Fredrik? Bist du da drinnen?«

# 35

*Sebbe*

*Drei Tage vor Weihnachten*

»Wie meinst du das?«

Sebbe starrt Fredrik an, der vor ihm mit gesenktem Kopf sitzt.

»Ich meine es so, wie ich es sage«, erwidert er leise.

Er flüstert, als hätte er Angst, dass ihn jemand hören kann, obwohl außer ihnen niemand im Haus ist.

»Warum hast du Angst vor deiner Mutter?«

Aber Fredrik antwortet nicht, starrt stumm zu Boden.

»Hallo? Warum sagst du, dass du Angst vor deiner Mutter hast?«

Schweigen.

»Fredrik, wenn es da etwas gibt, musst du es mir sagen, okay?«

Aber Fredrik ist verstummt, er schüttelt nur den Kopf und verlässt die Küche. Sebbe ruft ihm hinterher, aber bekommt keine Antwort. Er hört nur, wie sich der Fahrstuhl öffnet und mit Fredrik nach oben fährt. Sebbe seufzt, hat auf einmal pochende Kopfschmerzen. *Fuck.* Wie meint er das? Was geht hier vor sich? Hat er das ernst gemeint? Oder übertreibt Fredrik? Sebbe weiß, wie Teenager sein können. Schließlich war er vor gar nicht allzu langer Zeit selbst einer.

Nachdenklich starrt er auf die blubbernde Veggiebolognese in der Pfanne. Die wird er wahrscheinlich allein essen müssen.

*

Als Sebbe mit dem Essen fertig ist, hat Fredrik sich noch nicht wieder blicken lassen. Obwohl Sebbe mehrmals nach ihm gerufen hat. Ein leerer Teller steht auf dem Tisch und wartet auf ihn. Und auf dem Herd steht noch warmes Essen. Eine Welle aus Scham überkommt ihn. Ist er zu hart gewesen? Hätte er doch über Weihnachten bleiben sollen? Ihm zuliebe?

*Nein.*

Oder doch?

Gedankenverloren spült er seinen Teller ab und stellt ihn in die Spülmaschine. Dann geht er nach oben. Er hört das Wasser in der Dusche laufen. Plötzlich packt ihn Panik. Vielleicht ist Fredrik etwas zugestoßen, und er hat deshalb nicht auf seine Rufe geantwortet?

»Fredrik? Alles okay bei dir?«

Keine Antwort. Jetzt steht Sebbe vor der Badezimmertür. Aber die ist verschlossen. Und abgeschlossen. Sebbes Hände sind schweißnass, als er die Klinke herunterdrückt.

»Fredrik!«, ruft Sebbe lauter.

»Ich DUSCHE!«

*Gott sei Dank*. Sebbe erwidert ein *Okay*. Schlagartig ist ihm leichter ums Herz. Er weiß gar nicht, was er sich vorgestellt hat, was hätte passiert sein können? Aber zum Glück ist alles in Ordnung. Er hat keinen Fehler gemacht. Im Gegenteil. Er hat seinen Job gemacht, wie sinnlos er ihm auch zwischendurch vorgekommen sein mag. Er ist für Fredrik da gewesen, hat ihm geholfen, ihm Gesellschaft geleistet, ihn bekocht. Das Einzige, was er nicht getan hat, war, den Kuss zu erwidern. Er ist fertig. Fertig mit diesem Haus, fertig mit dieser Familie. Morgen früh geht sein Bus, und bald ist er wieder zu Hause.

Sebbe geht in sein Zimmer, holt seinen Rollkoffer aus dem Kleiderschrank und fängt an zu packen. Pullover, Jeans … Kurz darauf hat er alles eingepackt, was er besitzt. Bis auf ein paar Klamotten. Komisch. Ein paar von seinen T-Shirts sind verschwunden. Nichts Teures. Sebbe besitzt keine exklusive Garderobe. Aber ihm fehlen mindestens drei T-Shirts. Vielleicht hat die Putzfrau sie verwechselt und bei Fredrik einsortiert? Vielleicht liegen sie in seinem Kleiderschrank?

Sebbe geht rüber in Fredriks Zimmer. Er öffnet den hotelzimmergroßen Kleiderschrank und geht suchend an den Regalen entlang. Aber er findet seine Sachen nicht. Dann geht er in Fredriks Schlafzimmer zurück, lauscht, kann aber das Rauschen der Dusche hören.

Auch hier sieht er sich suchend um. Auf dem großen Perserteppich, auf den er seine Matratze gelegt hatte, um hier zu übernachten, steht das Teleskop. Fredriks Bett ist mindestens doppelt so groß wie das in seinem Kinderzimmer. Außerdem hat es große Schubladen, die man herausziehen und in denen man viel verstauen kann. Sebbe hat gesehen, dass Fredrik dort seine Noten und Zeug aufbewahrt. Vielleicht auch seine eigenen Kompositionen. Er kniet sich vor das Bett, sieht verstohlen über die Schulter und lauscht, ob er die Dusche noch hören kann. Dann zieht er die erste Schublade auf.

Lange starrt er auf den Inhalt der Schublade, ohne zu begreifen, was genau er da sieht. Berge von Notenpapier. Die sagen Sebbe nichts, er kann keine Noten lesen. Das ist Chinesisch für ihn. Aber in der hinteren Ecke liegt etwas, das seine Aufmerksamkeit erregt. Zwei Plastiktüten. Eine große und eine kleinere. Er streckt sich und zieht die kleinere zu sich. Öffnet sie und sieht hinein. Es sind …

Tabletten.

Unmengen von kleinen roten Tabletten.

Sebbe begreift nicht. Der erste Gedanke, der ihm in den Kopf kommt, ist so absurd wie komisch. *Fredrik ist ein Dealer.* Aber dann übernimmt die Logik. Das sind natürlich Tabletten gegen seine Krankheit. Gegen sein Rheuma. Aber warum so viele davon? Nimmt er die nicht mehr? Sebbe legt die Plastiktüte zurück an ihren Platz und zieht die andere, die größere zu sich heran. Öffnet sie.

Er spürt, wie sein Puls in den Ohren rauscht.

Denn in der großen Plastiktüte liegen seine drei verschwundenen T-Shirts.

Was zum …

Warum hat Fredrik seine Klamotten geklaut? Er kann doch alles haben, was er will?

Ein Signalton lässt Sebbe zusammenzucken. Er springt auf, auf dem großen, teuren Monitor ist ein Fenster eingeblendet.

*Übertragung abgeschlossen.*

Neben dem Monitor liegt Fredriks Handy und ist mit ihm verbunden. *Übertragung abgeschlossen.* Was wurde übertragen? Musik? Fotos?

Unschlüssig steht Sebbe vor dem gigantischen Monitor. Das dunkelblaue Licht flimmert in dem dunklen Zimmer. Er lauscht erneut, die Dusche rauscht. Er sollte das nicht tun. Er sollte das *wirklich* nicht tun.

Trotzdem tut er es. Er berührt die Maus und klickt das *OK* in dem Fenster mit der Meldung an, dass die Übertragung abgeschlossen wurde. Ein Fotoalbum öffnet sich, Sebbe klickt wahllos durch die Fotos.

Berge.

Screenshots aus Instagram.

Selfies.

Und dann sieht er etwas, was ihn wie eine Faust in die Magengrube trifft. Er öffnet eines der Fotos.

Darauf ist er zu sehen.

Sebbe blinzelt verdutzt. Was ist das? Wann wurde das gemacht?

Auf dem Foto liegt er auf der Matratze, auf der er in Fredriks Zimmer geschlafen hat. Es ist dunkel im Raum, aber ein Blitz beleuchtet sein schlafendes Gesicht. Und seine Brust und seinen Bauch. Denn jemand hat die Decke beiseitegezogen.

*Die Taschenlampe.* Sebbe hatte gedacht, dass ihn Patricks Taschenlampe geweckt hätte. Aber das stimmte nicht. Wahrscheinlich hatte ihn der Blitz von Fredriks Handykamera geweckt.

Sebbes Herz schlägt wie wild. Es schlägt so laut, als würde

es aus der Brust springen wollen. Hektisch blättert er durch das Album, und mit jedem Foto wächst die Panik.

Er ist auf allen Fotos drauf. Von allen Seiten aufgenommen. Ohne dass er die geringste Ahnung hatte, fotografiert zu werden. Auf einigen ist er von hinten zu sehen, beim Kochen. Auf einem anderen ist er auf dem Sofa eingeschlafen …

Sebbe hält den Atem an.

Das Kondenswasser macht die Aufnahme etwas verschwommen, aber Sebbe erkennt sich. Er steht unter fließendem Wasser in der Dusche, nackt.

Er weicht einen Schritt zurück.

Ihm ist speiübel.

Am liebsten würde er sich übergeben.

Hektisch sieht er sich um. *Wo bin ich? Ich muss sofort weg von hier.* Er stürmt aus dem Zimmer, will seinen Koffer holen und abhauen. Er hat vergessen, ihn zuzumachen. Nervös zerrt er an dem Reißverschluss. Und da hört er es.

Vielmehr, er hört kein Geräusch mehr.

Das Wasser rauscht nicht mehr.

Sebbe steht kurz vor einem Herzstillstand. Aber es gibt keinen anderen Weg, keinen Plan B. Er schnappt sich den Koffer, schleicht aus dem Zimmer und die Treppe hinunter.

Hinter sich hört er, wie die Badezimmertür geöffnet wird. Er hört Fredriks Schritte, aber hetzt weiter die Stufen nach unten. Er hat die Küche nicht aufgeräumt, aber das ist jetzt absolut unwichtig. Er kann keine weitere Nacht hierbleiben. Keine Minute, um genau zu sein. Er muss sofort weg von hier. In diesem Haus ist etwas faul. Verdammt faul.

Er hat gerade das Erdgeschoss erreicht, als er Fredriks Stimme hört.

»Sebbe?«

Er antwortet nicht. Die Hand auf der kalten Türklinke.

»Sebbe?!«

Seine Stimme ist lauter. Beunruhigend laut. Fredrik muss in seinem Zimmer gewesen sein und die aufgezogene Schublade unterm Bett und vielleicht auch das verwaiste Gästezimmer gesehen haben.

Die Kälte schlägt Sebbe entgegen, als er die Tür öffnet. Es ist kalt draußen, richtig eiskalt. Er schnappt sich seine Jacke vom Haken, zieht sie sich an und schlüpft in seine Winterstiefel. Seine Hände zittern.

»SEBBE?!«

Jetzt schreit Fredrik. Dann hört Sebbe, wie er die Treppe hinunterrennt. Verdammt. *Er kann sogar rennen.* Sebbes Blick fällt auf seinen Koffer. Den wird er nicht mitnehmen können.

Er lässt ihn stehen und knallt die Tür hinter sich zu.

Und dann rennt er, so schnell ihn seine Füße tragen.

# 36

*Rosie*

*Die Nacht vor Weihnachten*

»Rosie! Wach auf!«

Rosie schlägt die Augen auf und weiß im ersten Augenblick nicht, was los ist. Es ist dunkel im Zimmer. *Wo bin ich?* Ach ja. Hier, in der kleinen Skihütte. Cillas blonde Locken hängen wie ein Kronleuchter über den Bettrand. Rosie schaltet die Nachttischlampe an und blinzelt verwirrt.

»Was … was ist los?«, fragt sie. »Brennt es?«

»Nein. Natürlich nicht. Ich muss dir was sagen.«

»Was? Was musst du mir sagen?«

»Es geht um die Familie Niemi!«

»Cilla, ich habe schon geschlafen.«

»Du musst diese Mail von Olle lesen.«

Rosie reibt sich die Augen und richtet sich mühsam auf.

»Olle? Wer ist das?«

»Fredriks Vater. Der ihn als Baby entführt hat.«

»Hast du ihm gemailt?«

»Ja, wegen eines Interviews für *Blutspur*. Und er hat mir das hier zurückgeschrieben.«

Cilla gibt ihr das Handy, und Rosie liest artig die E-Mail-Korrespondenz durch. Am Ende sitzt sie senkrecht im Bett. Sie sieht hoch, in Cillas erwartungsvolles Gesicht. So aufgekratzt hat sie ihre Freundin nicht mehr gesehen, seit… ja seit dem Wochenende auf Bullholmen im vergangenen Herbst, als sie das Rätsel um das Verschwinden der Salonlöwin Laila Damm gelöst hatten.

»Jesses!«, sagt Rosie. »Was genau meint er denn mit Münchhausen-by-proxy-Syndrom?«

»Weißt du, was das ist?«

Rosie nickt.

»Ja, ich habe mal eine Dokumentation darüber gesehen. Eltern, die ihre Kinder vorsätzlich krank machen und sie damit fürs Leben zeichnen. Total irre ist das. Aber das ist ein *äußerst* seltenes Phänomen in Schweden …«

»Aber es kommt vor. Ich habe das recherchiert. Nur sehr wenige Fälle kommen vor Gericht, aber viele Ärzte sprechen von einer hohen Dunkelziffer.«

»Und was will er damit sagen? Dass Irene …«

»Ganz genau!«

Cilla nickt, und Rosie muss sofort an den jungen Fredrik Niemi denken, der im Rollstuhl sitzt. *Himmel, das kann doch nicht wahr sein. Soll sie …*

»Und sieh dir das an.«

Cilla schnappt sich ihr Handy, tippt darauf herum und gibt es Rosie zurück. Es ist ein Artikel aus dem *Aftonbladet.* Rosie sieht das Foto eines jungen Mannes. Groß, dunkles Haar, markantes Kinn. Ziemlich hübscher Kerl. Sebbe Karlsson. Sie überfliegt den Artikel.

»Ist das der Assistent gewesen?«

»Scheint so«, sagt Cilla.

Rosie betrachtet das Foto. Es ist ein ganz normales Foto eines ganz normalen jungen Mannes, der in einer Kneipe sitzt und ein Bier trinkt. Aber irgendetwas an dem Foto irritiert sie. Sie weiß aber nicht, was.

Ist es sein Blick? Nein.

Ist es sein …

Sie erstarrt. Ihr läuft es eiskalt den Rücken hinunter.

»Warte mal …«

Ihr entweichen die Worte wie ein Atemzug. Cilla runzelt die Stirn.

»Was denn? Was meinst du?«

»Dieses Foto kommt mir irgendwie bekannt vor.«

Rosie steht auf und holt ihr Handy aus der Tasche. Wie spät ist es eigentlich? Kann man so spät noch Nachrichten schicken? Ja, beschließt sie selbstbewusst und schreibt Frank eine SMS: *Kannst du mich bitte kurz anrufen, wenn du das hier liest?*

»Rosie?« Cilla hängt über dem Bettrand und sieht ihre Freundin besorgt an. »Was ist los?«

»Ich glaube …«

Aber sie beendet den Satz nicht, sondern verlässt im Nachthemd das Schlafzimmer. Zacke und Jonathan sehen sie verdutzt an, als sie ins Wohnzimmer kommt.

»Oh. Du bist noch wach? Reden wir zu laut?«

Aber Rosie hört ihnen gar nicht zu. Sie stellt sich ans Küchenfenster und sieht hinüber zu dem großen, gläsernen Luxushaus auf der anderen Straßenseite.

»Rosie! Hallo!«

Cilla ist ihr hinterhergegangen und hat ihr eine Hand auf die Schulter gelegt. Besorgt, dass ihre Freundin einen

Schlaganfall oder etwas Ähnliches hatte. Da dreht Rosie sich zu ihr um.

»Wenn das mit Sebbe kein Unfall war, was könnte passiert sein?«, fragt sie. »Wer könnte ein Interesse daran gehabt haben, ihn zu beseitigen? Zuerst habe ich an Patrick gedacht. Falls Sebbe das mit seiner Affäre herausbekommen haben sollte.«

Cilla nickt.

»Ja, das stimmt. Aber, wenn das wahr ist, was Olle in seiner Mail schreibt, dann … dann kommt auch Irene als Mörderin infrage. Vielleicht hat er etwas entdeckt, was er nicht hätte sehen sollen?«

»Das ist möglich«, sagt Rosie. »Aber es gibt noch eine dritte Alternative.«

Cilla sieht sie verwirrt an.

»Okay, und welche?«

Rosie nimmt Cilla das Telefon aus der Hand und betrachtet erneut das Foto von Sebbe.

»Siehst du dieses T-Shirt, das Sebbe trägt?«, sagt Rosie und dreht das Display so, dass Cilla es sehen kann.

Sie kneift die Augen zusammen.

»Ja, und was ist damit?«

»Das ist schon ziemlich auffällig, oder?«

»Na ja. Das ist ein Turtles-Shirt. Diese Schildkröten waren vor zwanzig Jahren total modern. Ich hatte auch so eins als Kind. Heute wird das eher als ironisches Zitat getragen. Aber warum fragst du?«

Rosie schluckt und holt tief Luft.

»Als ich Fredrik heute Nachmittag bei diesem Empfang gesehen habe … da hatte er *dieses* T-Shirt an.«

# 37

*Sebbe*

*Drei Tage vor Weihnachten*

Der Wind ist stürmisch und zerrt an seinem Pullover. Sebbe steht mit dem Rücken zum Abhang, ihm wird ganz schwindelig bei dem Gedanken, wie steil der Felsen abfällt. Der Abgrund ist direkt hinter ihm. Ein schwarzer, tiefer Abgrund. Nur ein winziger Schritt genügt, und er stürzt hinunter. Er kämpft gegen den Würgereiz. Würde er so einen Sturz überleben können? Vielleicht, wenn er richtig landete …

Nein.

Es ist viel zu tief. Mehrere Meter.

Er würde sich jeden einzelnen Knochen im Körper brechen. Das würde er niemals überleben. *Es muss einen anderen Weg geben.*

»Fredrik …«

Der junge Mann, der in dem dunklen Wald nur knapp einen Meter von ihm entfernt steht, sieht so vollkommen anders aus. Nicht wie der Siebzehnjährige, um den er sich in den letzten Wochen gekümmert hat.

*Gekümmert.*

Er hat sich um gar nichts gekümmert.

Denn das hier ist ein riesiger Bluff.

Alles nur gespielt.

Alles fake.

Wie hatte er das nicht bemerken können? Warum hatte er nicht mehr nachgefragt, nachgehakt?

Dieser Fredrik ist ein anderer als der Fredrik, den er am Anfang kennengelernt hat. Dieser hier kann gehen. Er kann sogar mehr als das. Er kann *rennen*. Denn er hat ihn mit Leichtigkeit eingeholt.

»Seit wann … seit wann kannst du so schnell laufen?«

Sebbe keucht, ist außer Atem.

»Ich habe trainiert.«

»Trainiert? Wann denn?«

»In meinem Zimmer.«

Wie soll er bloß aus dieser Situation rauskommen? Fredrik ist viel stärker als Sebbe, der noch nie in seinem Leben irgendwas trainiert hat. Er wird nicht an ihm vorbeilaufen können. Seine einzige Chance ist, sich da rauszureden.

»Fredrik. Hör zu … ich bin überhaupt nicht sauer auf dich.«

Fredriks Augen wirken größer als sonst. Sein Blick jagt Sebbe eine Mordsangst ein. Der Blick eines Wahnsinnigen.

»Du hast alles gesehen?«, fragt Fredrik.

Seine Stimme ist nicht mehr als ein Flüstern, aber Sebbe hat jedes Wort verstanden.

»Was denn?«

Fredrik räuspert sich.

»Du hast die Sachen in meinem Zimmer gesehen. Deine T-Shirts. Die Fotos …«

»Ich werde niemandem etwas sagen. Das schwöre ich. Das ist … okay für mich.«

»Nein, das ist es nicht. Ich bin krank.«

»Was?«

Er hat Tränen in den Augen. Sebbes Herz schlägt so schnell, als würde es ihm aus dem Leib springen wollen.

»Ich bin krank.«

»Das stimmt doch gar nicht, Fredrik. Du … du kannst rennen, verdammt noch mal.«

»Ich meine nicht so krank. Ich … habe schon seit Jahren keine Symptome mehr. Das ist meine Mutter, die mich …«

»Hat sie dich krank gemacht?«

Fredrik senkt den Blick, als würde er Sebbes Blick nicht mehr standhalten können.

»Stimmt das? Sie hat dich krank gemacht? Die vielen roten Tabletten … Du hast einfach aufgehört, sie zu nehmen, und dann ging es dir schlagartig besser? Weiß sie das?«

Fredrik schweigt lange, dann schüttelt er langsam den Kopf.

»Du musst damit zur Polizei gehen«, sagt Sebbe.

»Das kann ich nicht.«

»Doch, das kannst du. Du musst.«

»Ich kann das nicht allein.«

Er hebt den Kopf, sieht Sebbe an. Plötzlich steht da ein kleiner Junge vor ihm. *Er ist noch ein Kind.*

»Du darfst mich hier nicht allein lassen.«

»Was?«

Fredrik kommt näher, Sebbe gerät ins Straucheln, spürt den glatten Boden unter seinen Stiefeln.

*Keinen Schritt weiter.*

*Nicht weiter nach hinten.*

»Du darfst mich nicht verlassen«, wiederholt Fredrik. »Ich liebe dich.«

Sebbe lacht, er kann nicht anders, das alles ist zu absurd. In was für einer Riesenscheiße ist er hier bloß gelandet?

»Worüber lachst du?«

»Fredrik, du liebst mich nicht.«

»Doch, das tue ich.«

»Wir kennen uns doch gar nicht richtig.«

»Doch, ich kenne dich!«

Fredrik hat so laut geschrien, dass Sebbe die Ohren klingeln. Sein Körper zittert vor Kälte.

»Fredrik, sag so etwas nicht …«

»Du hast keine Ahnung, wie mein Leben aussieht. Keine Ahnung, was ich alles ertragen musste. Du warst der erste Mensch, der mir … richtig zugehört hat. Du … du hast mich *gesehen.* Ich weiß, dass es dumm war, die Fotos zu machen, ich weiß, dass ich … gestört bin. Aber ich kann die alle wieder löschen. Ich schwöre es dir. Ich lösche sie. Bitte, bitte verzeih mir.«

»Ich habe dir schon längst verziehen.«

»Bist du sicher?«

»Ja. Aber … ich kann nicht hierbleiben.«

Jetzt laufen die Tränen ungehindert über Fredriks Wangen. Er schluchzt, seine Schultern zucken. Sebbe hat den Impuls, die Hand auszustrecken, um ihn zu trösten. Aber er wagt es nicht. Hat Angst, sich zu bewegen und das Gleichgewicht zu verlieren. Alles zu verlieren.

Fredrik hebt den Blick, sieht ihn aus tränenerfüllten Augen an. Sebbe windet sich innerlich, er hasst es, so angesehen zu werden.

»Sag, dass du mich liebst«, flüstert Fredrik.

»Fredrik, ich …«

»Sag es. Sag, dass du mich liebst.«

Sebbe schluckt. Das ist der einzige Ausweg.

*Sag es.*

Er holt Luft.

»Ich li…«

Sebbe schließt die Augen. *Verdammt.*

»Ich lie…«

Fredrik steht jetzt so nah vor ihm, dass er seinen Atem spüren kann. Sebbes Beine geben nach. Sie zittern unkontrolliert. Er kann nicht mehr.

»Du kannst es nicht sagen«, flüstert Fredrik. »Stimmt's? Du kannst nicht.«

»Ich …«

»Nein, du kannst es nicht. Weil du es nicht tust. Du liebst mich nicht.«

Seine Hand auf seiner Brust. Ganz leicht, so leicht.

Man spürt es kaum.

Plötzlich verliert Sebbe den Boden unter den Füßen, sie rutschen einfach weg. Und er fällt. Fällt und fällt und fällt.

Nur noch Stille und Rauschen in den Ohren.

Das ist ein Traum, denkt Sebbe noch. *Das ist alles nur ein Traum. Gleich wache ich auf. Gleich ist alles vorbei.*

Und dann ist alles vorbei.

# 38

*Cilla*

*Die Nacht vor Weihnachten*

Alles geht so schnell, dass ich kaum hinterherkomme. Rosies These klingt wie ausgedacht. Undenkbar. Warum sollte Fredrik seinem persönlichen Assistenten nach dem Leben trachten? Wo ist das Motiv? Ich betrachte zum hundertsten Mal das Foto mit dem Turtles-Shirt. Das dunkle Haar fällt ihm ins Gesicht. Sebbe sieht glücklich aus. *Und jetzt gibt es ihn einfach nicht mehr.* Rosie steht noch am Fenster und starrt ins Dunkle. Plötzlich zuckt sie zusammen.

»Himmel …«

»Was ist los?«

»Da ist jemand auf dem Dach.«

»Was?«

»Da auf dem Dach! Sieh mal!«

Ich stelle mich neben sie und spähe aus dem kleinen Küchenfenster, sehe das riesige zweistöckige Haus. Die Villa der Familie Niemi. Jetzt sehe ich es auch. Direkt neben dem Schornstein kauert eine dunkle Gestalt. Aber sie bewegt sich. Eindeutig.

»Wer ist das?«

Zacke und Jonathan stehen auf und gesellen sich zu uns.

»Was macht ihr da?«, fragt Zacke. »Was gibt es da zu sehen?«

Rosie zeigt auf das große Haus, die beiden kneifen die Augen zusammen, um die schwarze Gestalt neben dem Schornstein besser sehen zu können.

»Was zum Teufel … ist das der Weihnachtsmann, oder was?«

Rosie schüttelt den Kopf.

»Nein, das ist nicht der Weihnachtsmann, das ist Fredrik Niemi.«

Da klingelt Rosies Handy und lässt alle zusammenzucken. Rosie weiß, wer dran ist.

»Frank? Oh, vielen Dank, dass du gleich zurückrufst. Verzeih mir, dass ich dich so spät noch behellige … okay, ja, danke. Ich wollte dir eine Frage stellen. Wie krank ist dieser Fredrik Niemi eigentlich?«

Wir anderen sehen uns vielsagend an, während ich gleichzeitig versuche, die dunkle Gestalt auf dem Dach im Auge zu behalten.

»Was? Ja, doch, ich weiß, dass er im Rollstuhl sitzt. Aber kann er gehen? Nicht? Bist du sicher? Nun ja, weil … ich befürchte, er hat ein Geheimnis, das wir alle nicht ahnen.«

»Rosie!«

Das war mein Schrei, weil ich eine Bewegung auf dem Dach gesehen habe. Die Gestalt ist nämlich aufgestanden und an den Rand des Daches gegangen.

»Shit«, entfährt es Rosie. »Frank, ruf die Polizei! Tu einfach, was ich sage. Schick sie zu den Niemis!«

»Haben die hier oben überhaupt Polizei?«, fragt Zacke.

Aber Rosie antwortet nicht. Sie stürzt in den Flur, schlüpft in Schuhe und Jacke und stürmt aus dem Haus. Ich bin ihr dicht auf den Fersen.

Es ist eiskalt. Beißend kalt. Die kälteste Nacht seit unserer Ankunft. Je näher wir kommen, desto deutlicher können wir die Gestalt auf dem Dach sehen.

Es ist tatsächlich Fredrik.

Er trägt kaum Klamotten am Leib. Eine Jogginghose. Und ein T-Shirt.

*Das* T-Shirt.

»Oje, was hat er vor?«, keuche ich.

»Keine Ahnung«, keucht Rosie zurück.

Wir haben gerade die Auffahrt erreicht, die zu dem beeindruckenden Portal des Hauses führt, als wir abrupt stehen bleiben und wie erstarrt nach oben sehen. Auf dem Dach ist eine zweite Gestalt aufgetaucht. Der Wind greift nach ihrem blonden Haar und lässt es durch die Luft schweben.

»Fredrik!«, schreit sie. »Fredrik, bleib stehen!«

Rosie packt mich am Handgelenk.

»Das ist Irene.«

Wir beobachten, wie sich Irene nervös ihrem Sohn nähert, der direkt an der Dachkante steht. Rosie und ich wagen es kaum, uns zu rühren. Wir folgen dem skurrilen Schauspiel auf dem Dach, das vor unseren Augen stattfindet. Der Sohn und seine Mutter, die ihn davon abhalten will … ja, wovon eigentlich?

»Fredrik!«, schreit Irene. »Hör mir zu, Fredrik!«

Er dreht sich zu ihr um. Die beiden scheinen noch nicht

bemerkt zu haben, dass wir in unmittelbarer Nähe stehen und Zeugen ihrer Auseinandersetzung werden.

»Ich habe keine Lust, dir zuzuhören, Mama!«

»Du solltest nicht hier oben sein, mein Schatz. Du bist krank!«

»Ich bin nicht krank!«

»Doch, du ...«

»ICH BIN NICHT KRANK. ICH BIN NIE KRANK GEWESEN!«

Er schreit so laut, dass das Echo überall in Idre Fjäll zu hören ist. Es hallt über die weißen Hänge, die dichten Wälder und über die Dächer der kleinen Skihütten. *Ich bin nie krank gewesen.* Ich muss an Olles Mail denken. Das kann doch alles nicht wahr sein?

»Mein Liebling, nimm meine Hand!«, schreit Irene. »Nimm bitte meine Hand und komm mit mir nach unten.«

»Nein«, ruft Fredrik. »Es muss aufhören. Hier und jetzt.«

»Was denn?«

»Alles muss aufhören.«

»Was meinst du damit? Mein Herz, sag nicht ...«

Fredrik hat sich wieder umgedreht, seine Zehen schweben über der Kante. Mein Herz rast, Rosie packt mein Handgelenk so fest, dass es brennt. Ich versuche, den Abstand vom Dach zum Boden abzuschätzen, ein harter, mit Eis bedeckter Kiesplatz. Es sind bestimmt an die zehn Meter. Mit angehaltenem Atem sehen wir, wie Fredrik seine Arme zu den Seiten ausstreckt. Wie ein Vogel, der bereit ist loszufliegen.

Und dann lässt er sich vom Wind über den Rand tragen. Irene stürzt zu ihm, aber sie kommt zu spät.

Fredrik fällt.

Irene schreit.

Und ich schließe die Augen und vergrabe mein Gesicht an Rosies Hals.

# 39

*Cilla*

*Am Weihnachtsabend*

Und dann war Weihnachten. Einfach so. Trotz allem.

Weil, so ist das Leben. Die Erde dreht sich einfach weiter, egal wie viel Chaos und Verwirrung und Panik auch herrschen mögen. Am Ende wird es doch immer Weihnachten.

Mit dem kleinen, feinen Unterschied, dass die wenigsten Weihnachtsabende von einem Polizeiverhör eingeleitet werden.

»Datteln in Speckmantel!«

Zacke kommt mit einem dampfenden Teller aus der Küche, die ganze Hütte duftet nach Zucker und Bratfett. Im Kamin lodert ein Feuer, der Fernseher ist eingeschaltet. Gerade erklärt Pinocchios bester Freund Jiminy Grille Millionen von Zuschauern die Botschaft des Weihnachtsfestes.

Neben Rosie und mir sitzt Jonathan und streichelt Aretha Franklin, die in seinem Schoß liegt. Wie gerne würde ich mit ihr tauschen. Also, nicht mit der richtigen. Allein die Vorstellung, permanent Gospel zu singen, schönen Dank auch. Was für ein Stress! Ich will mit der Aretha Franklin der

Hundewelt tauschen, dem faulsten Havanesen von Nordeuropa, der den ganzen Tag nichts anderes macht, als an den unterschiedlichsten Orten herumzuliegen und gestreichelt zu werden. Das Leben als Hund ist herrlich. Keine Jobangst, kein Liebeskummer, keine Geldprobleme.

Und vor allem eins nicht: keine unvorhergesehenen Todesfälle.

Ich nehme eine Dattel im Speckmantel und lasse sie mir im Mund zergehen. *Himmelherrgott, sind die lecker.* Jonathan hat Glögg gemacht, und allein diese Kombination ist eine einzige Zuckerbombe. Aber so soll Weihnachten doch vor allem sein. Süß nämlich.

»Wisst ihr, was mich ein bisschen fassungslos macht?«, sagt Zacke, als er sich zu uns aufs Sofa plumpsen lässt.

»Was denn?«

»Dass es euch tatsächlich gelungen ist, eure Nasen in einen Kriminalfall zu stecken. Ausgerechnet *hier.* In Idre Fjäll.«

Rosie und ich wechseln Blicke. Ich weiß nicht, ob wir die Nasen in etwas gesteckt haben oder ob es nicht in Wirklichkeit so ist, dass die ungelösten Rätsel den Weg zu uns finden. Das ist eine philosophische Frage. Wie so vieles andere im Leben.

Die letzte Nacht war noch ziemlich dramatisch. Anders kann man das nicht beschreiben. Ich sehe Fredriks Sturz noch ganz genau vor mir. Wie sein Körper über die Dachkante kippt und zu Boden fällt. Ich höre noch Irenes Schrei, Rosies Schrei, und wahrscheinlich habe ich auch geschrien. Rosie, die Mutige, rannte sofort los, während ich das Gefühl hatte, dass meine Beine mich nicht mehr tragen. Mein erster

Impuls – und darauf bin ich kein bisschen stolz – war wegzulaufen. Ich wollte nicht den zerschmetterten Körper des Jungen sehen. Ich wollte nichts davon sehen.

Zum Glück wurde ich verschont. Sekunden später gesellte sich das Gebrüll eines Mannes zu Irenes Schreien. Frank. Nach dem Telefonat mit Rosie hatte er sich sofort auf den Weg gemacht. Und plötzlich war er da. Mit Militärjacke und seiner Baskenmütze. Er stürmte zu Rosie, die neben Fredrik kniete, und gemeinsam kümmerten sie sich um den Jungen, während sie mir zuschrien, ich solle den Notarzt rufen. Mit zitternden Händen bekam ich mein Handy aus der Jackentasche und wählte den Notruf.

Keine zwanzig Minuten später tauchten die zuckenden Scheinwerfer des Hubschraubers den schneebedeckten Garten in gleißendes Licht.

Danach ging alles ganz schnell. Der Schnee wurde aufgewirbelt, das Licht blendete, drei Rettungssanitäter sprangen aus dem Hubschrauber und legten Fredrik behutsam auf die Trage.

Es sah auf den ersten Blick aus, als hätte er sich beide Beine gebrochen. Er blutete aus einer Wunde am Kopf und wirkte insgesamt instabil. Trotzdem schien er den Sturz aus dieser Höhe überraschend und auf wundersame Weise glimpflich überstanden zu haben. Er würde überleben. Rosie, Frank und ich waren dabei, als er zum Hubschrauber gerollt wurde. Irene rannte aufgelöst neben der Trage her, vollkommen hysterisch. Was man ein bisschen verstehen konnte. Sie flog mit. Natürlich. Trotzdem meldete sich eine Stimme in mir, die genau das gerne verhindert hätte. In mir klangen noch Fredriks Worte auf dem Dach und Olles

Mail nach. Aber natürlich stand mir das überhaupt nicht zu. Schließlich war sie seine Mutter.

Fredrik stöhnte und weinte. Offenbar nicht nur wegen der Schmerzen. Denn ehe er in den Hubschrauber gehoben wurde, stieß er diese Sätze aus, die seitdem in Dauerschleife in meinem Kopf Kreise ziehen.

*Ich habe ihn gestoßen, Mama. Bitte verzeih mir. Ich habe ihn gestoßen.*

Nachdem sich der Hubschrauber in die Luft erhoben hatte, blieben wir drei wie versteinert stehen und sahen uns stumm an. Und dann, heute Morgen um neun Uhr, klopfte die Polizei an die Tür und wollte mit uns sprechen. Bei einer Tasse Kaffee erzählten wir, was wir in Erfahrung hatten bringen können. Sie hatten zuvor schon mit Frank gesprochen, dennoch berichteten wir alles, was wir wussten. Ich zeigte ihnen Olles Mail, Rosie berichtete von dem T-Shirt, und wir gaben zu Protokoll, was Fredrik auf dem Dach geschrien und kurz darauf auf der Trage gestanden hatte. Mehr hatten wir nicht beizusteuern.

Mir scheint jedoch, dass es noch eine Menge Geheimnisse in der Familie Niemi gibt, die noch nicht aufgeklärt wurden.

»Du hast recht, Zacke«, sagt Rosie und nimmt sich ebenfalls eine eingewickelte Dattel. »So könnte man das sehen. Aber weder Cilla noch ich können etwas dafür, dass diese Welt voller Wahnsinniger ist.«

Er nickt verständnisvoll.

»Nein. Das stimmt natürlich. Ich hätte euch nur besinnliche Weihnachtstage gewünscht. Das hättet ihr verdient.«

»Ja, das sagt sich so leicht. Verdient. Das Leben ist nun einmal unberechenbar.«

»Da sagst du was«, schnaufe ich und hebe meinen Becher mit dem Glögg. »Aber wir können auf unsere Gesundheit anstoßen. Und dankbar sein, dass wir leben.«

Und das tun wir. Wir heben unsere kleinen Glöggbecher, nippen von dem süßen, warmen Getränk und lassen das Feuer im Kamin unsere Füße wärmen, während im Fernseher Donald Duck mit seinen Freunden Weihnachten feiert. Wir hatten beschlossen, dass wir erst gegen sieben essen wollen (da Zacke behauptet, die Tradition, an Weihnachten schon am Nachmittag zu essen, sei eine Erfindung aus längst vergangenen Zeiten). Deshalb freue ich mich umso mehr über die Datteln.

Kurz darauf verlässt Aretha Franklin ihren Platz auf Jonathans Schoß und klettert auf meine Seite des Sofas. Dort angekommen rollt sie sich auf meinen Beinen zu einem zotteligen Ball zusammen. Aus einem mir unerfindlichen Grund steigen mir die Tränen in die Augen.

Rosie legt mir eine Hand auf den Arm.

»Wie geht es dir, Cilla?«

Ich wische mir die Augen mit dem Handrücken trocken und lache.

»Mir geht es gut. Ich … ich muss lachen, weil es mir gut geht.«

»Du bist ein komischer Mensch.«

Ich sehe ihr tief in die Augen.

»Rosie, wir beide wissen, wie viel Irrsinn es in dieser Welt gibt. Das haben uns die Ereignisse im Sommer, Herbst und Winter gezeigt, oder etwa nicht? Ich … ich bin einfach froh, Menschen um mich zu haben, die mir Gutes wollen, die mich mögen. So wie … ihr. So wie du, Rosie.«

Sie lächelt mich an. Ich weiß, dass sie mich versteht. Und ich weiß, dass sie unter ihrer rauen Schale genauso weich ist wie ich und mir recht gibt. Sie streichelt mir die Wange und nickt.

»Da stimme ich dir voll zu, Cilla. Und auch ich freue mich, dass ich dich habe. Sehr sogar.«

»Und in der nächsten Folge von *Emmerdale*…«, ruft Zacke aus seiner Ecke.

»Pass bloß auf, du«, warne ich ihn. »Sonst gibt es gleich eine Kuschelattacke.«

Er lacht und streckt mir seine Hand hin, die ich fest drücke.

Im Laufe des Tages, nur unterbrochen vom köstlichen Frühstück mit heißer Schokolade, dem Weihnachtsbaumschmücken und dem Austauschen unserer Geschenke (Chardonnay von Zacke und Jonathan und Hausschuhe aus Filz von Rosie) habe ich immer wieder über das Manuskript für die nächste *Blutspur*-Folge nachgedacht. In ungefähr fünf Tagen ist meine Deadline, es wird langsam eng. Die Geschichte der Familie Niemi wäre in der Tat eine faszinierende Story. Ein Kracher. Denn in wenigen Tagen werden sich die Medien überschlagen. Eine logische Konsequenz.

Der tödlich verunglückte persönliche Assistent.

Das geliebte, berühmte und *mörderische* Wunderkind.

Ein unfassbar dunkles Familiengeheimnis.

Darüber wird in jeder Kaffeeküche an jedem Arbeitsplatz im ganzen Land geredet werden. Jeder Stammtisch wird darüber diskutieren. Die Verschwörungsfreunde auf *Flashback* werden sich darüber auslassen. Auch die Fernsehsender werden sich damit beschäftigen. Und wie ich meine eigene kleine Branche so kenne, werden sich auch die Podcast-Sender auf den Fall Niemi stürzen.

Ich könnte die Story richtig ausschlachten.

Ich könnte damit die Erste auf dem Markt sein.

Aber ich habe mich dagegen entschieden. Es ist noch zu frisch. Zu bedrückend. Vielleicht mache ich einen großen Fehler, wende mich gegen alles, was meinen Job ausmacht. Das wird sich zeigen. Aber ich bin noch nicht so weit. Wenn die Zeit dafür reif ist, werde ich einen sensationellen Beitrag darüber schreiben können. Da bin ich mir sicher. Vielleicht geben mir Fredrik und Olle ein Interview. Wir werden sehen. Aber nicht jetzt. Noch nicht.

Deshalb beschäftige ich mich mit einem Fall aus meinem NOTFALL-Ordner auf meinem Desktop. Die finnischen Zeltmorde aus den Sechzigern. Die sind spannend. Sie haben alle notwendigen Zutaten. Und, was besonders wichtig ist, sie liegen über fünfzig Jahre zurück.

Gerade als die Neuverfilmung von *Ferdinand, der Stier* losgeht, klopft es an der Tür. Wir vier sehen uns fragend an. Ich stehe als Erste auf.

»Wer kann das denn sein?«, sage ich, mit einer neuen Dattel im Mund. »Noch mehr Polizisten?«

»Keinen Bock!«, stöhnt Zacke. »Aber ich fände es super, wenn es doch noch mein Lachs wäre, der nicht geliefert wurde.«

Ich grinse ihn an. Durch das Eis auf der Glasscheibe der Eingangstür kann ich die Konturen eines großen Menschen erkennen. Eines Mannes? Oje, das ist wahrscheinlich wirklich ein Polizist. Können die mit ihren Fragen nicht noch ein paar Tage warten? Ergeben und ein bisschen genervt, öffne ich die Tür, aber als ich sehe, wer dort steht, verwandelt sich meine Müdigkeit augenblicklich in glitzernde Freude.

»Aber…«

Mehr bekomme ich nicht heraus. Denn mir laufen die Tränen.

Adam, in elegantem Mantel und mit einem schicken Weekender in der Hand, sieht mich verdutzt an.

»Oh nein. Du freust dich gar nicht?«

Ich werfe mich in seine Arme. Klammere mich an ihn wie ein verzweifelter Koalabär. Schnuppere an ihm. *Wie sehr ich diesen Geruch vermisst habe.* Es ist nicht einmal eine Woche her und doch…

»Ich freue mich so sehr, dass du gekommen bist«, schluchze ich, das Gesicht in seinem Mantel vergraben.

»Ich finde es herrlich, wenn ich meine Frauen zum Heulen bringe.«

»Du hast schon wieder *Frauen* gesagt. Wie viele hast du denn? Und… wie bist du hierhergekommen?«

»Mit Zug und Bus. Hast du etwa gedacht, ich will Weihnachten verpassen?«

»Ja, in der Tat, das habe ich. Das ist… so eine supertolle Überraschung.«

Er küsst mich. Sekunden später höre ich Rosies Geschrei aus dem Wohnzimmer.

»Ist das etwa mein Sohn, dessen Stimme ich da höre?«

Sie kommt in den Flur gerannt und umarmt uns beide. Adam lacht laut auf.

»Mama, du erdrückst mich.«

»Wie schön, dass du da bist. Du machst dir keine Vorstellung. Ich war gerade im Begriff, mich in die nächste Schneewehe zu legen und zu sterben.«

»Lass mal gut sein, Mama.«

Er gibt ihr einen Kuss auf die Stirn. Rosies Freude ist unbändig, sie hüpft wie ein Flummi durch den Flur. Auch Zacke und Jonathan sind dazugekommen, umarmen Adam zur Begrüßung und heißen ihn in ihrer Hütte willkommen. Ich bin bass erstaunt. Überrascht und froh. Der Auftakt des diesjährigen Weihnachtsfestes war gelinde gesagt ungewöhnlich, aber mit Adam kann es nur gut werden. Ich weiche nicht von seiner Seite, während er sich Mantel und die schicken Lederschuhe auszieht.

»Jungs, ihr habt hier eine kleine Perle gekauft.«

»Danke«, sagt Zacke. »Wenn du sie allerdings aus Versehen in Flammen steckst, schadet es auch nichts.«

»Pass auf«, schimpft Jonathan und stupst ihn in die Seite.

»Wo soll ich schlafen?«, fragt Adam.

»Bei mir«, kichere ich. »In meinem Stockbett auf einer 80 Zentimeter breiten Matratze, und deine Mutter liegt direkt unter uns.«

»Herrje, wie schön ...«

Ich lache und küsse ihn.

»Spaß! Wir können sie bestimmt dazu überreden, ins Wohnzimmer zu ziehen. Oder wir beide schlafen auf dem Sofa, zusammen mit Aretha Franklin. Wir finden eine Lösung. Das wird himmlisch.«

»Da bin ich mir sicher. Ihr scheint ja eine tolle Zeit gehabt zu haben.«

»Volltreffer«, sagt Rosie und lächelt. »Wir sind im Winter-Wonderland.«

»Das sehe ich. Und ihr habt euch beherrscht und in den vergangenen Tagen zur Abwechslung mal keinen alten ungelösten Fall ausgegraben?«

Ich zwinkere Rosie diskret zu. Dann greife ich nach Adams Hand.

»Jep. Genauso war es. Keine ungelösten Fälle in Idre Fjäll. Komm rein, wir haben köstliche Datteln im Speckmantel.«

# EPILOG

*Rosie*

Es ist abends, kurz vor zehn Uhr, die Dunkelheit hat sich vor Langem über Idre gesenkt. Irgendjemand testet in der Ferne seine Feuerwerkskörper, und am Himmel explodiert ein grüner Regen.

Rosie, die gemütlich auf dem Sofa liegt, schielt nervös zu Aretha Franklin, die schnarchend auf dem Teppich liegt. Sie hat oft von Hundebesitzern gehört, wie viel Angst ihre Lieblinge vor der Ballerei haben, aber dieses kleine zottelige Ding scheint die Geräusche nicht einmal wahrzunehmen.

Der Weihnachtsabend neigt sich seinem Ende zu.

Das Essen – hervorragend von Zacke komponiert und zubereitet – ist aufgegessen, und Rosies Kleid spannt nachweislich am Bauch. Zacke und Jonathan sind am anderen Ende des Sofas eingeschlafen, und im Fernsehen läuft eine alte romantische Komödie. Die hat Rosie artig angesehen, merkt aber, dass es Zeit wird, ins Bett zu gehen. Sie freut sich darauf, das kleine Fenster im Schlafzimmer zu öffnen, damit frische, kalte Luft hereinströmen kann, und sich dann unter die Decke zu kuscheln.

Am Küchentisch sitzen Cilla und Adam mit ihrem Rotwein und spielen Karten. Rosie lächelt, die beiden passen gut zusammen. Sie sind sehr verschieden und sich doch sehr ähnlich. Außerdem machen sie einander glücklich, das kann sie an ihren Blicken sehen. Und das ist doch der Sinn des Lebens? Jemanden zu finden, der einen glücklich macht. Schon seltsam, dass es so banal wie schwierig ist.

Sie geht in die Küche, um sich ein Glas eiskaltes Wasser zu holen. Nach dem vielen leckeren Durcheinander aus Aufschnitt, Salaten, Kartoffeln, Heringen und Schokolade hat sie einen tierischen Durst bekommen. Während sie trinkt, wandert ihr Blick aus dem kleinen Küchenfenster. Das große Haus auf der anderen Straßenseite ist dunkel. Es ist niemand zu Hause.

Fredrik und Irene sind im Krankenhaus. Wo Patrick ist, weiß sie nicht. Vielleicht bei Manuela? Oder woanders. Während sie so vor sich hin träumt, bemerkt sie eine dunkle Gestalt die Straße hinunterlaufen. Sie biegt bei Zacke und Jonathans Briefkasten ab und kommt praktisch direkt auf die Hütte zu. Rosie stellt das Glas ab und kneift die Augen zusammen.

Ist das nicht …

Sie geht in den Flur, zieht sich Jacke und Schuhe an und öffnet vorsichtig die Tür, so leise, wie es geht, damit es niemand mitbekommt.

»Hallo, Frank.«

»Guten Abend.«

Er trägt seine Baskenmütze, seine Wangen sind rosig, wahrscheinlich vom Spaziergang in der Kälte.

»Machst du einen Weihnachtsspaziergang?«

Er nickt.

»Ja. Wir wollten eine kleine Runde drehen, Lollo und ich.«

Rosie bückt sich und krault den fröhlichen, kleinen Dackel hinter den Ohren.

»Hattet ihr einen schönen Abend?«, fragt Frank.

»Absolut. Also, den Umständen entsprechend …«

»Ja, was für ein Chaos.«

Rosie nickt und zieht die Jacke enger um den Körper.

»Das kann man wohl sagen. Wie hast du denn Weihnachten gefeiert? Oder ihr, meine ich natürlich, Lollo und du.«

Er lächelt.

»Wir haben gut gegessen und ein bisschen Fernsehen gesehen. Du weißt schon, ein ganz normaler Abend eben. Dann habe ich mit meinen Töchtern telefoniert, die feiern mit ihren Familien bei sich zu Hause.«

»Verstehe. War es ein bisschen … einsam?«

Frank beißt sich auf die Lippe und wendet den Kopf ab, sieht den Hang hinunter, wo überall hell erleuchtete Hütten stehen. Hütten, in denen Familien Weihnachten feiern. Kleine Familien, große Familien. Familien aller Couleur. Rosie zögert. Aber dann legt sie ihre Hand auf Franks Arm. Sie greift nach seiner Hand und drückt sie.

»Du hättest mit uns feiern sollen, Frank. Wir haben Platz und viel leckeres Essen.«

Er nickt und lacht verlegen.

»Ja, ich weiß. Aber … ich kenne deine blonde Freundin, die mich eingeladen hat, doch gar nicht. Es wäre anders gewesen, wenn …«

Er verstummt. Rosie lächelt.

»Anders gewesen, wenn was?«

»Na ja, wenn *du* mich eingeladen hättest.«

»Ach, wirklich? Ist das so?«

»Ja, vielleicht.«

»Und warum?«

Er kratzt sich am Hinterkopf, Lollo knurrt. Die Dackeldame hat sich in ihrer Leine verheddert.

»Weil … na, wer will schon mit einem alten Knacker Weihnachten feiern?«

Rosie sieht den eleganten Mann vor sich liebevoll an. Den Mann mit der Baskenmütze. Der sie als Dank auf ein Bier eingeladen hat. Der sie mit zum Weihnachtsempfang bei den Niemis genommen hat. Der in den Wintermonaten für eine ganze Liftanlage zuständig ist. Und doch sieht er so verunsichert, fast unbeholfen aus. Und so jung dabei. Da hört sie wieder die vertraute Musik. Die Musik, die sie so liebt, die sie aber schon sehr, sehr lange nicht mehr gehört hat. *Strangers in the night, exchanging glances. Wondering in the night, what are the chances?*

Rosie fasst sich ein Herz.

»Weißt du was, Frank?«

»Nein, was denn?«

»Was würdest du sagen, wenn ich dir jetzt einen großen, starken Becher Irish Coffee anbieten würde?«

Rosie sieht, wie seine Mundwinkel unter dem grauen Bart nach oben wandern. Sie liebt dieses Funkeln in seinen blauen Augen.

»Also, wenn *ich* dir das anbiete«, betont Rosie. »Niemand anderes.«

Frank lacht und drückt ihre Hand, die noch auf seiner liegt.

»Dann würde ich das Angebot dankend annehmen. Ohne eine Sekunde zu zögern. Ansonsten wäre ich auch nicht bei Verstand.«